ハヤカワ文庫 JA

〈JA1477〉

隷王戦記 1

フルースィーヤの血盟

森山光太郎

早川書房

8644

目次

オリエント
東方世界
牙の民
草原の民
アデン
インセンスロード
香辛料航路
パルテア大陸全図

西方世界（オクシデント）
ウラジヴォーク帝国
北原の道（アイスロード）
サンタレイン大公国
サマルカンド
鐵（てつ）の民
瀛（うみ）の民
ヴェアブルク
ラダキア
レド海
バアルベク
シャルージ
ダッカ
ファイエル侯
フォラーミ
戰（いくさ）の民
カイクバード侯
世界の中央（セントロ）

隷王戦記1

フルースィーヤの血盟

登場人物

[東方世界（オリエント）]

《草原の民》

カイエン・フルースィーヤ………一匹狼の青年
アルディエル・オルグゥ…………次期族長の青年
フラン・シャール…………………族長の娘
タメルラン・シャール……………フランの弟
ジルカ・シャール…………………族長
イスイ………………………………族長の部下

《牙の民》

エルジャムカ・オルダ……………牙の民覇者（ハーン）
ダラウト……………………………牙の民全軍総帥（コールガル）

[世界の中央（セントロ）]

《バアルベク》

アイダキーン・バアルベク………バアルベク太守（アミール）
マイ・バアルベク…………………太守（アミール）の娘
ラージン……………………………バアルベク騎士（ファーレス）
モルテザ・バアルベク……………バアルベク千騎長（アルフーム）
ハーイル……………………………バアルベク政務補佐官
バイリーク
サンジャル ｝………………………軍人奴隷

《シャルージ》

エフテラーム・フレイバルツ……シャルージ騎士（ファーレス）
イドリース…………………………シャルージ千騎長（アルフーム）

プロローグ　追憶の挽歌（ばんか）

儂（わし）の命が尽き果てるまで、あとどれくらいの時が残されているのじゃろうか。手の甲には深い皺が刻まれ、息を吸うことも吐き出すことも苦しくなって久しい身体だ。もはや、いくばくもない命であることは分かっている。

分かっているからこそ、儂は自分の人生を振り返り、それを後世に伝えることが、わずかに残った使命なのだと信じている。

なに、そんなに畏（かしこ）まらなくてもよい。儂に諸侯（スルタン）としての力があったのは、遠い昔のことじゃ。これから話すのは、そうさな、二つの英雄譚と言えば良いのかな。

カイエン・フルースィーヤとエルジャムカ・オルダ。君もよく知った名であろう。その名を聞けば世界中の誰もが、瞳を大きくして憎悪の炎を燃やすはずだ。

ふむ。その反応を見る限りでは、そのどちらに対しても好意と呼べる感情は持っておらぬな？

よいよい。儂が彼らに近しい人間であることを知っているがゆえ、気を遣ってくれているのであろうが。そんな優しさを向けられるほど、儂は良い人間ではない。儂も彼らと同じく、世界へ咎を背負った身だ。

この話を最後まで聞いた時、世界の仇として君が儂を憎むのであれば、その腰の短剣で刺してくれても構わないが……その決断は全ての話を終えてからにしてもらう。これは老人の我儘というものではなく、君が復興されゆく世界を生きるうえで必要なことだからだ。

儂の意思を継いでほしいなどという大それた願いではない。ただ、もう二度と修羅の入り乱れる世界にせぬためにも、全てを知る者がいなければならない。

だから、まずはそこに腰かけるといい。一晩では語り終わらぬほどの物語だ。なぜ彼らがそう呼ばれるようになったのか。なぜ、彼らがそうならなければならなかったのか。

神の力を授けられた〈守護者〉と、神の力を奪いし〈背教者〉。

竜巻ほどの業火を自在に操る者がいたかと思えば、人の感情を操る者や、木々を従え大地を自在に創りかえる者もいた。

今となっては、おとぎ話のようにしか思えぬ光景ではある。

だが、この二つの瞳は、彼らの人智を超えた戦いをいまだに焼き付けておる。彼らのもたらした、いや、彼らを使役して神がもたらした災いの一部始終をな。

ああ、これか？　この話を誰かにしたことはないが、つぶさに語ってゆけば、私はきっと泣かずにはいられない。老いぼれのむせび泣く醜悪な姿を君に見せるのはしのびないからな。せめてこの手拭いで顔を隠すようにと手に持っておるだけだ。

一つ大事なことを言い忘れておった。この話を全て聞き終え、もしも君が誰かに同じように語ることがあれば、この物語の表題だけは私の言った通りにしてほしい。

どこかへと姿を消した薄情な友の、最後の言葉だ。

神を殺した英雄譚――。

私もこの題はどうかと思うが、事実、彼らの物語を表してあまりあるものではあるのだよ。ただ願わくは、私のつけた副題も添えてくれると嬉しい。それはこの話の最後に言うとしよう。

まずは二人の邂逅からであろうな。カーヒラ暦一〇九四年……春の芽吹きの頃じゃ。全ての物語の始まり。それがなければ、世界がここまでの混沌に包まれることもなかったであろう、出会いの物語だ――。

第一章　邂逅の大地

I

地を這(は)う大河をはりつけたような雲が流れていた。

太陽は中天に輝き、心地の良い風が柔らかな草の匂いを運ぶ。うららかな春の陽気の中、遥か地平線まで見渡せる小高い丘の頂上をめざして、二つの人影が足早に歩いていた。

前を歩く青年は端整な顔立ちをしているが、その鋭すぎる目つきが険のある印象を際立(きわだ)たせている。中肉中背、草原の民らしく俊敏な身体を持ち、右腕には黒い布を巻きつけている。

青年の張り詰めた空気につられてか、後につく少年の顔はやや強張(こわば)っている。肩まで垂らした銀髪は太陽の光でよく目立つが、それ以上に目の覚めるような美しさが際立っていた。丁寧に仕立てられた絹の上衣を見れば、前を行く目つきの悪い青年よりも暮らし向きは裕福なのだろう。

「ねえ、カイエン。歩くのが速い」

先に沈黙に耐えきれなくなったのは、後ろを歩く銀髪の美少年だった。丘の麓ではゆっくりと歩いていたはずだが、頂上の石柱が見え始めた頃から小走りに近い速度になっている。

「そんなに急いでも逃げやしないよ。それに疲れた状態で挑んでも、勝ち目はないだろ。ねえ、聞いてる？」

無口な姉フランとは対照的に、銀髪の美少年は喋り出すと止まらない。このまま無視すれば、彼は頂上まで、ひたすら一方的に喋りかけてくるだろう。

不本意ながら、目つきの悪い青年は立ち止まり、大きく息を吸い込んだ。草と土の匂いが、胸いっぱいに広がる。

「そんなに速かったか？　タメルラン」

「息切れしているのが何よりの証拠だろ」

「していない」

呼吸を隠すように口をつぐんだカイエンに、タメルランがにやりとした。

「カイエンでも緊張するんだね。草原のはみ出し者なんて言われて、気に入らない奴を五人、六人ぶちのめして土下座させても平気な人でなしなのにね」

人らしい感情を垣間見られて嬉しいよ。そう肩を竦めるタメルランに、カイエンは舌打ちして、銀髪を軽くはたいた。

「だれが人でなしだ」

「いずれ義理の兄になる人だよ」

楽しそうに喋るタメルランに、カイエンは小さく呻いた。

「いずれ、というところにお前の性格の悪さが滲んでいるな。もうすぐと言えよ」

「そう言いたいのはやまやまなんだけど。さすがにアルディエル相手では、僕も楽観的な物言いはできないからさ」

天と地を結ぶようにそびえる石柱を丘の上に見つめ、カイエンは年少の美少年の言葉に不承不承頷いた。

「なんだってあんな化け物がフランの〈守り人〉なんだ」

「それは姉上だからでしょ。まあ僕としては、これまで隔離されてきた姉上の、初めての我儘なんだ。カイエンには姉上と結ばれてほしいよ」

「アルディエルは手を抜いてくれないかな？」

「どうだろうね。アルディエルも姉上の願いが叶うことを祈っているだろうけど、姉上を護ることができない者に負けるつもりはないだろ」

餌を求める雛鳥のようによく喋るタメルランとは対照的に、その姉フラン・シャールは口数の少ない乙女だ。

憂いを帯びた瞳は、人の心の奥底までをも見通すように感じる。初めて出会った時に向けられた視線は、それこそ心臓を凍りつかせるような冷たいもので、世界を拒絶しているようにも見えた。

フランは父である現族長ジルカ・シャールの命で、幼い頃から草原の民と隔離されて育ってきた。だからだろうが、その原因となった彼女の人ならざる力について、カイエンはよく知らなかった。

問い質そうとしても、フランは寂しげに首を横に振るだけで、何かを知っているのであろうアルディエルやタメルランもそれを口にしたことはない。

故郷を追放同然で飛び出し、風の吹くままに流浪している一年前のことだった。深い森に鎮座する古びた社は、小鳥のさえずりに包まれ、時を止めたかのようにそこにあった。

草原から離れた神颪の森で出会った少女は、木漏れ日の中にたたずむ姿こそ神々しさを感じさせた。だが、話すようになってみれば口数の少ない普通の少女であり、民が恐れるような力を持っているとは到底思えなかった。

「アルディエルを倒せば、族長は俺にもフランの力を教えてくれるんだよな？」

息も落ち着いてきた。それを感じてか、タメルランが微笑んで頷いた。

「年頃の女性には〈守り人〉がつけられ、〈守り人〉を倒した者がその女性の夫になる。草原のしきたりに倣えば、夫になるカイエンにも知ってもらう必要がある」

ただまあ、とタメルランが丘の頂上を見上げた。

「姉上のことを抜きにしても、アルディエルはカイエンに負けたくないんじゃないかな？　不世出の麒麟児と言われてきたアルディエルは、一年前のあの日にカイエンと出会って、初めて好敵手と呼べる相手を見つけたんだ。いつも言っているよ。あいつだけには負けないと」

「はた迷惑な対抗心だな」

「顔が嬉しそうだよ」

「そんなわけあるか。それに、あいつは一度俺に負けているよな？」

タメルランが考え込むように目を細め、苦笑した。

「一年前のこと？　あれはまあ、不意打ちというかね。ただそれ以来、カイエンはアルディエルに一度も勝ててないでしょ」

「……負けてもないだろ」

いつも一言多い少年の肩に拳を突きつけ、カイエンはゆっくりと頂上への道を歩き出した。

膝のあたりまで伸びる草に覆われた草原にあって、無造作にそびえる六本の石柱は、どこか場違いなものを感じさせる。人力では到底動かせないほどの巨岩は、いつ誰がここに運び込んだのかも知られていないが、円形に配置された石柱は、古来より神前の儀式の場として守られてきた。

先ほどの会話でほどけたはずの緊張が再び込み上げてきたのを感じながら、カイエンは短く息を吐き出した。

見上げた石柱から視線を外し、カイエンは中央に立つ一組の男女へとその鋭い瞳を向けた。

流れるような銀髪を腰まで伸ばし、白い綾衣をその身にまとう少女は、初めて見た時から少しも変わっていない。白磁のような肌には、しかし隠しきれない陰がある。幼い頃から両親と弟、そしてアルディエルとしか喋ることを許されず、孤独に生きてきた少女の瞳には、深い憂いがあった。

『カイエン。私も貴方と同じ。帰る場所を知らない渡り鳥』

かつて彼女がこぼした渡り鳥という言葉は、少女の精一杯の強がりだったのだろう。人の目に触れず、一生を森の中で終えることを宿命づけられた少女の、淡い憧れだ。

警戒していた少女がカイエンを名前で呼ぶようになり、そして微笑みを初めて見せてくれた時、流浪の中にようやく現れた止まり木のようにも感じた。帰る場所にはなれないかもしれない。だが、自分も少女が心を安らげる止まり木になれれば——。

少女への想いが、癒やすことのできない病だと気づくのに時間はかからなかった。

ようやく告げることができる。

「待ったか？」

声は震えていない。そんなことを気にしてしまうのは、本当に緊張しているからなのだろう。待ちに待った瞬間であることは確かだが、そのために乗り越えなければならないアルディエル・オルグゥという高すぎる壁に、自分は呑まれているのだろう。

風になびく金色の髪が、太陽の光で煌めいている。半身ほどもある剣を地面に突き立て、こちらを見つめる碧眼の青年が、ゆったりと微笑んだ。

「相変わらずだな、時を違える癖は。怯えて逃げ出したのかと思ったよ」

「アルディエル、お前には聞いていない」

「つれないな」

微苦笑とともに肩を竦め、アルディエルが身体をずらすと、フランの瞳がまっすぐカイエンを見つめていた。

「カイエン……」

少女の声はいくぶん震えている。〈守り人〉との決闘は、その者の守護する女性の父が許さなければ認められない。当初、流れ者であるカイエンの挑戦を認めなかった族長ジルカに抵抗したのは、フラン自身だった。

生まれて以来、父親の言いつけを従順に守ってきた少女の初めての抵抗だった。認められなければ草原を捨てて逃げ出すという頑(かたく)な意志に、族長も頷かざるをえなかったという。

「フラン、心配しなくていい。すぐにその金髪を倒して、君の手を取る」

鋭すぎると自覚している瞳に、精一杯の優しさを込めた。アルディエルの微苦笑の向こうで、フランが拳を握りしめている。

「……私は」

期待と不安がない交ぜになったような今にも泣き出しそうな表情だ。胸が締め付けられるようだった。駆け出したくなる気持ちを、吐息と共に吐き出した。

表情の理由は、カイエンがアルディエルに勝てるかどうか、ということばかりではないのだろう。

族長ジルカ・シャールが、フランを草原の民から隠すようにして育ててきた理由――。知ってしまえば、誰もが恐れて逃げ出すか、利用しようとする。人ならざる力を持っているがゆえに、フランは恐れているのだ。カイエンが勝利しフランの秘密を知った時、離れていくのではないかと。

そんなわけはない。何度も口にした言葉だが、十七年間孤独に生きてきた少女にとっては、容易に信じられないであろうことも理解できた。

だからこそ――。

「アルディエル。俺は、お前に勝つよ」

「今日は、一年前と違って不意打ちは使えないぞ？」

「まだ根に持っているのか」

「戦いの中で膝をついたのは初めての経験だったからな」

揺るぎない自信を漲(みなぎ)らせ、アルディエルが苦笑した。

「姫、お下がりください。ここからは、私とカイエン二人だけの場です。タメルラン、お前も下がりなさい」

姉弟への言葉は丁寧であり、だが有無を言わせぬ威厳に満ちていた。いずれ三十万余の草原の民を統べる男の言葉だと思えば当然だろう。フランが石柱の傍に下がり、背後でタメルランが遠ざかっていく気配を感じた。

〈守り人〉との戦いは、どちらかが敗北を認めるまで決着しない。

それは巧妙なしきたりでもあった。想い人の前に立ちはだかる〈守り人〉は、挑戦者にとって時に殺したいほど憎い存在になりうる。だが、殺してしまえば〈守り人〉が敗北を告げることはできず、挑戦者は永遠に勝利することはできない。殺さずとも圧倒できるだけの力を、挑戦者は求められるのだ。

静かに闘志を漲らせてゆく金髪の青年の姿に、カイエンは背に負った剣の柄を握った。

本気で戦えば、どちらかが死ぬ。

出会った瞬間からお互いに抱いている相手への評価だ。

本気にならなければ勝てない相手に、敗北を認めさせる。それがどれほど難しいことであろうと、負けるつもりはなかった。

「合図は……」

アルディエルが言葉を区切り、視線をタメルランへ流した。

「タメルラン」

振り向かずとも、年少の美少年が唾を呑み込むのが分かった。

唸るような風が、アルディエルの黄金色の髪を舞い上げる。あまりにも強い碧眼の光に魅入られそうになった刹那、緊張で糸を震わせたような甲高い声が響いた。

「始め！」

タメルランの叫びと重なったのは、地面を穿つような炸裂音だった。

一瞬前まで間合いの外にいたはずのアルディエルの顔が、息が触れるほどの距離にある。先の先へ仕掛けてくる強気は、どこまでもこの男らしい。

だが、その程度で先は取らせない。

アルディエルの意思がその剣に伝わる直前、カイエンは無造作に踏み込み、アルディエルの剣を鞘の中に押し込んだ。察していたのだろう。燕のように飛んできたアルディエルの拳を鼻の先で躱すと、すれ違いざま、カイエンはその背中を突き飛ばした。

フランとの間に遮るものがなくなった。

白い綾衣の少女は、両手を胸の前で結んでいる。鳶色の瞳が、まっすぐに自分を見ていた。口にしたことのない言葉があるの――。少女の声が聞こえた気がした。

掟ゆえに口にできなかった言葉だ。唇を噛む少女に、カイエンは頷いた。

分かっている。伝えるために、俺はここに来た。

今すぐにでも駆け寄り、抱きしめたい。込み上げてきた感情は、だが、それを許さない背後からの闘志によって覆いつくされた。その男を倒さねば、この想いを伝えることはできない。背に負った長剣を抜いたカイエンは、ゆっくりと振り返った。

立ちはだかるアルディエルに、鈍色に光る切っ先を向けた。

風によってなのか、彼自身がそう見せるのか。逆立った金色の髪の下でこちらを見据える碧い眼光は、王の裁きを下さんとする獅子のようにも見える。太陽の熱さなのか、血の滾(たぎ)りなのか、身体の内側が燃えるようだった。

――この男に勝ちたい。

心の奥底から聞こえてきた。生涯でたった一人、勝てないかもしれないと思った男に勝ち、フランの柔らかな手を握る。

自然と口が開いていた。

腹の底から湧き起こる感情が口から漏れ、雄叫(おたけ)びのようになった時、二人は同時に駆け出していた。

詐術(さじゅつ)のようだった。左右から同時に迫るようにも見える一振りの剣を無視し、渾身の突きを放った。歯を食いしばる。左腕に焼けるような痛みを感じた瞬間、カイエンの剣から肉を抉(えぐ)る感触が伝わってきた。

天からまばゆい斬撃が降ってきた。垂れこめる曇天(どんてん)を切り裂くように、剣を振り上げる。

全身が痺れるような金属音が響き、目を眩ませる火花がアルディエルの顔を茜色に染めた。

よく知ったアルディエルの顔が、そこにはあった。

俺だけは知っている。フランの父である族長に拾われたお前が、恩を返すために草原を背負うと決めたことを。

そして、フランへの妹へ向けるようなまなざしの中に、他の色合いが混じっていることも。決して叶わぬ想いだと、お前がそれに気づくまいとしていることも、俺は知っている。

「……同情はしない」

声にした言葉の意味は分からないだろう。だが、アルディエルの瞳に、怒りに似たものが滲んだ。

利那、剣が離れた。飛び退りながら放った剣閃は、見事に撃ち落された。

互いに間合いの外に出た。

冷たいはずの風が熱く感じる。アルディエルから向けられる闘志に呼応して、身体が燃えるように熱い。左腕から血が流れている。痛みはなかった。向かい合うアルディエルの右肩にも血が滲んでいるが、その傷が剣を鈍くすることはないだろう。

――本気になれば、どちらかが死ぬ。

次の一撃で勝負は決まるかもしれない。だがその結末は間違いなく自分か、アルディエルの死によってもたらされる。

二つの鼓動が重なり、どちらともなく地面を蹴ったその時――。

「離れな！」

肌を弾(はじ)けさせるほどの言葉が、草原の風と共に吹き抜けた。アルディエルは左に、カイエンは右へと身体を転がし、そして向かい合った。

「――イスイ。何をしたのか、分かっているのだろうな」

いつも冷静沈着なアルディエルからは想像できないほどの怒気を向けられたのは、カイエンたちの決闘を妨(さまた)げた言葉の主だった。イスイと呼ばれた女は、腰に手をあてて立っている。

下肢は足元までを毛皮で覆っているが、上半身は目のやり場に困るほど露出が多い。首元の青い襟巻は、族長側近の一人である証だ。歳は、二十を超えた程度だったはずだ。長い黒髪を後ろにまとめ、あらわになった二の腕に刻まれる蛇の入れ墨が蠢(うごめ)く様は、妖艶(ようえん)さを感じさせる。

「イスイ――」

「今すぐ長の村(コルム)に戻ってこいと、族長が仰(おお)せだよ」

「儀式を妨げたからには、相応の理由があるのだろうな」

どこか冷静さを失ったかのようなアルディエルの言葉に、カイエンはおやと思った。普段であれば、ここで怒る役と、なだめる役は逆のはずだ。

「あんたは次期族長だろう。らしくない熱さはよしな。そんなのそこのはぐれ者だけで十分だ」

さりげなくカイエンへの蔑みを放り込んできたイスイに何と言うべきか迷い、カイエンはひとまず舌打ちをしてみせた。

「何が起きた」

「カイエン・フルースィーヤ。ぞんざいな口調で話しかけられるほど、あんたと仲良くしたつもりはないよ」

表情一つ変えず吐き捨てたイスイに、カイエンは再度大きめの舌打ちをした。

「おい、アルディエル。族長の忠実な僕は、俺とは口を利きたくないそうだ。普段の間抜け面が見る影もないところを見れば、それなりに深刻なことが起きているんだろ」

静かな息を吐き出したアルディエルの顔が次期族長のものへ変わり、その身体をイスイへと向けた。

「何が起きた？」

イスイが口をつぐみ、カイエンへと視線を向けた。

「いい。もしも闘争が必要であれば、カイエンの力は必要だ」

「……よそ者だろう」

「私の友だ」

有無を言わせぬ言葉に、イスイが観念したように頷いた。

「――滅びの使者が、長の村（コルム）に現れた」

吐き出そうとした言葉が崩れ、カイエンの口から漏れていく。急激に体温が下がったようにも感じる。イスイの言葉は、それほどに衝撃的なものだった。

長い沈黙を破ったのは、草原を率いる責務を持ったアルディエルだった。

「……極東の覇権争いは、エルジャムカの勝ちか」

「十日で決着したそうよ。敗れた極東の王アテラは、二十万の大軍と共に生きたまま穴埋めにされたというわ」

「容赦ないな……」

わずかに上ずった声は、この場にいる五人の中で、最も若いタメルランのものだ。言葉の震えは、それが草原の民に降りかかる運命かもしれないからだった。

エルジャムカ・オルダという名を知らぬ者はいない。

世界は、十二の大国が不気味な均衡を保つ西方世界（オクシデント）と、無数の群雄が入り乱れる大乱の世界の中央（セントロ）、そして史上初めて覇者（ハーン）と呼ぶべき者が現れた東方世界（オリエント）に大別される。

エルジャムカが牙の民の王として、世に姿を現したのはわずか十年前のことで、まだ齢（よわい）三十にもなっていないはずだ。

遥か北辺の土漠で旗を掲（かか）げた深紅の瞳を持つ王は、誰も予想しえないほどの早さで極東を斬り従え、そしてかつての友であり、最後の雄敵となった極東の大王アテラを屠（ほふ）ったのだという。

草原の民の暮らす大地は東方世界（オリエント）の南西に位置し、南北を長大な山脈の壁に遮られている。東方世界（オリエント）と世界の中央（セントロ）を結ぶ交易の道からも大きく外れ、独立独歩を保ってきた（というよりは、あえて草原を攻めようという者がいなかっただけなのだが――）。

「牙の民の王エルジャムカは、向かう先の民に、滅びか服従かを選ばせる」

確認するように視線を向けてきたアルディエルに、カイエンは頷いた。

「使者に服従を申し出れば、牙の民は素通りする。だが抵抗を選べば、一人残らず皆殺しとなる、だったか？」

「ああ。だが、たとえ服従を選んだとしても、二本足で立つことのできる男は戦の前線に立たされ、残った女子供と老人は寝る間もなく働かされ死んでいく。どちらを選んだとしても、いずれは民ごと消えてなくなる」

「滅びの使者とは、よく言ったものだな」

そう呟いたカイエンを、イスイが睨みつけていた。

草原の民が居を構える大地は、東方世界と世界の中央の狭間に位置する。

極東の覇者となったエルジャムカが、さらに世界の中央をも望むのであれば、避けては通れぬ道だ。三十万の人口を数え、壮年の男だけでも十万を数える草原の民は、エルジャムカにとって兵として垂涎の代物に違いなかった。兵站基地としても、格好の場所にある。

「それで、使者の言葉は？」

アルディエルの問いかけは、イスイの瞳の光を弱々しくした。

「降るか、滅びるか。返答次第で、草原を囲む百万の兵が裁きをもたらす。そして――」

言葉を区切ったイスイが、躊躇するように息を吸い込み、ゆっくりと視線をフランへと向けた。フランを見つめる視線には、やはり忌々しげな光が滲んでいる。同時に、少女を恐れるような怯えも混ざり合っていた。

不気味な力を持つとされる少女が、これまで幾度となく向けられてきた視線だ。

「――フラン・シャールを捧げねば、いずれを選ぼうとも滅びからは逃れられぬ」

一気に言葉を吐き出したイスイが、フランから視線を外す。

五人を深い沈黙が包み込んだ。それほどに、イスイの口から響いた言葉は、予想外のものだった。

極東の覇者(ハーン)が、なぜ辺境の孤独な少女の名を持ち出してくるのか。

早鐘を打つ鼓動の中でカイエンが見たのは、何かを諦めたかのようなフランの表情だった。驚きも悲しみもそこにはない。まるで、そうなることが分かっていたかのような——。

「フラン……」

少女にかける言葉を見つけられないうちに、アルディエルの歯切れの悪い言葉が耳朶(じだ)を打った。

「長の村(コルム)へ戻り、策を立てる」

そう言って駆け出した彼の背を追うように、カイエンもまた走り出した。ちらりと振り返った時、フランの心配そうな瞳がまっすぐにカイエンを見つめていた。

気をつけて。少女の口がそう動いたような気がした。

地平線まで広がる草原に、溢(あふ)れんばかりのテントが無秩序に広がっている。直径一ファルス(五キロメートル)をゆうに超える円形の柵の中、鞣(なめ)した獣の皮を重ねて設営されるテントの大小は、そのまま持ち主の権力を示していた。

丘陵地帯を越えたカイエンの目に飛び込んできた広大な草原の町は、ジルカ・シャールが前任者より族長を引き継いで以来三十年、徐々にその規模を大きくし、今ではここだけで八万を超える民が暮らしている。

握りしめた拳が、細かい砂でざらついた。

長の村(コルム)の空気は、舞い上がる砂の匂いと極度に緊張した人の放つ体臭とで、かつてないほどに荒々しくかき乱されている。家財の全てを馬に積み逃げ出そうとする者がいれば、それを阻止すべく甲冑(かっちゅう)を着込み制止する者もいる。

「……まずいな」

背後からアルディエルの呟きが聞こえた。ぬかるんだ草原の道を一ファルス(五キロメートル)も駆け通してきたせいで、すぐ先ほどまで荒い息をこぼしていた。だが、村の混乱に肺の苦しさを忘れてしまったようだった。

「さっきの今で、なぜここまで混乱しているんだ……」

「今日は祝祭日だ。族長の生誕日は、一族をあげて祝うことになっている。長の村(コルム)にもっとも人が集まる日だ」

「牙の民の使者は、それを狙ったかな」

「知るか」

容易に収拾できないであろう事態を前に、アルディエルの声は珍しくなげやりなものだった。

「カイエン。軽騎兵五百を率いて逃げ出す者を封じてくれ。村の治安がこれ以上崩れるのを避けたい。巡邏(じゅんら)隊は四隊から十二隊へ。それから、五百の小隊を長の村(コルム)から二ファルス（十キロメートル）四方の地点に配置」

「軍の召集は？」

「南の村(アスルム)に三万を。十七の全ての村長に出向くよう伝令を」

「了解。北の村(バラム)に関しては、村長不在を衝(つ)かれぬよう、ガヤの盗賊の牽制(けんせい)に二千騎送るぞ。それからフランの護衛にも五百を割く」

指示の穴を補強するように付け加えると、アルディエルが浅く頷いた。

「手配を終えれば、お前も族長のテントに来い」

「族長の嫌そうな顔が目に浮かぶ」

「非常時だ。そう邪険に扱いはしないさ」

どうだかと肩を竦め、カイエンは遠目に見える一際大きな紅白のテントへと目を向けた。

六十歳をいくつか超える族長は、柔軟さの欠片(かけら)もない男だった。フランを草原の民から切り離し、孤独に育てることを決めたのも、彼が人ならざる力を忌(い)んだからだ。

「儀式は中断されたが、お前には話しておく必要がある」

「何を？」

問いかけに、アルディエルは一瞬躊躇（ためら）うように口を閉ざし、黄金色の髪をかき上げた。

「――フランの力についてだ」

必ず来いよ。そう言い残したアルディエルが踵（きびす）を返して駆け出していった。

II

その臭いは、族長のテントに入る前から漂ってきていた。

あまりにも強い血の臭いに、アルディエルの心臓の音が速くなった。族長を護るはずの衛兵たちが、その巨軀（きょく）を丸めて怯えきっている姿を見れば、異常な事態が起きていることだけは確かだった。

「アルディエル・オルグゥ、入ります」

返答がないことを予想して、三数えたアルディエルはテントの中に身体を滑り込ませた。

自分を見つめる無数の瞳に、思わず息を呑んだ。

「……これは」

三十は超えているだろうか。地面に所狭しと並べられた生首の群れにアルディエルが二の句を継げないでいると、奥座敷に足を投げ出して座る族長ジルカ・シャールが力なく項（うな）垂（だ）れた。血の臭いに混じって、酒の匂いが漂っている。

「北辺の民じゃ。二日前、牙の民に抵抗し皆殺しにされたのだという」

「我らに対する脅しですか」

「服従せねば我らもこうなると」

常に厳しい表情で草原の民を率いてきた族長が、全身に弱々しさをまとっていた。牙の民の軍勢は百万を超えるとも言われる。抵抗すれば、女子供を合わせても三十万ほどの草原の民に勝ち目はないだろう。兵は七万しかおらず、それにしても歴戦の牙の民の兵とは比べものにならない。

民を率いる者の苦悩は、手に取るように分かった。

「どうされるおつもりです？」

齢六十を超えてその判断力も鈍ってきている今、草原の民の存亡をかけた決断を迫られることになろうとは思ってもみなかっただろう。

「どうするとは？」

まるで想定していなかった言葉を聞いたとでもいうような族長のオウム返しに、アルディエルは嫌な汗が流れるのを感じた。

「牙の民の使者が来たということは、我々に残されている選択肢は三つです」

族長の瞳の揺れに、アルディエルは続けた。

「牙の民に抵抗し滅びるか、服従し滅びるか、それともこの地を捨てて逃げのびるか」

「抵抗はいかん」

「ならば服従するか、逃げのびるか。ですが、ご存知でしょう。服従した民の男は、戦の最前線で牙の民を護る盾として死ぬ。女子供は前線の兵たちの空腹と肉欲を満たすため、ろくに食べ物も与えられず衰弱死するまで働かされる。服従もまた滅びと同義です」

逃げのびるしか、草原の民が生き残る道はない。そしてその機会を生かす時はほんのわずかしか残されていない。

「もしもこの地を捨てるならば、今すぐにでも――」

「待て、アルディエル。彼らは条件を出してきた」

震えるように遮った族長が、首を大きく横に振った。

「条件？」

「フランを差し出せば、草原の民は、牙の民の譜代の臣下として扱うと」

縋るような族長の言葉に、血の気が引いていくのを感じた。もしもここにカイエンがいれば、族長を殴り飛ばしていたかもしれない。

「……何を言っているのか、分かっておられますか？」

思ったよりも怒気を孕んでいる言葉に、族長が肩を震わせた。

「あなたもお分かりのはずだ。牙の民がなぜフランの力を欲するのか」

フランの力を畏れ、少女の表情を奪ったのは族長だった。

『……私はいらない子なの？』

十二年前、俯く少女からこぼれた言葉は、今も覚えている。

一年のほとんどを、民が近寄ることを許されぬ神凪の森で過ごしていた。傍に仕えるのは声を失った老婆のみで、年に一度だけ長の村へ帰ることを許されていた。父母の抱擁を恋しがるような歳だ。だが、抱きしめられることを期待した少女に父母が向けたのは、まだ生きていたのかというあまりに冷たい瞳だった。

娘の死を願う両親の瞳に、少女は口を歪めて涙を流していた。もう一年我慢すればきっと抱きしめてくれるはず。そう言って、アルディエルの手をきつく握りしめながら、孤独が待つ神凪の森へと帰っていく。毎年、繰り返してきた。

だが、少女のほんの些細な願いが叶えられることはついになかった。その言葉からも、いつしか疑問符は消えた。

その力を使えば、容易な願いだったろうと思う。だが、少女は本物が欲しかったのだ。

笑顔を失い、徐々に口数も少なくなっていく少女に、アルディエルは何もしてやることができなかった。だからこそ、カイエンと名乗るまっすぐな青年が、何度も何度も少女に拒絶されながらも毎日違う花を持って現れ、ついに微笑ませた時は、見つからぬよう木の陰で嬉し涙を流した。

人への期待を失った少女が見せた十二年ぶりの笑顔だった。

ようやく笑顔を取り戻した少女から、再び奪おうというのか。

握りしめた拳が、悲鳴をあげていた。

「――あなたは、姫に史上最悪の殺戮者になれとおっしゃるのですか？」

こぼした言葉に滲む悲痛は、自分でも予想していなかったものだ。

もしも牙の民がフランの力を手中にすれば、世界中に悲劇をもたらすだろう。

古い伝承に伝わる〈鋼（はがね）の守護者〉の名は、一つの民を滅ぼした者の名だった。笑い合う友の胸に剣を突き立て、愛する人の喉を締め上げる。突如として狂乱した十万の民による同胞殺しは、最後の一人となった〈鋼の守護者〉の死によってようやく終わりを迎えたという。

伝承の悲劇を思い浮かべ、アルディエルは首を左右に振った。

「姫の力は、人の心を操ります。極東の覇者（ハーン）がそれを知って欲するとすれば、使い道はただ一つ。兵の心を操り、人を殺すことに何の罪悪感も抱かせぬようにすることでしょう。世界の中央（セントロ）に挑もうとするエルジャムカの瞳は、その先の西方世界（オクシデント）すら見据えているはずです。強大な覇者（ハーン）に統率された、心を持たぬ百万の兵は、間違いなく世界の災厄となりましょう。あなたは、姫をその元凶にしようと言うのですか？」

責める言葉を遮るように族長が掌（てのひら）を突き出してきた。その目には言い訳するような光が滲んでいた。

「……どうしようもないのじゃ。百万を超える牙の民の軍は、すでに草原を遠く囲んでおる」

「はったりかもしれません」

「じゃが、そうではないかもしれん。アルディエル。三十万の民の命がかかっておるのじゃ。甘い考えで判断することはできぬ。フランを差し出すことで守ることができるのであれば、儂は……」

こぼすような族長の瞳に、アルディエルは唇をかみしめた。

族長の言葉は、長の言葉としては何一つ間違っていない。

長になって以来三十年、民を愛し護り続けてきた目の前の男が、忌むべき娘と引き換えに民の命を守るべきだという判断を下すであろうことは理解できる。

だが、これは草原の民だけに留まる話ではないのだ。

口の中に、血の味が広がった。

「……その決断は覆らないのですね？」

族長の目には頑なな光が浮かんでいる。三十年、身を粉にして民のために生きてきた男だ。年齢以上の深い皺が刻まれている顔を見て、アルディエルはゆっくりと息を吐き出した。

妹のようなフランの〈守り人〉として、その頰に浮かぶのは笑顔であって欲しいと願う自分がいる。フランを微笑ませることのできる友の、まっすぐな恋慕を尊重したいと願う自分がいる。

フランが人への期待を二度と失わぬよう、アルディエルはカイエンにとって高い壁であり続けてきた。何度も挑むカイエンの姿を、フランの目に焼きつけてほしかった。こんなにも想ってくれる者がいるのだと。アルディエルの想いは知らなかっただろうが、カイエンも決して屈することなく自分に挑み続けた。二人の幸福を心から願っている。

だが――。

鋭い痛みに拳を見ると、爪が皮膚に食い込み、肉が裂けていた。

孤児だった自分を育ててあげてくれた族長の助けとなりたいと願う自分もいる。自分を慕う民を護りたいという想いもある。

いくつもの願いに、身体が引き裂かれそうだった。だが、ここで自分の願いを叶えるために動くことは、決して許されないこともまた、不世出の麒麟児と呼ばれる青年は知っていた。

誰もが皆、自分の身に降りかかる未来に怯え、混乱している。自分までもが降りかかる運命に呑み込まれれば、この世界は闇に包まれてしまうことを、アルディエル・オルグゥだけは知っていた。

「――牙の民との交渉は、私に一任してください」

瞳を開いた族長から、アルディエルは少しだけ顔を背けた。

「次期族長として、民を想う気持ちは同じです。フランと引き換えに民の命が護られるのであれば――」

言葉が喉に絡まった。尊敬してきた男に嘘をつくことに躊躇っているのだろうか。それとも、言葉にすれば後戻りできないことを恐れているのか。

長く息を吸い、目を閉じた。

自分の決断がいかなる結末をもたらすのか。

「病魔に侵された身体で、牙の民と話し合うのは無理でしょう。次期族長として、私が交渉の場に立ちます」

妹のように思ってきた少女を、自分の手で殺すことになるかもしれない。友を、絶望の中に殺すことになるかもしれない。

これは賭けだ。

瞼(まぶた)を開いた時、そこには震えながら泣く老人の姿があった。

Ⅲ

底の開いた桶を塞ごうとするようなものだった。長の村から逃げ出そうとする民を宥めすかし、時に脅して秩序を守ろうとする行為にどれほどの意味があるのか。恐怖に支配された民衆を、上から抑えつけることは難しい。下手を打てば流血沙汰になり、かろうじて保たれている秩序は崩壊するだろう。

吹き抜けた風に、季節外れの肌寒さを感じた。

長の村の門には、外に逃げ出そうと列をなす民の群れが、延々と続いていた。俺たちを殺す気かとまだ若い男たちが怒鳴り声をあげ、五百の衛兵が必死で塞いでいる。すかさず衛兵の一人が飛びつき、すぐそばで、衛兵の隙を衝いて老人が馬に飛び乗った。すかさず衛兵の一人が飛びつき、老人を引きずり下ろした。

痛そうだなと呟いたタメルランの肩に、カイエンは右手を乗せた。

「タメルラン、あの御老公には温かなスープでも飲んで落ち着いてもらえ。あとは任せる」

「カイエンは？」

「アルディエルのところに行く。村長たちの招集を待っている暇はない。このままでは、今夜にでも暴動が起きるぞ」

姉とよく似た美貌を悩ましげに歪め、タメルランが見上げてきた。

「どうするつもり？」

「どうもこうもないな。牙の民の使者が来た時点で、滅びるか逃げるかしか選択肢はなくなっている。俺はフランを攫ってでも逃げるよ」

「でも、そんなことをしたら牙の民は草原を滅ぼすんじゃ……」

「だからだ」

タメルランに背を向け、カイエンは吐き捨てた。

「フランを攫えば、草原の民も逃げざるをえないだろう。抵抗しても服従しても滅びの運命は変わらないのであれば、とっとと逃げ出した方がまだ目はある」

フランが服従の条件となっていることを民は知らない。もしも知れば、今まで畏れ蔑んできた少女を人身御供にすることを、草原の民は諸手を挙げて賛同するだろう。そうなる前に、連れ出す必要があった。

「逃げ出す準備だけはしておけ」

そう残し、カイエンはタメルランの返答を待たずに駆け出した。

赤と白に塗り分けられた族長のテントは、長の村のどこからでも視認できるほどに巨大だ。贅沢華美を嫌う現族長はもっと簡素なものを望んだというが、周囲が許さなかったという。確かに、有事の際に指針を示す者がどこにいるか、一目でわかることは重要なのだと今更ながら感じていた。

アルディエルであれば、時の猶予がないことは分かっているはずだ。もはや全ての民を救うことはできない。草原の民全てが逃げ出せば、その大半は牙の民の追手に殺されるだろう。だが、それでも確実な滅びよりは遥かに良い。アルディエルは痛みを伴う決断をできる男だと、カイエンは信じていた。

「アルディエル」

ちょうどテントから出てきた金髪碧眼の青年の姿に、思わず叫んでいた。うずくまる衛兵の群れの中に駆け込み、カイエンは荒い息を吐き出した。

「カイエン」

頭上から降ってきたアルディエルの硬い言葉に、鼓動が大きく鳴った。息を整え、顔を上げる。

そこにあったのは、次期族長としての姿だった。

「草原の民は、牙の民に降る」

耳を疑う言葉だった。

「……聞き間違いでないならば、お前は今、草原の民を滅ぼすと言ったように聞こえたが、それは言い間違いだろうな」

言葉の後半は叫び声のようになっていた。カイエンの言葉に、衛兵たちがざわめきだしたが、目の前の碧い瞳には、欠片ほどの動揺も浮かばなかった。

「この馬鹿野郎」

思わず突き出した拳が、アルディエルの鼻の先で受け止められた。摑まれた拳の影から、アルディエルの瞳が現れた。

「フランを捧げれば、草原の民は牙の民の譜代の臣下となる。外様(とざま)の臣下に待つのは過酷な滅びだけだが、譜代として扱われれば民の繁栄にも繋がる」

「お前、本気で言っているのか」

「私が冗談を言わないことぐらい知っているだろう」

見る者を凍りつかせるほど冷たい光が、アルディエルの瞳に滲んだ。

「フランの護衛には新たに四千騎を向かわせた。お前の行動は読める。攫おうとしても無駄だ。お前の力ではどうにもならない」

「これ以上、フランを犠牲にするつもりか」

身体がかっと熱くなった。

「譜代の臣下として扱うなど、お前は真に受けるのか。いや、たとえそうなったとしても、草原の民が優遇されるという保証などはどこにもない。そんなことも分からないお前じゃないだろう。アルディエル。族長は――」

「カイエン、もう茶番はやめよう」

不意に、アルディエルの頬に皮肉気な笑みが浮かんだ。

「なんだと？」

「言ったろう。姫の力を教えるから、ここに来いと」

「何が言いたい」

「お前が姫にこだわる理由など、初めから存在しないんだよ」

何を言っている。

口にした言葉と同じものを心の中で繰り返した時、アルディエルの瞳がすっと細くなった。

「姫の力は、人の感情を操る」

それはカイエンだけに聞こえる、囁くような声だった。

背中に冷たい汗が流れた。

「お前の中にある姫への想いは、孤独に倦(う)んだ姫が作り出したものにすぎない。いいかカイエン。これは友としての忠告だ。姫はお前に救いを求めたのではない。自分の力で救われようとして、たまたまお前がそこにいただけのことだ。お前が姫を慕う気持ちは、紛(まが)い物なんだよ」

それは、はっきりとした言葉だった。

「だから――」

「やめろ！」

叫び声と共に突き出した拳が、アルディエルの頬を強(したた)かに打った。だが、その言葉を遮ることはできなかった。

「姫が犠牲になろうとしているからといって、お前が怒る理由はどこにもないんだよ。そんな紛い物のために、私はお前に命を失ってほしくはない」

アルディエルが悲しげに微笑み、そして腕を組んだ。

「牙の民の王、極東の覇者(ハーン)にまで上り詰めたエルジャムカ・オルダが、なぜ姫を名指しして欲しがったと思う。お前が信じようとしなくとも、それが答えだろう」

身体中から力が抜けていくようだった。

アルディエルの話は到底信じられるものではないが、極東を制した強大な牙の民が、フランを欲しているという事実は動かしがたいものだ。

だが、フランへの想いが紛い物と言われることだけは許せなかった。自分の想いが偽物のはずがないし、フランがそんなことをするとも思えない。いや、仮にそうだったとしても、それまで孤独に生きてきた少女を誰が責められるというのか。

孤独を癒やすべき相手としてカイエンを選んでくれたのだとすれば、その事実だけでいいとさえ思った。

作り話でカイエンの暴発を防ごうとしたのならば、下策も下策だ。フランを犠牲にしてありもしない平穏に飛びつくようならば、自分は全てをかけてフランを攫う。

「明日の朝、一万の兵でフランを護送する。もとはこの村の民でないお前を、草原の民の運命に巻き込むのは忍びない。だから、今夜にでも逃げ出せ。友として、それを言いたかった」

哀れむような表情を浮かべるアルディエルに、心の底から怒りが込み上げてきた。どこまで、俺を見損なえば気が済む。

「友としての忠告は聞いた。が、友とは対等な間柄のことだな」

「私もそう思うよ」

「ならば、お前の言葉に従うかは俺次第ということだ」

「馬鹿な真似はやめておけ」

吐き捨てたアルディエルに背を向けた。

「遮るのであれば、友でも斬る」

そう呟き、カイエンは歩き出した。

Ⅳ

愚直なひたむきさに、自分は惹かれたのだろう。去り行く友の背に、アルディエルは慣れない狡猾（こうかつ）な表情を崩した。

カイエンと入れ違うようにして、タメルランを呼び出した。日頃、アルディエルが起居するテントに現れたタメルランは酷く困惑していた。

椅子を二つ、テントの中央に向かい合わせで置き、タメルランに座るよう促した。小声で喋れば、たとえテントの外で聞き耳を立てている者がいたとしても聞こえない。

「時がない。手短に話す」

座ると同時に、アルディエルは話すべき内容と、そうではない内容を整理した。タメルランの動き方次第で、この策は破綻（はたん）する。草原にあって唯一対等な友と、幼い頃から見守ってきた姫の、ほんのわずかな希望の光。

まだ幼さをいくらか残すタメルランの顔を見据えた。

「タメルラン。お前は姉のことを護りたいと思っているな」

「いきなりなんだよ」

「いいから答えろ。時がないんだ」

喋り方がどこかカイエンのようになっていることに気づき、アルディエルは心の中で笑った。

即断即決、そうと決めたら鬼神も避けるような勢いで突き進んでいくのがカイエンという男だ。自分はどこまでいっても冷静で、必ず勝てる勝負でなければ、場には立たない。次期族長として、民を危険に晒すわけにはいかず、自分でも鈍重と感じる判断も、時に必要なことだと信じていた。

自分にないものをふんだんに持っている。だからこそ、自分はカイエン・フルースィーヤという男に魅せられたのだろう。追い越されまいと、見えないところで血反吐を吐くほど鍛錬してきた。どれほど鍛錬しても、カイエンもまた強くなる。出会って一年、ずっとその繰り返しで随分と腕も上がった。

この策は次期族長としての判断ではない。アルディエル・オルグゥ個人としての策であり、それにはカイエンのような果断こそが最善のはずだった。

気圧されたようにタメルランが頷いた。アルディエルも力強く頷き、タメルランの肩を掴んだ。

「草原の民は、姫を牙の民に捧げ、その臣下となることが決まった」

「それって……」

「黙って聞け。明日の朝、私は牙の民との交渉の場、ハザル湖へ出立（しゅったつ）する。姫も一緒だ。姫を迎えに、牙の民の王自ら出向くという」

「自ら？」

「ああ。それほどに牙の民は、姫の力を欲しているのだろう。極東を制したといえど、世界の中央（セントロ）の軍は強力だ。私がエルジャムカの立場でも、姫の力を手にしようとする」

それほどまでに、フランの力は強大なものだ。

世界に恐ろしい混沌をもたらさぬためにも、フランに史上最悪の殺戮者の咎を背負わせぬためにも、打てる手は一つだけだ。

いつの間にか肩を掴む手に力が入っていたのか、タメルランが小さく呻いた。

「いいか。機会はハザル湖に向かうまでの道だ」

口からこぼれる言葉は祈りに近かった。

もしもフランが覇者（ハーン）の元へ辿（たど）り着けば、その瞬間、アルディエルは少女を殺さねばならない。フランのもたらす災厄は、草原三十万の民の滅びどころではない。これはもはや、草原の民だけの話ではなかった。

「すぐに南の村（アスルム）へ行け。すでにイスイを向かわせた。草原の民は牙の民へ抗戦すると、イスイに触れ回らせている」

「なんでそんなことを？」

　何が何だか分からないというように、タメルランが首を振った。

「アルディエルは姉上を連れてハザル湖に向かうんだよね。それなのに南の村（アスルム）の兵を蜂起させるのはなぜ？　機会がハザル湖に向かうまでの道って……もしかして、カイエンがアルディエルを襲う機会ってこと？」

　タメルランはよく頭が回る。理解して欲しいことをしっかりと理解しているようだった。

　頷き、その肩から手を放した。

「姫を救うにはそれしか方法がない」

「そんな……今から皆で一緒に逃げれば」

「長の村（コルム）にもとっくに監視の目がついている。全員で脱出の準備でもしようものなら、日が暮れる前に牙の民の軽騎兵が姿を現すことになる」

「けど……」

　俯いたタメルランが言葉を区切り、目を怒らせた。

「カイエンが姉上を攫うことに成功したとして、残されたアルディエルたちはどうなるの?」

「滅びる時期が、明日に早まるだけだ」

それにと微笑み、アルディエルはタメルランから身体を遠ざけた。

「カイエンに必死の抵抗をしたことがエルジャムカに伝われば、見逃してもらえるかもしれない」

タメルランが喉を鳴らし、睨みつけるように目を細めた。自分の言動がはたから見れば滅茶苦茶であることは、アルディエル自身が気づいていた。

「心配するな。姫は今まで何一つ報われることなく孤独に生きてきたんだ。最後くらい報われる機会があってもよいだろう」

言葉に込めた半分も、自分の真意は伝わっていないだろう。

カイエンには操られた感情と言った。しかし、少女がその力を使っていないことを、アルディエルは知っていた。孤独に生きてきたフランは、当初、カイエンという男を拒絶した。好意を向けられてなお、父母の愛を知らぬ少女は、カイエンの想いを疑っていたのだ。

そんな少女の凍りついた感情が溶けていく様子を、自分は見てきた。

いつしか二人の間には、長年傍で見守ってきた自分でさえ、立ち入ることのできない絆ができあがっていた。それを羨ましいと思ったこともある。だが、カイエンを前にして、初めてフランが笑顔をこぼした時、自分の気持ちはどこまでも些細なものだとアルディエルは思ったのだ。

フランが幸せになってくれるならば、それでいい。

フランを失うことによって草原の民が滅びたとしても、彼らが少女を畏れ蔑んできたことを思えば同情する気にもなれない。アルディエルの願いは、カイエンがフランを攫い、風のようにどこかへ消え去ることだった。

だが、もしもそれが叶わぬ時、フランの傍につき従い、少女の胸に銀の刃を差し込む役を果たす者がいる。それは、自分にしかできないことだった。

いつの間にかタメルランの瞳から怒りが消え、今にも泣き出しそうな気配を孕んでいた。

「アルディエルは、独りで犠牲になろうとしている」

「そんな格好いいものじゃないさ。私は次期族長の務めを果たしているだけだ。どう転んでも草原の民が滅びるのであれば、カイエンは私にとって唯一の友で、姫は大切な妹で、お前は大事な弟だ。少しぐらい希望のある結末があってもいいと思っただけだよ」

泣くなと笑い、アルディエルは少年の頭を力強く撫でた。

「カイエンには言うなよ」

子ども扱いするなとばかりに手を振り払ったタメルランが、立ち上がった。

「カイエンと一緒に戦えば——」

「言ったろう。残される草原の民がエルジャムカに慈悲を乞うためには、カイエンと死闘を繰り広げたという事実が必要だ。そのためにも、カイエンが本気で私を襲う必要がある」

「けど……」

いつになく、けどと言うタメルランに、アルディエルは微笑んだ。

「カイエンは目つきも言葉も、ついでに言えば態度も悪いが、本当は心優しい男だ。知ればその矛先は鈍るだろう。儀式では決着しなかったのだ。私は本気で戦うぞ、タメルラン。迷いのあるカイエンでは、私に勝つことはできないだろう」

そうなれば、フランも救われない。そう言って立ち上がると、アルディエルはテントの入口までタメルランを送り出した。

「アルディエル、本当に——」

「あと一度だけ会えるさ」

お別れはその時に。

背を押して送り出した時、遥か地平線に夕陽が沈んだ。

V

今にもこぼれ落ちてきそうなほどの満天の星空だった。

いつも通りの夜空と言ってしまえばそれまでだが、もしかすればもう二度と見ることはできないかもしれない。見上げる空に寂寥を感じてしまうのは、しかたがないことだとカイエンは思った。

すぐ後ろにはもう一騎の馬蹄が響いている。タメルラン・シャールのもので、まだ疾駆しながら風景を楽しむほどの熟練はない。いまも、走ることで精一杯のはずだ。

なだらかな丘を駆け下ると、カイエンは暗い草原の中で一か所だけ赤く燃えている南の村へと馬首を向けた。

フランを攫う機会は、一度きり。一万の草原の民の兵に守られ、ハザル湖へ北上する道すがら襲うしかない。ハザル湖へ着いてしまえば、牙の民の軍勢がどれほど待ち構えているかも分からなかった。

手綱を握りしめる拳に、力が入り過ぎていた。

あの馬鹿……。

心の中の罵倒は、人の運命を背負った気になっている金髪碧眼の青年に向けられたものだった。不世出の麒麟児として、幼い頃から民の期待を一身に背負ってきた。本人もまた、重圧に圧し潰されることなく、負荷が強くなるほどかえって大きく成長してきた。民の全てを背負うという強烈な自負が、アルディエル・オルグゥという男を誰もが次期族長として認めさせているとも言える。だが、そんなものは捨ててしまった方がいいとカイエンは思っていた。

アルディエルの考えなど、タメルランから何を聞かずともお見通しだった。生涯で唯一対等に向かい合えた友だからこそ、その想いは言葉にせずとも伝わる。

唇をかみしめた時、門の前で槍を交差させた衛兵が誰何の声をあげた。

「カイエン・フルースィーヤ。長の村より指揮権引き継ぎのために来た。先刻イスイが着陣しているはずだ」

ゆっくりと開き始めた門に、馬足を落とすことなく突っ込んだ。衛兵が慌てて左右に散った。

すでに兵たちの武装は終わっていた。兵站を司る者として族長の右腕をつとめるイスイの力量を考えれば、驚くことではなかった。

巨大な焚火を囲む兵士たちの中に、見るだけで肌寒いイスイの妖艶な姿を見つけ出し、カイエンは馬上から飛び降りた。

「状況は？」

投げかけた言葉に、イスイが忌々しげな表情でこちらを睨みつけてきた。族長の子飼いであるイスイにしてみれば、外から来たカイエンが一軍を任されるほどに族長に信頼されているのは気に食わないことだろう。

だが、今はそんなことに気をまわしている暇はなかった。

「集まった兵は三万。アルディエルに言われるままに戦備は整えたけど。どうするつもり？」

「フランを攫い、そして全軍で逃げる。ことは単純だ」

「はあ？」

頓狂（とんきょう）な声をあげたイスイが、周囲の兵の視線を気にしてか、声を落とした。

「アルディエルはフランを伴って牙の民に降伏するんでしょう。今更そんなことをして何の意味があるの？」

怪訝（けげん）な表情のイスイに、カイエンは彼女を兵の中から連れ出し、テントの陰に引っ張った。

「お前はフランの力を知っているんだったな？」

　こくりと頷き、イスイが視線を兵たちに向ける。

「民のほとんどは、族長の作った〝目を合わせれば魂が吸い取られる〟という作り話を信じているようだけれど。姫の本当の力を知っているのは、傍で守るアルディエルとタメルラン、そして私だけよ」

「ならば想像できるだろう。アルディエルはフランを殺すつもりだ」

「なんですって？」

　予想外の言葉だったのだろう。驚愕したようにイスイが瞳を見開いた。思わず響いた大声に、カイエンは舌打ちした。

「声を落とせ」

「そんなことをすれば、降伏しても草原の民は滅びるだけじゃない」

　イスイの言葉は、大方の民と心と同じくするものだ。自分の命を最上と思う者の声。当然と言えば当然だし、それが非難されるべきことだともカイエンは思わない。

　だが、アルディエルの見ているものは、もっと大きなものなのだ。

　南の村（アスルム）へと駆ける馬上で気づき、そして未だに信じられないことではある。だが、アルディエルという青年の碧い瞳は、間違いなく世界を見ている。

「フランの力が本当なら、優しさや罪悪感も操ることができるだろう」

「それは、たぶん……」

「考えてみろ。ただでさえ狂暴な牙の民の兵から、人間らしい感情が消えればどうなるか。人を殺すことを躊躇しない百万の殺戮人形が、覇者(ハーン)の下にできあがる」

イスイの身体が小さく震えた。

「冗談じゃない。アルディエルは草原の民を犠牲にして、これから牙の民が向から先の民を救うつもりだと？」

「アルディエルの道は二つ。エルジャムカに降ってその目の前でフランを殺すか、フランを俺たちに攫わせて牙の民の目が届かない場所に連れ去らせるか。どのみち草原の民は滅びる。それならばと、アルディエルはフランと俺たちが生きることのできる道を残したんだよ」

どの時点でそう考えたのかは分からない。だが、自分を犠牲にして大切なものを護るという決断は、アルディエルならば容易(たやす)くできるものだ。

「イスイ。お前の家族はこの村にいたな。すぐに出立の用意をさせておけ。長の村(コルム)は牙の民の監視下にあるが、ここはまだ逃げ切れる可能性もある。フランを攫えば、牙の民の軍は俺たちを追うだろう。その隙に各村の民を脱出させるんだ」

友の命を懸けた決断を無下にすることはできなかった。

頭を抱えるようにして項垂れるイスイが、首を横に振った。

「だから、アルディエルは……」

聞こえてきた言葉は、小さく震えていた。イスイの腕に刻まれた蛇の入れ墨が、物の怪のように蠢いている。

「長の村を出る時、アルディエルは今までありがとうって……私は」

いつの間にか、その双眸から涙が流れていた。イスイがアルディエルを慕っていたことは知っている。だが、あの碧い目はフランしか見ていなかった。

「友だから、俺はあいつの決断を無下にはしない。だが……あいつの思い通りにも動かないさ」

俯くイスイの頭を撫で、カイエンは笑った。

「それはどういう……」

イスイの言葉には答えず、その頭から手を放し歩き出した。

すれ違いざま、イスイの顔がこちらに向くのを感じた。いつもの敵意がない分、少しばかり調子が崩れるが、珍しいものを見たと思えば自然に笑えた。

歩き出した先に待つのは、カイエンもよく知る者たちの顔だった。無数の焚火が火の粉を上げる中で、三万の兵が今か今かと指揮官を待っている。

カイエンは右手を振り上げた。

「アルディエルの策だ。全て上手くいく。全員で生き延びるぞ！」

喚声が、夜空に浮かぶ星をいくつか落とした。

VI

朝日を右頬に受ける一万の行進は、断頭台へ進む罪人の行列のようにも見えた。罪なき彼らの罪の名を知る者として、最後尾で指揮を執るアルディエルは、彼らの最期を目に焼きつけようとしていた。

イスイとは別に送り出していた斥候（せっこう）が、夜明け前にカイエンたちが南の村（アスルム）で挙兵したことを伝えてきた。長の村（コルム）の兵は本陣を固めるため重装の歩兵で構成されているが、遊撃を担う南の村（アスルム）の兵は騎兵が中心。遅くとも太陽が天頂に辿り着くまでには現れるはずだった。

三万の騎兵に襲われるとは知らない一万の同胞を前に、アルディエルは深く息を吐き出した。

抵抗しようとも、降ろうとも、滅びる運命は変わらない。そう確信しているからこそその道を選んだが、今日、ここで死ぬ運命を彼らに与えるのはアルディエル自身だ。

「何を畏れているの」

不意に響いた声は、フード付きの旅装束に身を包み、顔を黒いヴェールで隠すフランのものだった。

それまで沈黙していた彼女の声が響いた瞬間、周囲の兵たちが怯えるように隣の兵と寄り添うのが分かった。この十七年間、フランの声を傍で聞いた者はほとんどいない。兵たちに前後左右に二十歩の距離を取るよう命じた。

「あなたはどこまでも優しいのね」

「それは、兵を遠ざけたことを言っていますか？」

フードの中で、フランが笑ったようだった。

「誰しもを人と思い、人として接していることよ」

フランの言葉には隠しきれない侮蔑が滲んでいるが、それがアルディエルに向けられているわけではないことを知っていた。

「私は姫の〈守り人〉であると同時に、彼らを率いる者です」

今度は侮蔑の色はない。だが、代わりに滲んだのは、どこまでも悲しげな響きだった。

「私が貴方の心に気づいていないとでも？」

二の句を継げないでいると、フランは苦笑したようだった。

「べつに責めてはいないわ。貴方がその決意を正しいと思うのならば、好きにすればいい。

草原の民を想い、そして私をずっと護ってきてくれたのは貴方なのだから」

少女が右手で黒いヴェールの端をつまむと、銀色の髪がこぼれてきた。隙間から、その左目がこちらを見つめている。

「貴方に殺されるならば、私は構わない」

フランは全てを見抜いている。アルディエルは〈守り人〉として誰よりも彼女の傍にいた。言い換えれば、フランは誰よりも深く自分のことを知っている。

アルディエルが見つめているものが草原の民の命運などではないことに、少女は気づいているのだ。それは同時に、少女もまた自らが歩むかもしれない未来を知っているということだった。

人としてまともに扱われてこなかった少女だ。もしもエルジャムカの傍に立つことになれば、少女はその力で世界を滅ぼすことを躊躇しないだろう。

言葉を濁すのは簡単だ。だが、少女にだけは、嘘で固められた言葉を吐きたくはなかった。

「私はカイエンを信じています」

少女の力を畏れることなく、フランへの想いが作られたものだと罵倒されてなお彼女を救うために動き出した友を、アルディエルは信じていた。

「成功したとして、アルディエル、貴方はどうなるの？」

草原の民と聞かないところが少女らしかった。

遠巻きにこちらを盗み見る兵たちを見渡し、アルディエルは拳を握った。

「カイエンが成功するには、私とここにいる一万の兵を殺す必要があります」

「ともに逃げることはできないの？」

一万の死という言葉にもフランは動揺していない。ただ選択の余地はないのかという疑問だけがその言葉にはあった。

「長(コルム)の村には逃避行に耐えられない老人や子供が多くいます。一万の死は、牙の民の王が彼らに慈悲を与えるための供物です」

カイエンがフランを奪い去った時、覇者(ハーン)は激怒し、草原の民の滅びを告げるだろう。だがカイエンに抗(あらが)った累々(るいるい)たる一万の屍(しかばね)を見れば、残った民だけは——。

束の間、フランの瞳に宿る光が強くなり、しかし次の瞬間黒いヴェールで隠された。

「本当に、みんな……」

その言葉の先に何を続けようとしたのか。だが向けた視線は先ほどよりも厚く感じるフードによって遮られた。再び殻に閉じこもった少女から目を離し、アルディエルは雲一つない空を見上げた。

もうじき太陽が中天に昇る頃だ。

変わりやすい草原の天気には慣れているつもりだったが、恐ろしい速さで太陽を覆い隠した曇天に、アルディエルは嫌なものを感じていた。

かすかに雨の匂いを感じた。

ほんの少し前までは、草原のいたるところに雲の隙間から光芒(こうぼう)が降り注いでいたが、一つ、また一つと消えてゆき、今や不気味な暗さに包まれている。北へ歩き続ける一万の兵も不安を感じているのだろう。革鎧(かわよろい)にサーベルのみ。戦備え(いくさぞな)としてはかなり軽装である。牙の民に敵意がないことを示すためだったが、同時にカイエンの勝利を容易くするためでもあった。

気配を殺すような息遣いが聞こえてきた。目的のハザル湖までは、九ファルス（四十五キロメートル）ほど。このままの速度で進めば、到達するのは夜半になりそうだった。南の村(アスルム)からの距離を考えれば、すでにカイエンの放った斥候がこちらを見つけていてもおかしくない。副官を呼びよせ、後方に向けて警戒を増やすよう指示した。

そう簡単にフランをカイエンに攫わせるわけにはいかない。草原の民には、ここで必死の抵抗をしたという事実が必要なのだ。カイエンが率いる騎兵は三万。こちらは軽装の歩兵一万。カイエンの指揮能力を考えれば、決着にはそれほど時はかからないだろう。

できれば向かい合う相手としてではなく、味方としてその力を揮いたかった。心残りがあるとすれば、それだけだった。もしも草原の民が十分な兵力を持っていれば、自分はカイエンと共に牙の民に抗うことを選んだはずだ。

人は生まれた場所で、生まれ持った条件で、手にした力で生きていかなければならない。これが、自分の運命ということだ。自分やカイエン、フランの。

勝負をもっと容易く決める方法もある。

少女の力で一万の兵の戦意を喪失させれば、決着は一瞬だ。抗うことすらできず、アルディエルはカイエンの刃を受け入れることになるだろう。

運命を少女に握られているような気がして、思わず視線を外した時だった。

二の腕に、雨が一滴落ちてきた。

「ようやく来たか」

さらさらと視界を包む霧雨の向こうで、丘陵の稜線上に黒い染みが溢れ始めていた。数万にも及ぶ馬の嘶きが、天地を揺らしているようでもある。

碧い目を細めたアルディエルの視界に映ったのは、三万の騎兵よりも遥かに多い主なき軍馬の群れだった。自分たちを乗せて逃げるつもりなのか。

「……馬鹿だな、やはり」

こぼした言葉は、友の優しさへの感謝でもあった。だが、それを受け取ることはできない。南へ向けて円陣を組むように指示し、迎撃の命令を下したアルディエルは、少女へと視線を向けた。

銀色の髪が雨に濡れていた。フードをはずし、顔を隠していた黒いヴェールを取り去っている。兵たちの前では頑なに隠していた顔を見せたのは、カイエンに見つけてもらうためなのか。

だが、少女の強い憂いを帯びた瞳は、全く別の方角を見ている。

つられるようにフランの瞳が見つめる先へと視線を動かしたアルディエルは、その瞬間、霧雨の中に人ならざる者の姿に気づいた。

Ⅶ

霧雨の舞う草原が、角笛の重苦しい音色に圧し潰された。

なだらかな斜面の上に一人立ち、深紅の瞳を持つ男は世界を見下ろしていた。漆黒の鎧を豪奢（ごうしゃ）な白銀の外套（がいとう）で包むその姿は、絵画の中から出てきた英雄のようでもある。青年の放つ覇気は、人類史にかつてないほどの情熱と野望のうねりであり、決して大柄でない彼を巨人のようにも見せていた。

次の瞬間、黒曜（こくよう）の髪の隙間に深紅の瞳を燃やす青年の両側から、溢れんばかりの騎兵が前進を始め、またたく間に〈鋼の守護者〉を護送する一万の兵を包み込んだ。

なぜ、自分は今ここにいるのか――。

霞（かすみ）がかった自我に、牙の民の王エルジャムカ・オルダは瞼を閉ざした。

あまねく世界を統べることが、己の唯一の使命だ。人の世界を自らの名の下に統一し、永遠の平穏をもたらすことだけが、自分の生きる意味――。

誰にそれを誓ったのか、誰がそれを定めたのかは分からない。脳裏におぼろげな微笑みが浮かんだ時、頭に鋭い痛みが走り、エルジャムカは歯を食いしばった。

「……邪魔だな」

南の稜線上から凄まじい勢いで近づいてくる数万の騎兵に、エルジャムカはただ一言そう呟いた。眼下の一万ほどの草原の民は、十万の牙の民の兵に囲まれて、もはや何もできないだろう。

彼に並ぼうと前に出てきた牙の民の全軍総帥(コールガル)ダラウトに下がれと合図し、エルジャムカは広げた右手を、大地を揺るがす騎兵へと向けた。

失うものがあるがゆえ、お前たちは畏れ、そして怒りに囚われる。

怒りは果てなき争いの種子となり、またたく間にあまねく大地を覆う世界樹となる。怒りこそ、人の持つ最大の罪だとエルジャムカは信じていた。

迫りくる三万の騎兵は、そのどれもが憤怒で顔を歪めている。

「その罪は私が全て背負おう」

それは王の、余りにも残酷な慈悲だった。

エルジャムカが右手を振り上げた瞬間、全軍総帥(コールガル)が痛切な悲鳴を上げた。

おやめくだされ。その力の代償を知る老将の声に、若き覇者(ハーン)は拳を握りしめた。

「……邪兵(エルリク)よ」

エルジャムカの小さな呟きは、彼の姿を遠目に見る敵の耳にもはっきりと聞こえただろう。

彼らの喉に流れる唾が、ゆっくりと腹の中に落ちた瞬間、世界が一変した。

無数の竜巻が天地を繋ぎ、深緑の旗を次々に昏(くら)い空へと吸い上げる。立っているのもやっとの暴風が砂を巻き上げ、三万の喚声が悲鳴へと変わった時――。

唐突に、世界から音が消えた。

吹き荒れていた暴風がぴたりとおさまり、世界が静寂に包まれる。何が起きたのかと、草原の民の怯える様が手に取るように分かった。

三万の騎兵の先頭で、こちらを見上げている青年がいた。

不安そうに左右を見渡す者たちの中で、たった一人、エルジャムカを見据えている。草原の民に潜り込ませたイスイの報告でしか知らないが、あの青年が鍵であることをエルジャムカは確信した。

絶望的な状況の中で、牙の民を出し抜こうとした二人のうちの一人だ。カイエン・フルースィーヤとアルディエル・オルグゥ。イスイからの報告がなければ、〈鋼の守護者〉たるフラン・シャールは自分の手からこぼれ落ちていたかもしれない。

牙の民の兵に囲まれ、近づいてくる銀髪の少女を一瞥(いちべつ)し、エルジャムカは掌をゆっくりと握りしめた。

それは大地から蠢きながら次々に立ち上がり、ゆっくりと人の形を成していく。現れた邪兵(エルリク)の姿は、まさに異形と呼ぶべきものだった。

血で染め上げたかのような朱色の身体を持ち、表面は液体のように波紋を広げている。目や鼻はなく、敵を貪(むさぼ)るためだけに用意された口からは嗚咽(おえつ)がこぼれている。槍や剣や斧、血で象(かたど)られた武器は様々だが、全てに共通するのは、そのものたちを決して殺せないだろうという予感だった。

覇者(ハーン)の深紅の双眸が鋭く光った。

「滅びを、与えよう」

大地に立つ全ての者に聞こえた声は、裁きの言葉だった。

その瞬間、斜面を埋め尽くす五千の邪兵(エルリク)が耳をつんざく雄叫びを上げた。ちぎれそうなほどに首を上下させながら敵に突進していく邪兵(エルリク)の姿は、この世のものとは思えぬほど悍(おぞ)ましい。

草原の民の戦士たちが、矢をつがえては天へと打ち放つ。三万の斉射(せいしゃ)は、曇天をさらに黒く染めたが、邪兵(エルリク)にとって小雨ほどの妨げにもならなかった。草原の民の瞳に恐怖が広がり悲鳴が束となった時、五千の邪兵がそれぞれ最初の獲物へ飛びついた。

それは一方的な殺戮だった。

異形の兵が剣を振るうたび、草原の民の鮮血が宙に舞う。だが、草原の民の剣は邪兵の動きを止めることはなく、果敢に挑んだ兵は瞬きのうちに胴と足とを引きちぎられ宙に舞う。

眼下の惨劇に、歴戦の牙の民全軍総帥でさえ目を背けていた。

「余が、恐ろしいか？」

腹の底を震わせるエルジャムカの声に、老いた将が唾を呑み込み小さく首を振った。

「我が君の覇望には必要な勝利でございます」

「言いたいことがあるのであろう」

どこからこれほどの声が出ているのか。まだ二十代半ばを過ぎたばかりのエルジャムカだが、その前では百戦錬磨の老将ですら首肯するばかりとなる。

抵抗すれば皆殺し。

世界の中央へ向かう征西の中で、エルジャムカの道を妨げるものは赤子に至るまで土くれとなった。

東方世界の辺境にあって、些細な平穏を掴むために立ち上がった自分が、全てを滅ぼす災いのようになったのはいつの頃か。幼き頃からエルジャムカを見守ってきた老将の望みは、自分が世界を救う英雄となることだと知っている。

だが、それはもはや望めぬことだ。

眼下の殺戮へ目を向け、エルジャムカは瞳を細めた。

ダラウトが横に並び、苦しげに口を開いた。

「我が君の力は、為政者にあるまじき力にございます。頼らずとも、我が君には三百万を超える兵がおりましょう」

力を使えば、エルジャムカにも、民にも災いが降りかかることを知っているからこその言葉だった。エルジャムカは静かに首を横に振った。

「牙の民の血は、無二のものだ。こんなところで流させるわけにはいかぬ」

「……されど、我が君の顕現させた五千の邪兵（エルリク）。それと同数の者がこの世から命を失います」

「死ぬのが我が民の者とは限るまい」

覇者（ハーン）の力により現出した邪兵（エルリク）には、槍も剣も銃弾すら効かない。体力が尽きることもなく、主がその命を取り下げるまで決して止まらない。

引き換えに、血の兵が使命を遂げた時、血の兵と同数の命が地上から消える——。

それが〈守護者〉たちの王、〈人類の守護者〉たるエルジャムカ・オルダに与えられた力だった。力を使うほど、民に無差別な死が降り注ぐ。為政者たりえない力であることは、自分が一番よく分かっていた。

だが、もはや人が望みうる平穏は、等しい滅びしかない。親を殺し、友を殺し、愛する人を殺してなお止まぬ戦乱に青年がそう自答した時、宿命を与えるものは現れた。

小さく息を吐き出した時、同じ宿命を与えられた少女が、目の前に連れてこられた。

流れるような銀色の髪を腰まで垂らし、その肌は白磁のようにきめ細やかだ。神話の女神をも思わせる姿は、だが強い孤独を感じさせる。草原の神子(みこ)として、人と交わってこなかったがゆえだろう。

自分と同じく、人ならざる力を与えられた少女——。

「〈鋼の守護者〉よ。汝(なんじ)の使命が何か、もう分かっているはずだ」

呟いた言葉に、少女が身体を震わせた。

守護者たる者は、人を滅ぼさねばならない。

俯く少女から視線を外し、エルジャムカは邪兵(エルリク)の中心で未だ剣を振るう青年へと目を向けた。

三万の騎兵だった草原の民は、すでにその大半が原形をとどめぬ肉塊になり果てている。

その中で頑強に戦い続けるのは、一人の青年に率いられた数百の部隊だった。

敵ながら、惜しい男だ……。

邪兵(エルリク)に囲まれながらも、一歩、また一歩丘の上に近づこうとするカイエンの姿に、エルジャムカは目を細めた。

勝てないと分かりながらも、〈鋼の守護者〉のために命を懸けるその姿は、何か昔の記憶に重なるようだった。何と重ねているのか。思い出そうとした途端、記憶の扉に跳ね返され、脳に激痛が走った。

全軍総帥(コールガル)の不安そうな顔に、エルジャムカは大丈夫だと頷いた。

「アルディエルという男を呼べ」

呟きは即座に伝達され、数瞬後には、金髪碧眼の美丈夫が目の前に跪(ひざまず)かされた。その碧い瞳には、憎悪というには生温い光が滲んでいる。

「いい目だ」

アルディエルのみに聞こえるよう声を落とした。

「だが、まだ全てを見通すには足りぬ。イスイ」

エルジャムカの呼びかけに、蛇の入れ墨を雨に濡らすイスイが現れた。

イスイはエルジャムカが〈守護者〉を探すため、世界各地に潜ませた者のうちの一人で、彼女は十年にわたって草原の民の中で生きてきた。微苦笑を滲ませるイスイに、絶望の正体を悟った銀髪の少女が拳を握り締めたようだった。

だが――。

常人であれば驚愕し怒りに震える場面だろうが、目の前の青年は唇を結び表情一つ変えていない。

「イスイから全てを聞いた。これは、汝の差配だな？」

フランの視線が、眼下で剣を振るう青年へと落ちた。

「……何のことでしょうか」

たいした男だ。ようやくこぼれてきた言葉にも、やはり動揺はなかった。アルディエルの胆力に心満ちるのを感じ、エルジャムカは笑った。

「咎めはせぬ。むしろ余はお主を高く評価もしておる」

――アルディエルという男は、草原の民ではなくもっと大きなものを救おうとしている。そして、あわよくば覇者（ハーン）たる自分を出し抜こうともしている。

イスイの報告を受けた時の衝撃は、いまだにはっきりと覚えていた。三十万の命をごみ屑のように捨てる決断を下したのがまだ二十もいかぬ青年と聞いて、エルジャムカは自らここまで出向くことを決めたのだ。

その時、ひときわ大きな咆哮(ほうこう)が戦場を貫いた。

五千の邪兵(エルリク)の声が一つに集束し、大地を震えさせている。大地には無数の亡骸(なきがら)が積み重なり、強すぎる血の臭いが風と混じり合った。

「残るは、ただ一人」

三万の兵を殺し尽くした邪兵(エルリク)に囲まれ、五千の刃を向けられてなおこちらを見上げているカイエン・フルースィーヤの強烈な殺気に、エルジャムカは邪兵(エルリク)に重ねた掌を拳へ変えた。

「だが……」

その瞬間、糸が切れた人形のように五千の邪兵(エルリク)が崩れ、一瞬のうちに大地に赤い染みを作って消え去った。

残されたのは累々と重なる草原の民の亡骸であり、幻の死神が巨大な鎌で薙(な)ぎ払ったかのようでもあった。

「汝の策によって、無数の民が死んだ」

アルディエルの口元に血が滲んだ。平静を装っているが、その心は憤怒と自責に焦がされているだろう。犠牲を下す決断はできるが、実際に目の当たりにすると、まだ心が揺れるということか。

もう一人、骸の中心に立つ青年に目を向けると、その瞳には未だ強い光が宿っていた。その身体は斬り刻まれ、今にも力尽きてしまいそうにも見える。だが、一歩一歩、前に進むたびに瞳の光は強くなる。

「見事なものだ」

すぐ傍で、銀髪の少女が歯を食いしばり、そして項垂れた。

――あの者を、救いたいか？

そう続けようとした言葉を呑み込んだのは、それまで俯いていた少女が立ち上がったからだった。

戦場に似合わない純白の綾衣をまとい、銀色の髪を風に流す姿はよく目立つ。遠くから見上げるカイエンも、フランの姿を見つけたようだった。

カイエンが剣を握りしめた。

駆け出した青年の姿に、それまでいかなる感情も滲ませなかったアルディエルの顔が、苦しげに歪んだ。

エルジャムカは思わず頬が吊り上がるのを感じた。

「フラン」

アルディエルの声に、少女が首を振った。

「二人とも、もういい」

草原の民の殺戮に一言も声をあげなかった少女の言葉は、何かを裁くような響きがあった。歩き出した少女は同胞の亡骸を無感動に一瞥し、戦場に背を向けた。

たった一人で世界を滅ぼすほどの力を持つ少女を前に、牙の民の屈強な将軍たちが喉をならした。それは〈守護者〉たる覇者の力を知る者であれば当然のことだろう。

少女が短剣を逆手に構え、切っ先を己の胸に向けた。

「私の力と引き換えに、カイエンとアルディエルの命を」

「それは、三万の民が死ぬ前に言うべき言葉ではなかったのか？」

問いかけたエルジャムカの言葉に、フランが皮肉げに微笑んだ。

「私を孤独に追いやった人たちの命なんて、私にはどうでもいい。そんな命よりも、私はカイエンの命が愛おしい。カイエンさえ生きていてくれれば、私は……」

心の底からの声だということは、問わずとも分かった。

人ならざる力を持った者が、どのような生を送るのかはエルジャムカ自身が一番よく知っている。同胞から恐怖の剣を向けられた自分には、師であるダラウトがいた。この少女には、カイエンとアルディエルという二人の友だけがいたということだろう。

短剣を持つフランの拳が、小さく震えていた。だが、エルジャムカが首を横に振れば、まるで呼吸をするかのように、右手に持った銀の刃で胸を突き刺すだろう。

フラン・シャールの〈鋼の守護者〉としての力は、この先世界を統べる戦の鍵となる。ここで少女を失えば、不可能とは言わぬが、先々の戦は想定したものよりも苦しいものになる。

「よかろう」

しかし、そんな理屈を超えたところで若き覇者(ハーン)は頷いた。

黒髪の青年が生き延びたとしても、エルジャムカにとって災いになることは不可能だ。毒にも薬にもならぬ、ちっぽけな命一つ、生かしておいても害はない。何かを成し遂げられるとも思わない。

それでも……。

何かが起きるかもしれない――。

東方世界(オリエント)の覇者(ハーン)たる自分に無謀にも抗ってきた眼光鋭き青年と、全てを背負い降ってきた金髪碧眼の青年を見ていると、なぜかそんな期待が胸の中に滲んできた。

これは滅ぼすと決めた、人という存在への渇望なのか。

覇者(ハーン)の口元に微苦笑が浮かんだ時、少女の頬に涙が一筋流れ、その身体が駆ける青年へと向けられた。

「カイエン……死んでは駄目」

少女の呼びかけが届いたかどうかは分からない。だが、カイエンの瞳には間違いなく銀髪の乙女が映っている。

やめろ。

青年の金切り声が聞こえてくるようだった。

少女が俯き——。

「さようなら」

風に紛れた別れの囁きは、人には決して抗えぬ〈鋼の守護者〉の言葉だ。青年の瞳が大きく見開かれ、次の瞬間、光を失った。

地面に倒れた青年から目を背ける少女に、エルジャムカは束の間、痛みと安堵がない交ぜとなり、そして痛みだけが消えていった。

——これが、定めなのだ。抗うことはできぬ我らの定め。

全ての〈守護者〉は、その王たる〈人類の守護者〉に従わねばならない。そして王は——。

草原の空を鳴動させた雷光に、深紅の瞳が鋭い光を放った。

「——人を、終わらせよう」

王として、エルジャムカはそう呟いた。

第二章　水都

I

甲高い大鷲の鳴き声が、無数に響き渡った。

延々と続く砂の大地は、灼熱(しゃくねつ)の太陽に熱せられて蜃気楼(しんきろう)を生み出している。草木の侵食を徹底的に拒み、死さえ感じさせる大地とは対照的に、雲一つない真っ青な空は希望の鳴き声に満ちていた。

砂漠を棲処(すみか)とする猛禽(もうきん)たちは、夏になると遥か西の故郷を目指して大空を舞う。いつも孤独な彼らが群れとなり飛んでいく様は勇壮であり、砂漠に住む者たちへ暦を教える役割を担っていた。

王たちの帰還。そう称される大移動は、これから始まる過酷な夏の兆(きざ)しだ。

それを境に、広大な砂漠に点在するオアシスでは地下水路(カナート)の点検が始まる。一年を通してほとんど雨が降らず、地上の水が干上がっていくだけの砂漠では、この地下水路(カナート)を維持できるかに生死がかかっている。

特に夏場以降は、東西を結ぶ交易商人たちの動きも活発になり、供給すべき水の量も格段に増える。交易商人は砂漠で手に入らない食料をもたらすため、彼らに心地よく過ごしてもらうこともまた、オアシスの住民にとっては重要な使命だった。

西の空が、茜色に染まる。

空を舞う王たちの鋭い瞳が左右に動いた。羽を休めるべく、地上へと向けられた彼らの瞳が捉えたのは、砂漠を蟻(あり)のように進む人の群れだった。

東から西へと向かって、延々と連なっている。

疲れた身体で地上に舞い降りれば、即座に彼らに踏み殺されてしまうだろう。空の王たちにそう恐怖させるほど、その人の群れは絶望に満ちていた。

それは奴隷たちの葬列だった。

東方世界(オリエント)にエルジャムカ・オルダという覇者(ハーン)が現れて以来、砂漠の交易路は奴隷を運ぶ道へと様変わりした。服従か死か。向かい合う者に対してそう迫る覇者(ハーン)は、敗れた者を決して赦(ゆる)さない。

壮年の男たちは前線で死ぬためだけの死兵として戦わされ、熟練の技を持った者たちは赦され俸禄（ほうろく）を得ることもあるが、そんなことは稀だ。死兵としても使えず、何の技巧も持たぬ男と女子供たちは奴隷商人へと売り払われ、遥か西へと追い立てられる。

足には重い鎖を巻き付け、一日に口にできるのは乾燥させたいくばくかの棗（なつめ）と、ほんの少しの水だけ。一ファルス（五キロメートル）行く間に、二、三人は砂の上に倒れ込むのは当たり前の光景で、奴隷商人はもちろん、他の奴隷たちが倒れた者を救うことはない。

そうして死んだ者は、天空の旅に飢えた王たちの腹を満たす糧となる。

この数年、砂漠で死んでいった者は数万を超えるが、非難の声をあげた者は誰一人いなかった。

東方世界（オリエント）の覇者（ハーン）は、どこまでも用心深く周到である。東西の情報が集まるオアシスでは広く知れ渡ったことで、深紅の瞳を持つ若者が世界中に密偵を忍ばせていることは周知の事実だった。

彼を非難すれば、明日は我が身かもしれぬ――。

そう思えば、オアシスの柵を踏み出して少しも歩かぬ間に、幼い少女が乾いた砂の上で命を失おうと、顔を背けることしかできなかった。

『しょうがないことなのだ』

心の中で口々にそう囁き合い、自分たちにできることは、せめて彼らの苦しみを悲しんでやることだと言い訳し合った。オアシスの民も、死の行軍を続ける者たちもただ目の前の現実を、苦渋を浮かべて受け入れることしかできなかった。

だが、ほんの一握り、彼らとは違う考えを持つ者たちもいる。

満面の笑みで奴隷の群れを眺め、彼らが生み出す莫大な黄金を夢想する者たちだ。砂漠を越えた先、世界の中央(セントロ)へのとば口とも言えるサマルカンドの街では、日々入城してくる奴隷を品定めする商人で溢れていた。

鐵(てつ)の民や戰(いくさ)の民、はては西方世界(オクシデント)の商人たちも集う街は人種の見本市と皮肉られていたが、集う商人たちにとってはまさにその通りだったろう。多くの商人が悪びれもせず、見本市だからこそ俺がいるのだと言い切った。

男の奴隷は、職人の日給にも満たぬ銀貨三枚ほどで取り引きされ、女子供はそれよりも少しだけ高い。見た目や体格の良い者は高値で取り引きされることもあるが、それでも職人の月給を超えるほどの者は稀だ。

そうしてサマルカンドで値をつけられた奴隷たちは出立し、そのまま西へ進む者と南北に道を変える者とで分かれる。それぞれが別の買主に購(あがな)われた家族にとっては、そこが永遠の別れの地となり、後に涙涸れの地とも呼ばれることになる広大な四叉路は、来る日も

来る日も奴隷たちの咽び声で満ちていた。

南北への道は世界の中央を迂回し、西方世界へと繋がっている。

北の大氷雪地帯を貫く北原の道を進めば、西方世界最強の武力を誇るウラジヴォーク帝国へ辿り着き、南は瀛の民によって香辛料航路を経由して、世界最大の海運国サンタレイン大公国へと運び込まれる。前者は寒さと飢えによって、後者は猛暑と疫病によって西方世界に辿り着くころには半数以下となる。だが、それでも世界の中央へ繋がる西への道に向かう者と比べれば、誰もがましだと口にする。

世界の中央は、二百年にも及ぶ大乱が続く地である。

圧倒的な技術力によって興隆し、三人の諸侯が治めてきた鐵の民。太古より練り上げられた戦の術を膨大な血で実証し続け、四人の諸侯が治めてきた戦の民。大乱の始まりは、二つの民の対立であったという。

大乱初期には、それぞれの民から英雄と呼ばれる者も現れ、統一を目前としたこともあるというが、英雄は新たな英雄によって殺され、そして新たな英雄もまた毒に殺された。終わりなき戦が続いて二百年、今や七人の諸侯たちは権威の衣を残し、権力という剣を失っている。

力なき諸侯に変わって力をつけたのが各地の太守であり、彼らは諸侯の権威を我が物にしようと、血で血を洗う戦を繰り返してきた。そこにもはや民と民との戦はなく、隣で力を持つ者を引きずり下ろす下剋上（げこくじょう）だけが残されている。

『世界の中央（セントロ）に流れた血で、レド海は満たされた』

そんな言葉が人口に膾炙（かいしゃ）するほど、尽き果てぬ戦が求める血はもとから住まう民のものだけでは到底足りなかった。

世界の中央（セントロ）に辿り着いた奴隷たちはその日のうちに戦場の最前線に送られ、ほとんどが最初の戦で殺される。中には初戦を生き抜き、次の戦で奴隷を率いる指揮官となる者もいるが、そうして生き延びた者にしても三つ続けて生き残ることはほとんどなかった。

商人たちは、ともすれば足を止める奴隷たちの背中を鞭（むち）で打つ。肉が弾け、血が飛び散る様は、まともな精神状態では決して耐えられぬものだ。

ただ、西へ、西へと急がせる商人たちにも言い分はあった。

故郷の戦場に新たな兵を送り届けなければ、祖国が滅ぶかもしれない。商人たちは自らを故郷の守護者と位置づけ、人を売買する罪に正当な理由をつけて罪悪感を紛らわせていたと言っていい。

繰り返されてきた歴史は、正義のために、人はどこまでも残酷になれるということの証なのだろう。

そして、彼らに罪を犯すことを許しているのは、祖国の権力者たちだった。

世界の中央(セントロ)の南西、戦(いくさ)の民の一都市である水都バアルベク。この街最大の商館(カイサリーヤ)の一室で、政務を取り仕切るまでに上りつめた商人が一人、でっぷりと肥えた腹をゆすって笑っていた。

歳の頃は四十代半ば。しかし、脂肪で張り詰めた頬によって、実年齢よりも若く見られることが多い。垂れ目の、一見親しみやすそうな顔つきをしているが、その瞳に浮かぶのは人を人とも思わぬ冷徹な光だ。

己の手腕一つで、時に恩ある者を蹴落としながらのし上がってきた壮年の商人ハーイルにとって、持つ者と持たざる者が分かれるのは当然のことだった。

持つ者になるためには、一瞬の躊躇も許されない。狡猾に、慎重に、大胆に。全ての好機を手にした者だけが、成功の女神と抱擁できるのだ。

「馬鹿は人に使われてしまいじゃ」

商館(カイサリーヤ)の二階から見えるバアルベクの街並みに、ハーイルは葡萄(ぶどう)酒の栓(せん)を放り投げた。

沈み込みそうなほど柔らかいソファに背を預けた時、地上から呻き声と怒声が聞こえてきた。栓を投げた誰かを罵(ののし)る声だ。

壁に流れる水の音に聞き入っていたハーイルは、至福の時を邪魔されたことに舌打ちした。

「騒いでおる者を連れて参れ」

背後で身体ほどの大きさの剣を背負う戦士(ムハリ)が一人、またかというように下唇を突き出し、頭を下げた。どうせ見えていまい、そう思ったからこその表情だろうが、ハーイルが手鏡で彼の表情を監視していることには気づいていなかった。

主を侮辱した罪で、どれほど俸給を減らしてやろうか。吝嗇家(りんしょくか)のハーイルにとって、部下の失点を理由に金の支出を抑えるのは、生き甲斐と言っても良かった。

しばらくして聞こえてきたのは、かまびすしい男の喚(わめ)き声と、それをたしなめる女の声だった。戦士(ムハリ)とその部下五人に囲まれ、二人がハーイルの眼前に引き出された。

二人とも身なりはそれなりに良いが、所詮(しょせん)は平民といったところだ。男女の仲であることは知れたが、薬指に指輪はなく、まだ婚姻しているわけではなさそうだった。

「儂が誰かは知っておろうな？」

先ほどの威勢はどこにいったのやら、自分を見て顔を引きつらせた二人に、ハーイルは満足げに頷いた。

「では、この街では儂に逆らうとどうなるかも分かっておろう」

そう言うと葡萄酒の瓶に口をつけた。酸味が強く、鼻の奥を刺すようだった。心の中で悪態をつき、口に溜まった葡萄酒を男に吐きかけた。白い麻の上衣が紫に染まったが、男は声をあげない。瓶を逆さにすると、葡萄酒が床にこぼれ、やがて二人の膝を濡らした。

「儂は商人だ。一つ、商(あきな)いをしようではないか」

「商いですか？」

卑屈な視線だった。愉悦が心の底から湧き上がってくるのを感じながら、ハーイルは合図をした。

「このままではこの戦士(ムハリ)は、お前たちの身体を胴と足に分かつであろう」

戦士(ムハリ)の一人が巨人をも斬り倒しそうな大剣を、床に突き立てた。女が短く悲鳴を漏らした。男は強がっているが、歯が揺れているのは隠しようもない。

「そこでだ。儂はこの戦士(ムハリ)に金を与え、お前たちを斬り殺すことを諦めてもらおうと思っておる。金貨にして十枚。しめて二十枚だ。どうだ、人一人の命と思えば妥当な金額であろう。お主、何を生業(なりわい)としておる？」

「……籐で籠(かご)を」

男のこめかみから、汗が滝のように流れた。喉に張り付いたような声だった。

「ふむ。職人か。ならば月の手当ては銀貨八十枚といったところだな」

金貨二十枚となれば、男の二年間の俸給と同じ程度だ。

「ならば、蓄えがあれば出せない金額でもないだろうが。金二十枚、ここはお主に貸してやろう。明日までに返すことができれば、利子は取らぬ」

「そんな、あんまりな」

泣きそうになった男の言葉に、ハーイルは空になった瓶を放り投げた。床にぶつかった硝子(がらす)の瓶が、砕けて粉々になった。

「儂はお前らがここで腸(はらわた)を床に撒き散らそうと一向に構わぬ。その目の前で夕食を摂るなどわけないこと。だが、それではあまりにも哀れと思うゆえ、救いの手を差し伸べているのだ。それをあんまりなとは……」

大げさに首を横に振って見せた。

すでに男の目はうつろになり、股からは饐(す)えた臭いが広がっている。女の方もまた、絶望に満ちた目でハーイルを見上げていた。

——見た目は及第か。

内心でそう呟き、ハーイルは勢いよく立ち上がった。やや勢いがつきすぎたのか、身体の重さで二歩ほど蹴躓(けつまず)いた。短く息を吐きだすと、二人に近づき、女の顎に手をあてた。

「ふむ。お主、なかなか愛くるしい顔をしておるな」

感情を失っているのか、女は震えることもなくこちらを見上げている。面白くなさを感じながらも、ハーイルは悪魔のような微笑みを男へと向けた。

「この女が儂の後宮(ハレム)に入るというならば、よい、金貨二十枚は儂が支払ってやろう。いや、それどころかお前には金貨を一枚くれてやろうではないか——」

悪魔のような微笑みを向けたハーイルを後に、金貨を握りしめうなだれた男が商館(カイサリーヤ)を出たのは、それからしばらく経ってからだった。

放心する女を屋敷に連れていくよう命じ、ハーイルは大きく欠伸(あくび)をした。

「さて、そろそろ太守(アミール)が来る頃だ。ここを片付けよ。あの人の好い方は、儂のこの顔を好まぬであろうからな」

ふふと笑ったハーイルの瞳に映るのは、己の権力がどこまでも広がる楽園だった。

II

男女の仲を理不尽に引き裂いた一時間後、同じ部屋で跪くハーイルの顔に浮かぶのは、狡猾さを微塵(みじん)も感じさせぬ微笑みだった。葡萄酒に染められた床には、幾何学模様が織り込まれた黒と紫の絨毯(じゅうたん)があらたに敷かれ、室内には龍涎香(りゅうぜんこう)の甘い匂いが漂っている。

「太守(アミール)のご加護は、あまねくバアルベクに」

形式的な口上を述べると、下座にひれ伏したハーイルは、上座の椅子の上で胡坐(あぐら)をかくバアルベク太守(アミール)を見上げた。

名をアイダキーン・バアルベク。白い髪と顎髭(あごひげ)は繋がり、その真ん中で愛嬌のある小さな瞳が輝いている。健康的な浅黒い肌は、一見粗野にも見えるが、その居住まいは気品に満ちていた。

三方を敵対する都市に囲まれながら、瀛(うみ)の民と友誼(ゆうぎ)を結び、四十年来バアルベクを守り抜いてきたアイダキーンの巧みな外交を思えば賢君と称すべきだろう。

老人が杯に注がれた水を飲むと、その髭に水滴がこぼれた。

「お身体の調子はいかがです？」

いかにしてこの老人に取って代わるか。尽きぬ野望の標的に、ハーイルは満面に笑みを浮かべた。

年齢は数えで六十を超えているはずだが、酒も飲まず、水煙草（シーシャ）も大麻（ハシン）も好まない老人の身体は健康そのもので、突然の病で死ぬことは考えにくい。遅くにできた十六歳の娘の存在もあるせいか、子のなかった三十代よりも気力に満ちているように見えるほどだ。

「まだまだ若い者には負けぬよ」

老人が嬉しそうに握り拳を作った。舌打ちがこぼれぬよう頬に力を入れ、ハーイルはゆっくりと二度頷いた。

「それはようございました。今太守（アミール）がお身体を壊されますと、バアルベクは瞬く間に近隣都市に呑み込まれましょう。バアルベクの平穏は、ひとえに太守（アミール）の御威光ゆえでございます」

「世辞はよい、ハーイル」

苦笑し、老太守（アミール）がバアルベクの街並みへと目を向けた。

「この街の平穏は守られているが、街を囲む城壁の内側だけじゃ。一歩外に出れば、護衛をつけねば歩くことさえままならぬ。四十年、それを変えられなかったのじゃから、大した威光でもないわ」

「ご謙遜を。周辺の諸都市は、城壁の中でさえ軍靴に踏みにじられております」

「それだけは、なんとか避けてこられたがのう」

目を細めたアイダキーンが微笑んだ。

「それもやはり人に恵まれたからじゃろうな。バアルベクの騎士に任用したラージンはよくやっておる」

「ラージンは優秀な軍人です」

そう言うと、アイダキーンが嬉しそうに頷いた。

人をよく褒めるのが、アイダキーンの特徴だった。いったん認めれば全権を与え裁量させる。能を見抜く才もある。だからこそ、自分を政務補佐官に任じたのだろうが、それはアイダキーンにとって糾える縄だと思っていた。

今はその部下として才を貢いでいる。だが、いつかはその地位を簒奪することを願っているのだ。そして〝そのいつか〟は、遠い未来ではない。秘めたる野心を隠すように、ハーイルはことさら頬を引き締めた。

「しかしながら、バアルベクの騎士ですら手に負えぬほどの嵐が、遥か東方から迫っております」

今日、アイダキーンがここに来たのも、その話をするためだろうということは分かっていた。無駄な話は極力したくない。ハーイルの性格をよく知るアイダキーンが苦笑し、肩を竦めた。

「商人たちの情報は早い。何か新たな報はあるか？」

「いえ」

首を振り、ハーイルはその視線を東の空へと向けた。

「サマルカンドから流入する奴隷は途切れることなく、今年に入って五か月の間に、約二十万の奴隷が世界の中央(セントロ)で購われております」

「そのうち半数が男だとして、戦える者はさらに少ない。そうなると、七万ほどの兵が流れ込んできたということか」

「御意(ぎょい)」

アイダキーンが溜息を吐き、グラスをあおった。

「バアルベクが購った者はどれほどになる？」

「二千がやっとというところでございますな」

流した視線に、アイダキーンが頷き、そして首を横に振った。

「言いたいことは分かっておる。奴隷たちの待遇を悪くすれば、もっと大勢を購えると言いたいのであろうが」

「東のシャルージはこの数か月の間に、軍を一万ほど増強しております。領境に小隊が現れることも、三日に一度はあるようです」

砂の街シャルージは、バアルベクの東方二百ファルス（千キロメートル）の場所に広大な街を構え、バアルベクと最も激しく干戈(かんか)を交えてきた都市だ。

西に向かって海の広がる港湾都市バアルベクは、各地への交通の要(かなめ)である。山海の幸はもとより、マグラブの水晶、ザンジバルの象牙(ぞうげ)、エイリアルの金細工(きんざいく)など、世界中のあらゆる珍品が集まってくるバアルベクの富は、周辺諸都市の中でも図抜けていた。

それゆえに、西方世界(オクシデント)の侵略者の末裔が住みついた北のラダキア、戦(いくさ)の民の諸侯(スルタン)一族によって栄えた南のダッカ、そして東のシャルージは、そのどれもが古くからバアルベクの利権を手中にせんと虎視眈々(こしたんたん)と狙ってきた。

三都市の侵攻に備えるためにも、なりふり構ってはいられぬ。それが政務補佐官としてのハーイルの意見だったが、奴隷の人権を尊重するアイダキーンにとっては受け容れられないものらしかった。奴隷への俸給だけでも、諸都市に比べて五倍も出している。愚かとしか思わなかったが、アイダキーンの生温さに慣れた者たちは、それを諫(いさ)めることもしない。

「奴隷たちの待遇を変えぬというのであれば、民生に費やすものを抑えることも考えなくてはなりません」

「民あっての都市じゃ」

「しかし太守（アミール）――」

そう言った時、アイダキーンの手が身体の前で合わさっていた。

「お主であればできる。そう信じておるからこそ、儂は頼んでおる」

「可能な限り尽力は致しますが……」

こぼした溜息に老太守（アミール）が人の好い笑みを浮かべた。民には優しいが、能ある者にはその力の限界までを求める。

太守（アミール）の微笑みを抑えるように、ハーイルは首を振った。

「ことは三都市との戦だけではございませぬ」

老太守（アミール）の皺に苦みが走った。

「……東方世界（オリエント）の覇者（ハーン）か」

「左様。牙の民の王エルジャムカ・オルダは、昨年の暮、極東で覇を争っていた大王アテラを打ち倒し、東方世界（オリエント）を制しました。そこでとどまればよかったのですが、どうやら矛先は世界の中央に向いているようで」

「まずぶつかるのは鐵の民となるであろうな」

老太守の遠い目にハーイルは頭を掻き、頬を震わせた。

「ことはどうもそれほど単純ではないようで」

「どういうことじゃ？」

「ハザル湖に集結していた百万もの牙の民ですが、覇者と共に半数が姿を消しました」

「なんじゃと……」

アイダキーンが大きく目を見開いた。

世界の中央は大きく三つの民で分かたれている。北から半ばまでを制する鐵の民、中央から西に向けて勢力を保つ戰の民、そして東に広がる瀛の民。

単純な兵力という点では、戰の民が随一だろう。二百年前に戰の民をまとめ上げた大英雄サラフ・アルディンが死んで以来、四人の諸侯の勢力争いが続いているが、諸侯の下にはそれぞれ二十程度の太守が従っており、有力な太守ともなると動員兵力は単独で三十万を超える。戰の民全体では、ゆうに四百万を超えると言われていた。

東面する瀛の民は、手にする領土自体はそれほど広くはない。だが、戰の民と鐵の民が保持する土地の何倍もの海が、彼らの生きる場所だ。世界最強とも謳われる船団を持ち、戦となれば陸と海で向き合う形になり決着しない。

対して北面する鐵(てつ)の民には、それほどの動員力はない。しかし、三人の諸侯(スルタン)によって機敏に統率され、それぞれが五十万規模の兵力を動員できるという。そして何より、鐵(てつ)の民の恐るべきところは、常備する兵器の質にあった。

二十年前に世界を震撼させた銃を発明したのは、鐵(てつ)の民の職人であり、世に出回っている銃の九割を彼らは保持している。兵力の差にもかかわらず、彼らが戦(いくさ)の民に呑み込まれぬわけはそこにあった。

ハザル湖から世界の中央(セントロ)に入るためには、真っ先に鐵(てつ)の民を破らねばならない。いかに牙の民の軍事力が優れているといえど、五十万程度の兵力で勝利を収められるとは考えにくい。

ハーイルは詳細な世界地図を頭に思い浮かべた。

「可能性としては、草原を下り、瀛(うみ)の民の領土へと向かったかもしれませぬ」

アイダキーンが小さく唸り声をあげた。

「瀛(うみ)の民は気づいておるのだろうか」

「使者を送りますか？」

「うむ。ボードワン殿に一報を入れておいてくれ。西方世界(オクシデント)とも盟約を結ぶ彼らであれば、その援軍を求めることもできよう。まあ、西方世界の鬼畜者たちが、重い腰を上げるとは考えづらいが」

「承知しました。が、西方世界の有力者たちは、まずは様子見でしょうな。瀛の民が蹂躙されれば、次は戦の民へと覇者の牙は向きましょう」

それはハーイルだけではなく、有力な太守たちも同様に考え始めていることだ。このところ、諸都市においても軍備の強化が著しい。

ハーイルにとってアイダキーンが死ぬのは一向にかまわないが、それはバアルベクの勝利のうえでなければ意味がなかった。滅びた街など、欲しくもない。

「戦の民の中でも、これまで以上に戦火は激しくなりましょう。都市間の戦に勝ち、バアルベクの民を護るためにも、せめて奴隷の待遇は今の半分ほどに留めおかれますよう」

頭を下げたハーイルに、アイダキーンが重苦しく息を吐き出した。

「――七割。それより下げてはならぬ。窮すれば、兵は牙を剥く」

「心得ております」

アイダキーンの名で集めた奴隷は、全て自分に忠誠を尽くさせるつもりだった。軍人奴隷の指導に当たる者の多くに、ハーイルの息がかかっている。バアルベクの軍事力を高めれば、それはいずれアイダキーンに取って代わる時の力となるだろう。

人の好い顔に苦渋を滲ませる老太守(アミール)に、ハーイルは深く頭を下げた。

Ⅲ

臭いが酷かった。

もう何日、風呂に入っていないのか。粉のような砂が舞う砂漠を抜けてから、十日間にわたって湿原地帯を歩いてきた。革の靴にこびりついた泥は石のようになっている。汗にまみれた身体が不快だという気持ちは、とうに忘れてしまっていた。

街道には涼しげな風が吹いているが、周囲の淀んだ空気を洗い流してはくれなかった。ただ、取れないものが臭いなどではないことを、その男は知っていた。

足首を一瞥し、カイエンは短く息を吸い込んだ。

悪魔を象った焼き印は、全ての尊厳を奪われた者の証だった。

前を歩く男にも、すぐ隣を歩く少女の足首にも、西へと進む千の奴隷の全てに、同じ模様が刻まれている。二度と振り払うことのできぬ奴隷の——負け犬の証だ。

身の毛がよだつような敵の姿は、今もにはっきりと覚えている。

斬っても突いても死なず、むしろ猛(たけ)り狂って向かってくる血の兵は、悪夢でも見ているかのようだった。同胞三万が無残に殺されていく中、カイエンは死を避けることで精一杯だった。息をする輩(ともがら)が一人としていなくなった時、カイエンの前に現れたのは二人の人ならざる者だった。

覇者(ハーン)の鋭い深紅の瞳、そして自分を見つめるフランの悲しげな瞳に気づき――。

別れの言葉をはっきりと耳にしたその瞬間、カイエンは意識と、かけがえのない想いの全てを失っていた。

意識を取り戻したのは、初めて見る巨大な街並みの中だった。様々な肌の色と、無数にも思える瞳の色の組み合わせが、視界一杯に並ぶ檻の中に溢れている。そこが世界最大の奴隷市の並ぶ街サマルカンドであることは、カイエンでなくともすぐに気づくことだった。

連れていかれたかび臭い部屋の中で、真っ赤に光る焼き鏝(ごて)を突き出され、抵抗する暇もなく押し付けられた。

己の肉が焼かれる臭いは、今でも鼻の奥にこびり付いている。生涯取れることがないと思うほど、嫌な臭いだった。単に肉が焦げる臭いではない。人でなくなる臭いだ。

囚われの身となった者の運命は決まっている。購われた先で、死地に立たされ死んでいく。たとえ脱走したとしても、刻印を見られれば、脱走奴隷としてその場で殺されるだろう。

――もういいじゃないか。

サマルカンドからここまで、口の中で何度も繰り返してきた言葉だった。

やれるだけのことはやった。初めて愛した少女を取り戻そうと、分不相応(ぶんふそうおう)にも東方世界(オリエント)の覇者(ハーン)に立ち向かった。たかが辺境の餓鬼一人、最初から敵(かな)うはずもなかったのだ……。

そう思い込もうとしても、耳の奥でその言葉はこだまし続けている。

『さようなら』

気丈な声だった。

だがその声がかすかに震えていたことを、カイエンは知っていた。気づくまいとした耳が、はっきりと聞き取ってしまった。

フランは見えない糸を断ち切ろうとしたのだ。

耳にこびり付いた声の震えは、もはや永遠に解けぬ呪いのようだった。

あれほど愛したはずの少女への感情が、何一つ思い出せない。

三万の死の責任を感じることもなく、少女を救い出せなかった悔悟(かいご)も思い出せない。にもかかわらず、少女との思い出だけは記憶の中に鮮明にある。まるで他人の記憶を見ているかのようで、カイエンにとってそれは、これまでの人生が消し去られたようだった。

満月が沈み、東から太陽が昇る。草原と唯一同じ時のめぐりが三度繰り返された時、断崖の上に立つ奴隷商人たちが歓声をあげた。

辿ってきた道を考えれば、ここは世界の中央（セントロ）の一都市だろう。眼下に広がる巨大な港湾都市には、海洋を渡るための船が所狭しと並んでいる。

鐵（てつ）の民の領域を越えたことは薄々感じていた。とすれば戦（いくさ）の民の領域だ。二百年余の戦乱が続く土地であり、年頃の男が死ぬ場所は腐るほどにあるはずだった——。

隊商を率いる精悍（せいかん）な男が整列を命じたのは、城壁まで残り百歩もない場所に来た時だ。左右には奴隷の列が二十ほどある。

どれほどそこに立っていたのか。カイエンのこめかみから汗が滝のように流れた時、奴隷の列の前に据えられている木製の壇上に男が一人現れた。

でっぷりと肥（ふと）った男が身に着けているものは、一目で最高級の装飾と分かる。バアルベクの有力者なのか、脂ぎったその身体は、火をつけたらよく燃えそうだと思った。

男が奴隷たちを見渡し、にやりと笑った。

「バアルベクの政務補佐官ハーイルである。ここにいる千二十五人、全員私が買おう」

その言葉に歓声を上げたのは、隊商の後方で腕組みしていた商人たちだった。奴隷が売れ残れば次の街へと果てない旅をしていく商人たちにとって、ハーイルの言葉は旅の終わりを意味している。得た利益を使う場所としても、バアルベクは優良な街なのだろう。

無邪気にはしゃぐ商人たちに、だが怒りも何も湧かなかった。

「君たちは、晴れて私の所有物となった」

従者から手渡された水を飲み、ハーイルが汗を拭った。

「君たちの役割は戦場の兵士だ。大方察していると思うが、しかし喜んでいい。私は君たちを家族として迎えよう。俸給も払う。最初は宿舎で相部屋となるが、それもひと時だ。戦で活躍すれば、必ず引き立てる」

自分の言葉が伝わっているかどうかを確認するように、ハーイルが奴隷たちを見渡した。空虚だった奴隷たちの気配が、かすかに揺らいだ。満足げに、ハーイルが頷く。

「バアルベクには、奴隷出身で戦士(ムハリ)となった者も大勢いる。戦士(ムハリ)となれば自分の家を持つことも、妻を持つことも許される。一度奴隷に落ちた君たちにとっては、願ってもないことだろう」

——なかなか舌の回る男だ。

奴隷たちが男の演説に引き込まれていく様を見ながら、カイエンはその胡散臭(うさんくさ)さに鼻がよじれそうだった。成り上がりたいとも、奴隷の身を脱したいとも思わない。死ぬための戦場に連れて行ってくれれば、それでいい。

だが、奴隷たちの大半はカイエンと意見を異にするようだった。周囲の奴隷たちの身体が、前のめりになっている。

「商人である私と奴隷である君たちに何の差があるのか。私はいつも考えるが、どれだけ考えても答えは一つしか思い浮かばぬ」

何かわかるか、と区切りハーイルが息を吸い込んだ。

「差など何もない。あったのは理不尽な機会に遭遇したかそうでないか、それだけでしかないのだ」

熱の込もった声だった。眼尻に涙を溜めるハーイルの姿に、カイエンは胸の奥底からむかつきが込み上げてきた。

「であればこそ、私は君たちにその理不尽から脱する機会を与えたい」

心底そう思うのであれば、この場で解放してしまえばいい。そう思ったが、他の奴隷たちはハーイルの演説に胸を打たれているようだった。

「君たちにはまず軍の教練所に入ってもらう。そこで戦の何たるかや、武器の扱い方までを学ぶのだ。教官は、バアルベクの騎士（ファーレス）ラージン。戦を学ぶには、最高の環境だ」

戦を学ぶには――。その言葉に腹がよじれるようだった。お前たちは牙の民の恐ろしさを知らない。エルジャムカという覇者（ハーン）の恐怖を。たった五千の異形の兵士に、三万の同胞が殺し尽くされたのだ。あれは戦と呼べるものではない。

東方世界（オリエント）の覇者（ハーン）には、決して勝てない――。

ハーイルの演説は続いている。

「さあ、子供たちよ。自らの自由は、自分で摑み取るがいい。私はバアルベクの父として、そなたたちに機会を与えよう」

半ば絶叫のような声に、空気が弾けた。

死んだような目をしていたはずの奴隷たちの歓声だ。空気の震えに、カイエンは耳を塞いだ。

掌で踊らされるのは、もう十分だった。

Ⅳ

「さすがに、全員がここに連れてこられたわけじゃないか……」

小さく呟き、バイリークは右往左往する奴隷たちを見回した。奴隷として売られてきた中には、戦に向かないような者も大勢いた。

その中に見知った癖毛の青年を見つけ、バイリークは安堵の溜息を吐き出した。

「サンジャルはまあ、残るか」

均整の取れた身体つきは、矢傷によって潰れた左目と相まって、サンジャルの戦士(ムハリ)としての果敢さを示している。

連れてこられたのは、バアルベクの城壁から二ファルス（十キロメートル）東に離れた演習場だった。街道からは遠く、軍属の者以外は近づくことが許されない。四方を石壁に囲まれた演習場は分厚い辞書を横に置いたようでもある。

一振りずつ渡された木刀を腰に差し、バイリークは石壁に背をもたれかけさせた。

東方世界（オリエント）の覇者（ハーン）による史上空前の征服劇は、奴隷市場にかつてない供給過多状態をもたらした。数年前までは金貨二枚ほどの価値だったものが、数百万を超える新たな奴隷の流入によって、その価値は十分の一以下まで下がりきっている。

多くなり過ぎた奴隷の数を怖れ、世界の中央（セントロ）の太守（アミール）たちの彼らへの扱いは両極に分かれた。多すぎる奴隷にまともな調練を施さぬまま、殺すために戦場に送る者。そして、奴隷たちを人並みの待遇で迎え、都市の力となそうとする者。バイリークが売られたバアルベクの太守（アミール）は、どうやら後者のようだった。

バアルベクの騎士（ファーレス）として軍の象徴まで上りつめた男は、かつて奴隷だったという噂もある。

「俺も必ずここで……」

周囲の奴隷たちと同じく、どこか一抹の期待を浮かべていることを感じて、バイリークは言葉を呑み込んだ。

復讐を誓う自分にとって、世界の中央（セントロ）に連れてこられたのは幸運だった。

郷里の自警団は、抗う間もなく全員が大地に組み伏せられた。父母が、妹が商人によって値をつけられていく光景は、今も怒りと共に脳裏にこびりついている。

名を上げ、いずれ牙の民を討つ。

品定めをするように、周囲の奴隷たちを見回した時だった。サンジャルが、演習場の片隅にうずくまる人影に近づくのが見えた。サンジャルの後ろ手には、木刀が握りしめられている。

剽悍だが軽率。気に食わない者が視界に入ると、噛みつかずにいられないのがサンジャルの悪い癖だった。自分と同じ奴隷を半殺しにでもすれば、最悪の場合、買主の資産を減らした罪で殺されることもある。

「……あの馬鹿」

声に出して呟き、バイリークは注意を引かぬように足早に歩き始めた。うずくまる男の顔は、フード付きの上衣に隠れてよく見えないが、近づくサンジャルに見向きもしていない。サンジャルの放つ不穏な気配に気づいていないのか、それとも奴隷にありがちな無気力に支配された男なのか……。

どちらにしろ、自分が止めなければと思った。

サンジャルと男の距離は残り十歩ほど。

知らず知らずのうちに舌打ちをした時だ。サンジャルが男に向かって何かを言い放った。詰め寄るサンジャルに、膝を抱えて座る男が組んでいた手をほどいた。

その刹那――。

バイリークは思わず地面に落ちていた石を拾い、渾身の力で投げつけていた。くるくると回る石が一直線にサンジャルに向かい、その頭を揺らす。狙い通りの結果に安堵したのも束の間、バイリークはぞっとするような思いの中で、サンジャルに向かって駆け出していた。

突然の投石に何が起きたのか分からなかったのだろう。頭を抱え込み呻くサンジャルが振り返った。

「バイリーク、お前か。俺に石を投げやがったのは」

すぐ傍で喚くサンジャルと奴隷たちの視線を無視して、バイリークは、いつの間にか再び膝を抱えて俯く男を見下ろした。

男の右腕には黒い布が巻かれている。早鐘を打つ鼓動を鎮めるように深呼吸し、バイリークは頭を下げた。

「連れが無礼を働いたようで、申し訳ない」

「おい、なにを――」

「黙れ、サンジャル」

遮るように放った言葉に、サンジャルが顔を引きつらせた。普段は気の良い男で、戦ともなれば果敢な男だ。牙の民の兵士だろうと、一対一で戦えば負けることはない。

だが、あの一瞬。サンジャルが詰め寄った瞬間、演習場を吹き抜けた冷たい空気は、今まで感じたこともないほど、おぞましい殺意だった。

ほんの一瞬のことで、それに気づいた者はほとんどいないだろうが、バイリークは、それが目の前の男から放たれたものだと確信していた。この男が立ち上がれば、サンジャルと二人で向かったとしても殺されるかもしれない。

頭を下げるバイリークに、しかし男は目線を上げることすらしなかった。

「申し訳ない。私の名はバイリーク。またいずれ」

もう一度口にすると、バイリークはサンジャルの首元を摑み、引きずるようにその場を離れた。サンジャルの首を離したのは、男から十分に距離を取ってからだった。

「てめえ、何しやがる」

首が絞まっていたのか、涙目でこちらを睨むサンジャルの肩に、拳を押しつけた。

「これは貸しだからな」

「貸し?」

怪訝な表情をするサンジャルに、バイリークは溜息を吐いた。

「なぜ、あの男につっかかった」

昔からこの関係性は変わっていない。サンジャルが何か揉め事を起こし、自分がそれをたしなめる。面倒でもあるが、サンジャルの野生の勘は侮(あなど)れない。故郷の集落に潜む牙の民の密偵を見抜いたのも、この男だった。

「別に理由はねえよ。ただなんとなく気に食わなかっただけだ。一度目が合ったんだが、目つきがどうしようもなく俺を見下していた」

「いつも言っているだろう。むやみに揉め事を起こすな。人は人との関わり合いなしには生きられない。助け合うのが、人だ」

「聞き飽きたよ、お前の説教は」

「お前がそうさせるのだろうが。とにかくだ、あのフードの男には手を出すな。お前の手には負えん」

「俺があの陰気な男に負けるとでもいうのか？」

「負けで済めばいい」

怒りを込めた言葉に、サンジャルが唾を呑み込んだ。

全てを考えつくし常に冷静さを保つ自分と、時に激情に身を委ね天性の思いがけない戦い方をするサンジャル。二人が合わさってこそ、自分の野望は果たされる。

「いいな」

念を押すように睨みつけると、サンジャルが鼻から息を抜いて目を背けた。

手のかかる男だった。共に成り上がると決めたからには、サンジャルを殺させるわけにはいかない。

そう思うと同時に、自分にそれほどの恐怖を抱かせたフードの男が何者なのかも気にかかった。フードの隙間からかろうじて見えたのは、鋭すぎると感じるほどの目つきだったが、その瞳は何も映していないようにも感じた。

視線をフードの男に向けると、男はやはり微動だにせず俯いていた。

不気味な静けさを持つ七十人ほどの兵士が演習場に現れたのは、フードの男から離れてしばらく経ってからだった。灰色の鎧に身を包み、首元に巻き付ける純白のスカーフは、バアルベクの騎士(ファーレス)直属の精鋭である証だった。

四万の正規軍から独立し、ただ一人バアルベクの騎士(ファーレス)の命令だけを受託すると言われる狼騎(ろうき)。大罪を犯した死刑囚で構成されると噂される彼らの偉容に、騒がしかった奴隷たちが急に無口になった。

七百の奴隷と向き合うように、狼騎が整列した。ひときわ目立つ大男が、静かに壇上に登ると奴隷たちを見渡し、力強く頷いた。

「私がバアルベクの騎士(ファーレス)ラージンである」

空気を貫き通すような声が響いた次の瞬間、七十の槍の石突きが勢いよく地面に打ち下ろされ、砂利（じゃり）が震えた。

歳は四十代の中頃。見事な黒ひげをはやし、その眼光は見る者を萎縮（いしゅく）させる厳格さに満ちている。首が二つ増えたかのように肩は盛り上がり、その巨軀から繰り出される拳は、雄牛をも屠るという。首元からつま先までを覆う黒鉄の鎧は、二十年に及ぶバアルベクの不敗の証であった。

ラージンの言葉によって、演習場に満ちる空気が明らかに変わった。

「ありゃ騎士（ファーレス）というより、獣だな」

隣で呟くサンジャルの言葉には概ね同意だったが、ラージンは理知に満ちた獣でもある。

二十年前、バアルベクの騎士（ファーレス）として軍の象徴となった彼は、百にも及ぶ戦で決定的な敗北をしたことはないという。勝つことよりも、敗けないことの方が遥かに難しい。

騎士（ファーレス）の鑑とも称されるラージンが拳を上げると、付き従っていた七十の狼騎が槍を天に掲げた。

気圧されるような奴隷たちを見回し、ラージンが鼻から息を抜いた。

「諸君らの使命は、バアルベクを害する愚か者どもと剣を交えることだ」

改めて何を言い出すのか。どこか後ずさりしているような空気に、ラージンが笑った。

「鐵(てつ)の民の戦場は圧倒的であり、瀛(うみ)の民は華麗。戦(いくさ)の民は泥仕合。人口に膾炙した言葉であるし、事実我らの戦の致死率は五割をゆうに超える。つまり、二人に一人は死ぬということだ」

群衆を見回したラージンが、身体の前で拳を握った。

「だが、これだけは言っておこう。私の率いる軍は、この十年間、一度たりとも一割を超えて死者を出したことはない」

自信に満ちたその言葉に、感嘆の声があちこちから漏れた。

バアルベクの騎士(ファーレス)は、どうやら弁舌も巧いらしい。現実を突きつけ、そして自分の実績で安心させる。ラージンの威風堂々たる佇(たたず)まいも相まって、奴隷たちに与えた効果は絶大だった。これが自分やサンジャルならば、皆が鼻白(はなじろ)むだけで終わるだろう。ラージンと比べると貧相な自分の胸板に、バイリークは舌打ちした。

「私の務めはバアルベクの守護にある。護り抜けば勝ちだ」

大きく頷き、ラージンが両手を広げた。

本心からそう信じているのだろう。この十年、攻め込まれた敵と干戈を交えたことはあっても、ラージンが自ら敵対都市を攻めたことは二度だけだという。強く、称賛される騎(ファ)士(ーレス)であることには違いないが、牙の民に勝てるかと考えれば、どこか物足りない気もした。

　ただ、さしあたりはあの男を超えることが目標だとバイリークは心に決めた。

「そのためにも、まずは諸君の実力を確かめたい。連れてきた者たちは、バアルベク軍でも屈指の実力者だ。彼らを相手に、諸君がどの程度戦えるのかを見せてもらおう」

　ラージンの言葉に合わせて、七十人の狼騎（ムハリ）が演習場に広く散らばった。木刀に刻まれた数字が、それぞれに向かい合う戦士の番号ということなのだろう。散らばった者の中で、十三の番号を持つ男を探した。

「あれか」

　サンジャルが指さす方向には、木刀を肩に担ぐ男がいる。中肉中背。他の狼騎と比べて小柄だが、長い前髪の隙間に見える灰色の瞳は鋭く光っている。一人だけ、首元のスカーフを巻いていない代わりに、深緑の外套を羽織っている。

　男が歴戦であることは、その気配から伝わってきたが、バアルベクの騎士（ファーレス）と比べれば大きく劣る。

「勝ってもいいのかな?」

　同様の感想を抱いたのだろう。サンジャルの囁きに、バイリークは小さく頷いた。

「お前ならまあ、できるな」

　バアルベクで成り上がるためには、ラージンの目に留まることが必須だ。軍指揮官としての知識を、騎士の傍で盗む。牙の民に敗れた戦では、自らの経験不足を思い知らされた。

「お前が先に行くか？」

歩きながら声をかけると、横でサンジャルが肩を竦めた。

「別にいいけど、後の方が大変だと思うぜ。辛気臭そうなやつだし、一度負ければ用心深くなりそうだ」

「俺はその逆に賭けるよ。いったん崩れたら脆くなる」

「どうだか」

七百人がそれぞれ動いていく中、バイリークの目をひいたのは、一人の男だった。

「あの男もどうやら俺たちと同じ組だな」

「あの男？」

「お前が突っかかった奴だよ」

三十歩ほど前方で歩くその男はやはりフードを被ったままで、どこか陰鬱な雰囲気を醸し出している。

「厄介な相手の弱点は、知っておくにこしたことはない」

居並ぶ七百ほどの奴隷の中で、気になる者は今のところ、他にいなかった。

「まったく、私はどうも働き過ぎだと思うわけだが」

バイリークたち十人の新たな奴隷を前にして、男がそう呟いた。鋭いと感じた灰色の瞳も、黒髪に隠れて見えなくなっている。男の木刀が、地面に突き立てられた。

「ここにいる十人の力量を測るのが私に求められている。まとめて相手すれば楽なものを、バアルベクの騎士(ファーレス)は一人一人相手しろという」

ぼそぼそと喋るが、口にした言葉はどこまでも傲慢なものだ。かすかな苛立ちを感じ、自分よりも苛立っている隣のサンジャルの背を引いた。

一瞬、前髪の隙間から男の鋭い視線が光った。

「ふむ。そこの癖毛は、サンジャルだな」

低い声だ。癖毛は明らかにサンジャルの特徴だが、他人から指摘されるのは嫌いらしく、すぐさま沸点に達する。

「私の名は、そうだな。背を預けることになれば教えてやる。まずは、お前から試してやろう」

そう言うと、男は場所を空けるよう指示した。男とサンジャルを中心に奴隷たちが円形に広がる。

「勝負は一本。お前が致命傷を喰らえば、そこで終了だ」

「あんたが喰らえば？」

嚙みつくようなサンジャルの言葉に、男がおかしそうに笑った。

「活きのいい愚か者には、私も相応に相手せねばならんが。まあいい、今日は医務室に多くの医者が詰めている」

そう呟き木刀を払った男に、バイリークは頰が引きつるのを感じた。

木刀と身体が一体となったかのようなその所作は、あまりにも自然だった。

見た目で言えば、サンジャルの方が圧倒的に強そうに見える。知らぬ者百人が見れば、百人がサンジャルの勝ちを予想するだろう。だが、サンジャルが駆け出した瞬間、バイリークは抱いていた嫌な予感が勘違いでないことを悟った。

男の鋭い剣閃が吹き抜けたと思った刹那、サンジャルの足元で爆発音にも似た足音が鳴った。

「サンジャル！」

思わず呼びかけた言葉と、宙を舞うサンジャルが地面に激突したのは同時だった。受け身すら取れていない。かろうじて見えたのは、木刀を宙に手放した戦士（ムハリ）の掌底（しょうてい）が、サンジャルのみぞおちに入ったところまで。その瞬間、サンジャルは意識を飛ばされたのだ。

医務室に医者が多く詰めている——。その言葉を思い出したのだろう。予想を超える幕切れに、奴隷たちが息を呑む音が聞こえた。

芋虫のようなサンジャルの姿に、誰も声をあげない。

木刀を拾いあげた男が、深い溜息を吐いた。

「火急の用だと言うから来たが……話にならないな。せめて残り九人まとめてにしてくれ」

そう男が話しかけたのは、いつの間にかバイリークたちの背後にいたラージンだった。

「モルテザ、手加減をせよと言ったはずだ。でなければ試しにならん」

「手加減してこれだ。これをあと九回繰り返すのは無駄でしかないな」

モルテザというのが、陰気な男の名前なのだろう。バアルベクの騎士(ファーレス)と対等に喋っている様に、バイリークは頭の中で疑問符が飛び回った。見た目は、自分やサンジャルとそれほど変わらないように見える。二十代半ばくらいで、自分よりも二、三上というだけだろう。階級社会である軍での言葉遣いとは到底思えない。

バイリークの疑問を感じ取ったわけではないだろうが、ラージンが苦笑し腕を組んだ。

「狼騎が一人、今朝の演習で腕を失ってしまってな。急遽、バアルベクから呼び寄せたのだが、まさか忙しいはずのこの男が来るとは思わなかった」

忙しいなら来なければいいものをと呟く声に、モルテザがそっぽを向いた。

バイリークたちに向けられた言葉の、どの部分に驚けばいいのか。戸惑う奴隷たちをよそに、ラージンがモルテザへと視線を向けて続ける。

「諸君もいい経験になっただろう。これが、バアルベクに五人しかいない千騎長（アルフーム）の力だ。戦になれば千の騎兵と四千の歩兵を率いる。諸君もいずれこの男の下（もと）で戦うかもしれん」

「冗談はやめてくれ。私は使える奴しか認めない」

心底嫌そうな表情をしたモルテザに、ラージンが苦笑をさらに広げた。

「まあ、そう言うな。あと九人」

「まとめてならやってもいい。あんたがやるよりかは、怪我人は少なくて済むだろう」

モルテザの言葉に、ラージンが豪快に笑った。

「諸君がそれで良ければ」

ラージンから向けられた視線に、円になった奴隷たちが一斉に頷く。一人ではサンジャルの二の舞になるだけだと、全員の心が合わさったようだ。その反応に満足したのか、モルテザが全員に自分を囲むように指示する。

「どこから来ても構わない」

――さて、どうすべきか。

今この場でモルテザに勝つことを、バイリークは諦めていた。冷静にならずとも、この男との間にもまだはっきりとした実力差がある。しかし、ここで他の八人と一緒に打ち掛かって無様に負ければ、ラージンの目に留まることはないだろう。

そこまで考えた時、バイリークと同様に木刀を構えてすらいないフードの男が視界に映った。無造作に立ち尽くしてはいるが、身体はモルテザに向いている。

木刀の握りを確かめた時だった。誰ともなく気合を発した。猛る七つの声に、モルテザが気持ちよさそうに首を回した。

誘われるように、一人飛び出した。木刀を後ろ手に猛然と突っ込んでいく。そう見えた次の瞬間、突っ込んだ男の頭が揺れ、地面へと倒れ込んだ。

目を細め、鳥肌の立つ手の甲にバイリークは右足を一歩下げた。モルテザの木刀が男の顎を撃ち抜いたのであろうことは、顎から血を流して倒れ込む男を見れば分かった。だが、その剣閃を知覚することができなかった。

——これほどまでに差があるものなのか。

あまりにも現実離れした光景だった。

奴隷たちが次々と薙ぎ倒され、地面に突っ伏していく。

もう遅いとは分かっていたが、九人で一斉に打ち掛かっていれば、結果は違ったかもしれない。残っているのは——。

一瞥した先には、最初の立ち位置から微動だにしていないフードの男。あの男と協力すれば無様な負けは避けられるかもしれない。腕は立つはずだ――。

「バイリークだな」

思考を遮るように、囁きがすぐ傍で聞こえた。信じられないほどの速さで間合いを詰めてきたモルテザが、脇腹に拳を添えていた。

地面を撃ち抜く破裂音が聞こえた瞬間、バイリークは内臓が爆発したようにも感じた。息ができない。喘ぐように開いた口からは、涎が溢れていた。

いつの間にか、膝を地面についていた。

「あと一人」

頭上から降ってきたモルテザの声を理解するのもやっとだった。

V

「……さすがに力量差が大きすぎたか」

無残に砂の地面を這いずる九人の奴隷たちに、ラージンは溜息を吐いた。

新たに購われた奴隷の試練は、バアルベク騎士（ファーレス）直属の狼騎が担当すると決まっていた。五百の騎兵で構成される狼騎は、罪人ゆえに正規軍への昇進は望みえないが、あらゆる死線を乗り越えてきた実力は、正規軍の百騎長（ミアーム）と同等以上の実力がある。

試しの目的は、奴隷たちの反抗心を叩き折ることだが、近年の東方世界（オリエント）の混乱によって、奴隷の中にも百騎長（ミアーム）並みの実力を持った者もいる。軍務に忙殺される百騎長（ミアーム）と違い、辺境で死ぬことが役目の狼騎は試しにうってつけの存在だった。

今回、政務補佐官ハーイルによって購われた奴隷の数はいつもよりかなり多く、その中でもこれはと思う者が二人いた。バイリークという学者然とした青年と、左目の潰れたサンジャルという青年だ。

奴隷たちには急遽ここに来たと伝えたが、実際は狼騎でも苦戦するかもしれぬという予感に、ラージン自ら正規軍千騎長（アルファーム）を呼び寄せたというのが実情だった。演習場の地面で呻き声をあげるバイリークとサンジャルに、目的は果たされたことをラージンは認めた。

「モルテザ、気になる者は？」

「いるように見えるか？」

返ってきた言葉に滲む苛立ちに、ラージンは苦笑した。

バアルベク四万の軍を統率する五人の千騎長（アルファーム）は、いずれも文武に秀でた者たちだ。モルテザはその中でも頭一つ抜けた存在であり、かつバアルベク太守（アミール）の甥という貴種でもあった。千騎長（アルファーム）をよこすようにと注文は付けたが、そのなかでも彼が来たことに驚いたのは事実だった。

残すところ、あと一人か……。

心の中でそう呟き、モルテザの前で無造作に立つ男へ視線を向けた。フードを目深に被り、右腕には黒い布を巻き付けている。

――暗いな。

モルテザの陰気さは、元来の内向的な性格に偏屈さが加わってどうしようもなくなったくちだが、あのフードの男からはそれとは違うものを感じる。

奴隷の情報が記された手元の羊皮紙には、名前と出自以外は何も記されていなかった。フードの男は、東方世界の草原で囚われの身となり、遥かバアルベクまでやってきたという。もとは快活な男が、絶望に身を落としたがゆえの暗さか。

ここにいる者の多くが、似たような経歴を持っている。ラージンも彼らと同じような過去を持っているがゆえに、奴隷たちの気持ちはよく分かるつもりだった。ただ、フードの男の自棄は、飛び抜けて強い。

「政務補佐官殿も、もう少し考えて欲しいものだ」

水都バアルベクが交易で潤っているとはいえ、資産は無尽蔵ではない。不要な予算をかけることは無駄としか思えなかった。

モルテザが木刀を横に薙ぎ、フードの男へ視線を向けた。

先ほどから何度かモルテザは隙を見せている。サンジャルやバイリークにも見せたものだが、その二人は動こうとしてその前に倒された。だが、フードの男はその隙にすら気づけていないようだった。

二秒後には、地面に倒れる人影が十に増えて終わる。そろそろ医務室へ連絡をするか。そう考えた時だった。

——不意に、モルテザが総毛立ったように見えた。

息を潜めたラージンの視界には、にわかに信じがたい光景が映っていた。

何が起きている……？

木刀をぶら下げたフードの男からは、明確な意志をほとんど感じない。初めに立った場所から微動だにせず、その視界にモルテザを映しているかも怪しい。

だが、モルテザの殺気が向けられた瞬間、フードに隠れる陰に、ぞっとするほどの殺気が渦巻き始めていた。

もう一度、羊皮紙を見た。

「……カイエン・フルースィーヤ」

その名を口ずさんだ時だ。

踏み込み、斬り上げたモルテザの木刀が、乾いた音を立てて宙に舞った。何が起きたか、見えた者はほとんどいないだろう。モルテザの木刀を撥ね上げたカイエンの剣閃は、ラージンですらおぼろげに見えただけだ。

地を蹴る音と共に、カイエンの身体がモルテザと触れるほど近づいた。モルテザの顔つきが変わった。

「殺すな」

咄嗟に呟いた自分の言葉は、どちらに向けたものなのか。

背に冷たい汗を感じた時、二人は弾けるように飛び退り、互いを警戒するように半身になった。良い判断だった。互いに、もう一歩踏み込めば致命傷を負っていたはずだ。

計算していたのか、それともそう仕向けられたのか。円を描き落ちてきた木刀を、モルテザが摑んだ。先ほどまであった傲岸さや余裕が消え去っている。一瞬にして、戦場の勇者の貌に変わっていた。

モルテザの額から、一筋の血が流れた。近づいた瞬間、神速の剣閃を紙一重で躱したかに見えたが、皮一枚切り裂いていったのだろう。

静かに対峙する二人に、演習場がにわかに騒がしくなるのを感じた。

試しを終えた者たちの視線が、二人に集まっていた。バアルベクの騎士であるラージンが注視しているということもあるのだろうが、何よりモルテザの実力を知る狼騎たちが、奴隷たちに指示することも忘れて見入っていることが大きい。寡黙な者たちゆえに感情をあらわにすることはないが、その拳には力が入っている。

万が一にもそうなるとは思わないが、もしここでモルテザがカイエンに後れを取るようなことがあれば、軍の秩序に少なからず影響を及ぼす。最終的にモルテザが勝つにしても、長引けば軽んじられる。

あの男は嫌がるだろうが――。

「モルテザ、もういい。本気を出せ」

モルテザの頬が歪み、歯軋りが鳴った。

「カイエン・フルースィーヤ、顔を出せ。立ち合いの礼儀だ」

すぐには反応がなかったが、三秒後、カイエンが無造作にフードを下ろした。

まだ若い。二十を超えてはいないだろう。幼さの残る顔立ちは、だがその目つきの悪さと、何ものも映していないくすんだ瞳によって打ち消され、陰惨ささえ漂わせている。奴隷には珍しくない表情であることは確かだが、その中でも飛び抜けていると思った。

この男の過去に何があったのか。

二人が木刀を向け合うのを待ち、ラージンは頃合いを測るように指を二つ鳴らした。モルテザの顔から、忌々しさが消え、何かを測るような冷静さが広がる。観衆は先ほど以上に多くなっているが、誰もいないかのように静まり返っている。

踏み込んだのは同時だった。

地面を蹴る音が連なる。かすかな立ち眩み。拳を握りしめて耐えた刹那、モルテザとカイエンの身体が、触れ合うようにして静止していた。

遅れて、乾いた音が響いた。

カイエンの木刀が地面を穿ち、モルテザの切っ先がカイエンのみぞおちに触れている。

安堵(あんど)するような息が観衆の中から漏れた時、一斉に歓声が沸き起こった。

静止していたカイエンがいきなり咳(せ)き込み、口元から血を流した。ゆっくりと崩れ落ちる身体を支えたのは、モルテザだった。

「全員医務室へ送れ」

歓声を手で抑え、ラージンはそう命じた。

モルテザが一人、忌々しげにこちらを見つめていた。

Ⅵ

目が覚めて視界に映ったのは、白い天井だった。年季の入った梁(はり)が十字に組まれている。起きたばかりだからなのか、天井にある染みがぼやけていた。

ここは、どこなのだろうか。

足元が肌寒い気もするが、それ以上に胸の奥に溜まった澱(おり)のようなものが不愉快だった。胸が苦しくなり、咳き込んだ。二度、三度と止まらない咳によって胸に溜まっていた血が吐き出された時、カイエンはようやく視界がはっきりするのを感じた。

跳ねるように上半身を起こした瞬間、全身に鋭い痛みが走った。

「寝ていた方がいい。まだ立てるほど回復はしてはいないでしょう」

聞こえてきた声は、聞き覚えのあるものだった。

気真面目そうな青年が、にこりともせず小部屋の扉を背に腕を組んでいる。たしか、バイリークとかいう名だった。演習場で絡んできた二人のうちの一人だ。

痛みの酷いみぞおちに手をあてると、包帯が何重にも巻いてある。

「あんたが？」

「医者ですよ」

肩を竦めるバイリークが近づき、傍にある丸い座面の椅子に腰かけた。

「十騎長(セリーム)が目覚めたら報告することになっています」

訝しげな視線を向けたカイエンに、バイリークの人差し指が向けられた。

「一昨日の試合で、モルテザ殿に挑んだ十人がいたでしょう。その十騎長(セリーム)にカイエン殿は選ばれた」

断る。そう言おうとして、カイエンは再び咳き込んだ。

深緑の外套をまとい、見下すような灰色の瞳を持つ男を思い出した。あの男の木刀をもっと深く受けていれば、死ねたかもしれない。そんなことを考えた時――。

「一昨日？」

丸二日、自分は気を失っていたというのか。

問い詰めるような口調に、バイリークが書類の束を手渡してきた。端がぴったりと揃えられ、それだけでもこの男の几帳面(きちょうめん)さが知れる。

「ええ。正確に言うと四十六時間前のことですね。今はもう正午を二時間ばかり過ぎています」

窓の外は、確かに演習場に向かった時と同じような明るさだ。

怪訝そうにこちらを見るバイリークに、カイエンはもう一人のサンジャルという男を思い出していた。朴訥(ぼくとつ)そうなバイリークとは対照的に、サンジャルと呼ばれた癖毛の男は、狭い額にすぐ血筋を浮かべるような短気な男だった。

二人ともそれなりに腕が立つことは、一目見た時から分かっていた。

だが、合わせても自分に及ぶほどではない。そう思ったからこそ、演習場で絡まれた時には相手にしなかった。向かい合ったモルテザにはどう足掻(あが)いても勝てないという予想通り、二人とも何もできずに終わった。

だが自分であれば、勝てないまでも負けることはない。九人を打ちのめしたモルテザという辛気臭い男に感じたのは、自分とそう変わらない実力だったのだ。二日も寝込むほどの負け方をするとは、想像できなかった。

寝台から降りようとするカイエンを制止し、バイリークが立ち上がった。

「どこに行くのです」

「あんたの知ったことじゃない」

確かに、自分はどこに行こうとしているのか。別に負けたことに腹を立てているわけではないはずだ。勝ちも負けもどうでもいい。そう思っていたはずだったが、心の中に靄（もや）はさらに広がるようだった。

靄の彼方に立つ、たった一人の赤い瞳の男。自分が生涯で一度だけ負けたエルジャムカ以外の人間に、負けてしまったからなのか。

不意に、腹が鳴った。

最後にものを食べたのが二日前ということであれば、当然ともいえる。バイリークがやや安堵したように書類の二枚目をめくって見せた。

「軍人奴隷としての俸給受取証です。銀貨五十枚。十騎長（セリーム）だからか、私たちよりも十枚多い。だいたい、平民が受け取る俸給の半分と言ったところです。官舎にも住める。奴隷の待遇としては、かなり良い方です」

「他の街は？」

「バアルベク以外だと、人間扱いすらされないところもあります。奴隷の兵団と正規の兵団は分かれていて、奴隷は相手の強さを測るためだけの死兵として使われることが普通ですよ」

正直ここは天国。バアルベクで買われて正解だと言うバイリークに、カイエンは心の中で舌打ちした。

人が人を買っている時点で大差はない。それならば、むしろ待遇の悪いところでさっさと死んだ方がましだと思った。

顔に出たのか、バイリークがたしなめるようにカイエンの背中を叩いた。

「金を受け取って、一つ食べに行きましょう。いや、まあ快気祝いだ。私のおごりということで」

「奴隷が外に出てもいいのか」

「言ったでしょう？　ここは天国だと」

にやりとして、バイリークがついてくるように合図をした。

商館（カイサリーヤ）が並ぶ市場（バザール）は、これまでの生涯で見たことがないほど賑わっていた。うだるような日差しを遮るためだろう。道の中央まで突き出した屋根が通りをすっぽり覆う陰を作り出しており、道の中央を流れる水路の水飛沫（しぶき）が風の心地よさを作り出している。

道を行き交う市民の顔には笑顔が溢れ、小さな子供の手を握り歩く夫婦の姿もある。

官舎で受け取った銀貨の入った革袋の重さに、カイエンは酷く混乱していた。今自分がいる場所はどこなのだろうか。自分だけが世界から切り離されたかのような感覚だった。

すぐ目の前にはごく平凡な、当たり前に生き、老いていく幸せな人生が無数に蠢いている。にもかかわらず、自分とは全く無縁にも感じて、体温が急速に下がっていくようだった。

息絶えた無数の同胞と、崖の上からこちらを見下ろす覇者(ハーン)と少女、そして友の姿が脳裏によみがえってきた。悍ましい異形の兵が向ける五千の刃からは、同胞の血が滴(したた)っていた。ここにいるはずがない。そう思ってみても、全てを奪われた記憶はついさっきのことのように覚えているのだ。

全てを奪われた自分が、全てを手にしているかのような者たちの中につっ立っていることが、理解を超えているのだと思った。

「バアルベクは世界の中央(セントロ)でも有数の街。人口自体は他の都市と大差ありませんが、港があることもあって各地から人が集まってきます。あの店に入りましょう。サンジャルも待っています」

説明しながら、バイリークが木陰に隠れた建物を指さした。同意したわけではなかったが、自分の知らない物語の中に迷い込んでしまったかのような所在なさはどうしようもなく、バイリークの後に従った。

店は水煙草(シーシャ)の甘ったるい匂いに満ちていた。草原にはまずない匂いで、カイエンは思わず鼻をつまんだ。

路上に置かれたテーブルで水煙草(シーシャ)をふかしているのは、演習場で絡んできた顔だった。

「サンジャルか」

問いかけたカイエンにサンジャルが硝子パイプから口を外し、あからさまに嫌そうな表情をした。

「サンジャル、やめろ。カイエン殿は私たちの十騎長(セリーム)になったんだ」

「なにがカイエン殿だ。俺はまだ認めてねえよ」

舌打ちと共に横を向いたサンジャルに、バイリークが振り向いた。

「申し訳ない。この馬鹿はカイエン殿がモルテザ殿に並ぶ実力があることをまだ見ていない。最初に打ち倒されて気を失っていましたから。単純な男だから、次の演習で打ちのめしてくれれば、態度も変わる」

「俺は今ここでやってもいいけどな」

そう呟いたサンジャルに、カイエンはなぜか心が落ち着いていくのを感じた。

サンジャルの瞳には、荒っぽさの中にどこか臆病なものが浮かんでいる。この男も自分と同様、何も持っていない。戦になれば、真っ先に死地に突っ込んでいくくちだろう。奴隷だから当たり前とも言えたが、それがカイエンを安心させた。

叩きのめすのは簡単だが、そうするのは惜しいという気持ちになった。椅子に座ると、バイリークが慣れたふうに店員に注文を飛ばした。

「吸いますか？」

そう言ってバイリークが差し出してきたのは、乾燥させた植物の葉を刻み、紙で巻いた棒状のものだった。掌に載るほどに小さい。

「大麻(ハシン)はやらない」

「ではありませんよ。煙草(スィガーラ)。傷が痛むでしょう」

断る間もなく火がつけられ、差し出された。

どうせすぐに失う命だ。身体に気をつかう意味もない。そう思うと、自然に受け取っていた。火のついていない方に口をつけ、深く吸い込む。

その瞬間、重い煙が全身を引き裂くような感覚に襲われた。盛大にむせ返り、口からは涎が垂れる。口の中は、煙草(スィガーラ)の葉でいっぱいになっていた。

「なんだよ、情けねえな」

サンジャルの声が聞こえてきたが、相手にする余裕がなかった。バイリークが差し出してきた青磁のカップに入れられた水を飲むと、ようやく心臓が落ち着いてきた。

「安心しましたよ」

口元を拭いながら聞こえてきた言葉に視線を向けると、バイリークがそうと分かるか分からないくらいに微笑んでいた。

「根源的な生存欲求は消えていないようで」

「……なんだと？」

「いえ、演習場で見た時から生きる気がないのかと思っていましたが、身体の方はきちんと生きたがっているようなので」

心の奥底を見透かすような瞳だった。この実直さは、どこかアルディエルを思い出させる。かすかな苛立ちを感じつつ、カイエンは右手に持ったままの煙草（スィガーラ）を持ち上げた。

「両切りの煙草（スィガーラ）です。気をつけて吸わなければ、口の中が葉まみれになりますよ」

「先に言え」

口の中の異物を手拭いに吐き出し、カイエンはゆっくりと煙を吸った。

身体がわずかに浮くように感じる。先ほどよりも抵抗なく身体の中に入り込むようだった。煙草（スィガーラ）の効果なのか、みぞおちの痛みが和らいだような気もする。

「――それで、フランとは誰です？」

聞こえた単語に、再びむせ返った。睨みつけた先で、バイリークが惚（とぼ）けたような顔をしている。

「気を失っている間、うわ言を繰り返していましたよ。まあ、私としてはエルジャムカという覇者の名が気になりましたが」

自分が何を喋ったのか。湧き上がる苛立ちを隠すように、カイエンは店主が持ってきた珈琲を啜った。

「あんたたちと同じだ」

「バイリークとサンジャル、で構いませんよ」

真鍮製の器を持ち上げ、バイリークが目線を下げた。

「私の方が年上でも、力はカイエン殿が勝っている。恐らく、色んな意味で。本当は私とサンジャルで組むつもりでしたが、そのうえでカイエン殿の下についた方が話は早そうですからね」

「何を言っている？」

「正気か？」

カイエンとサンジャルの呆れた声が重なった。瞳を広げてバイリークを見つめる癖毛の男に、カイエンは鼻から息を抜いた。

「……俺は戦場で死ねればそれでいい。誰かと組むつもりはない」

「東方世界の覇者に復讐するためと言っても？」

バイリークの言葉に横たわるのは、どこまでも冷たい感情だった。虚言でも大言でもなく、ただそれを果たさなければならないという将来の定めを語っている。

目の前の学者然とした男に対する苛立ちが、むくむくと大きくなっていった。

「あんたには無理だ。二人がかりで俺に勝てないようであれば、牙の民には到底勝てない。やつらはモルテザなどより遥かに強いぞ」

お前たちは、エルジャムカ・オルダの強大さは知っているだろうが、その恐ろしさを真に知りはしない。

「そんなことは分かっていますよ。しかし、カイエン殿はあのモルテザを本気にさせた」

「このざまを見れば分かるだろう。俺に興味を持つよりも、真面目に軍務に励んでラージンに近づく方があんたの夢には近道だ」

どうだかとバイリークが肩を竦め、美味(うま)そうに珈琲を啜った。

「もちろんラージン殿のように軍で成り上がることも重要ですが。騎士(ファーレス)となって十年、隣接する都市を併合できていないことを見れば、私の望む戦人(いくさびと)ではなさそうなのでね」

「あんたの望む戦人？」

聞き返すと、バイリークが片目を閉じた。

「世界の中央(セントロ)をまとめ上げるほどの征服者、ですよ」

あまりの言葉に、カイエンは吸いかけの煙草(スィガーラ)を口から外し、再び戻した。

「あんたはもっと賢いように見えたが」

地面に落ちた灰が、風に転がって消えた。

バイリークがさらに何か言い募(つの)ろうとした時だった。通りに糸を張り詰めたような緊張が走った。

「バアルベクの姫のお出ましだな」

サンジャルの呟きに呼応するように、通りにひしめく民が左右に分かれた。姫、というからには太守(アミール)の娘なのか。さして興味があるわけではなかったが、なぜか心に漠たる不安が広がった。

鼓動が徐々に速くなり、視界は何かが重なるようにぶれている。モルテザに受けた傷が痛むのか。不安に理由をつけようとした瞬間、カイエンはいつの間にか立ち上がっていた。

なぜ、ここにいる。なぜ、こんなところに……。

目の前を悠然と歩む少女は、白い綾衣に身を包み、銀色の髪を風に流している。何よりカイエンの心を揺さぶったのは、その瞳に浮かぶ孤独への憂いだった。

「カイエン殿――」

自分を呼び止める声が聞こえたが、身体は動き出していた。摑まれそうになった腕を振り払う。浮ついた身体は群衆を押しのけ、前へ前へと進んでいく。途切れることのない人の壁がもどかしかった。

ようやく人の壁を抜け、通りの中央に出たカイエンは右手に少女の後ろ姿を見つけた。

「フラン！」

叫んだ言葉に、護衛と思しき屈強な男が二人、警戒するようにこちらを振り返った。一人が槍を低く構え、もう一人が剣の柄に手を添える。

自分を遮ろうとする者たちに、怒りが込み上げてきた。

「――俺の道を、遮るな」

自分が何をしているのか分からなかった。突き出された槍を躱し、男たちの間合いに踏み込む。気づいた時には、すぐ傍に二人の男たちが倒れ込み、呻き声をあげていた。

無理に身体を動かしたせいか、腹の傷の痛みが全身を突き抜けた。片膝をつき、カイエンは痛みに耐えるように拳に力を込めた。少女がそこにいる。無様な格好を見せるな。そう思った瞬間――。

「フラン……？」

吐き出したのは、ここにいるはずのない少女の名。

全身から血の気が引くのを感じた。何を言っているのだ。乱れた鼓動に、カイエンは我を取り戻した。

見上げた先にいる少女は、恋焦がれた少女とは似ても似つかない。肩まで垂れる亜麻色の髪は、柔らかな日差しで黄金色にも見える。

怯えるように両手を身体の前で握りしめる少女が、口を震わせた。

「私は、マイです」

人違いだということを強調したかったのだろう。マイと名乗った少女は、困惑したように左右を見渡した。すでに喧騒が広がっている。

視界が震え出し、奥歯が鳴り始めた。

「あの、大丈夫ですか？」

震えるカイエンを覗き込むように、マイと名乗った少女がかがみ込んだ。

俺は馬鹿か——。

少女の心配するような表情を見て、カイエンは自分を罵倒した。

孤独を運命づけられた彼女は、誰しもを心配できるような少女ではなかった。孤独の中、自分を保つことだけで精一杯で、出会った時に向けられた視線は、凍りつくように冷たかった。目の前の少女のように、誰かを心配する余裕などありはしなかった。

食いしばった歯から息が漏れた時——。

「おい！」

背を大きく引っ張られた。顔を布で隠しているが、バイリークであることは声でわかる。

バアルベクの姫――。

ついさっき聞こえた言葉を思い出した時、カイエンは少女に背を向けバイリークを追って走り出していた。

どれほど走ったのか。何度も路地を曲がり、ようやくカイエンが止まったのは、もはやどこかも分からない場所だった。市場（バザール）の賑やかな雰囲気とはかけ離れ、貧民窟（スラム）に近いのか、路上の焚火で肉を焼いている者たちがちらほらいる。

息を切らして膝に手をつくと、バイリークが目の前に座り込んだ。生真面目そうな顔の中に、なぜかはっきりとした笑顔が浮かんでいる。

「話が早そうで嬉しいですよ」

「なんだと？」

「心の中に譲れない思いがありそうだ」

バイリークが拳を握った。

「バアルベクの騎士（ファーレス）ラージンは、もともとこの街に売られてきた奴隷だと言います。強ければ力を手にできる。カイエン殿であれば、その可能性は大きい」

期待に目を輝かせる男にカイエンは舌打ちしたが、気にせずバイリークは続けた。

「個の力では勝てないことは、私もよく分かっています。だからこそ、軍の力がいる。カイエン殿の中の譲れないものは、必ずその力を欲するはずです」

バイリークが思い描いている未来は、この地で大軍を率いるほどの地位に上ることとなのだろう。

軍を率い、牙の民へと歯向かうなど——。

脳裏にちらついたのは、千軍を率い、その中央で高らかに剣を取る自分の姿だった。向から敵は、神話の中から姿を現したような深紅の瞳の覇者だ。

甘い蜜のような光景を消し去り、カイエンは再び舌打ちした。

「譲れないものなど……」

牙の民を討つことなどできはしないのだ。まして悍ましい力を持つエルジャムカには、決して勝つことはできない。フランを救えないと知っているのだ。譲れないものなど、ありはしなかった。

心が疼くのは、満たされているように見える少女を、フランと間違ってしまったがゆえだろう。フランへの想いを失い、わずかに残っている記憶さえ失おうとしているのか——。

路上で燃える小さな焚火に、カイエンは拳を握りしめた。

第三章　炎の女神

I

眼下のカルス平原で、奴隷で構成された千の兵団が二つ、気勢をあげてぶつかった。時に死人も出る調練だが、それを乗り越えた兵は実戦で生き抜くことができる。大半の奴隷が戦を経験していないからこそ、実戦以上の厳しさが必要だった。

敵味方も分からないほど入り乱れる兵たちの中で、目を引く一団があった。

十人ほどの小部隊でしかないが、敵の弱いところを的確に衝き、囲まれそうになればいつの間にか消えている。その動きに、ラージンは思わず唸り声をあげていた。指揮を執るカイエンという青年は、戦場の光景を鳥の視点で見ているのだろう。

あの青年は、拾い物かもしれない。満足げに頷いたバアルベクの騎士（ファーレス）は、赤髪の千騎長（アルフーム）フレアデスに残りの調練を任せ、馬上の人となった。

バアルベクまで二ファルス（十キロメートル）を駆け通したラージンは、鎧姿のまま太守(アミール)の待つ居館(サライ)へと向かった。

大理石の回廊に響く足音は二つ。

すぐ前を進む足音はバアルベクの政務補佐官ハーイルのもので、古城の主とでも言わんばかりの傲慢さが滲んでいるように聞こえるのは、ひねくれ過ぎだろうか。溜息を吐き、ラージンはその歩みを進めた。

彼が政務を司るようになって、バアルベクの歳入は大きく増えている。港湾の整備に始まり、東方世界(オリエント)のアデンから西方世界(オクシデント)のヴェアブルクまでを繋ぐ交易は、バアルベクの民に金銀の財宝を手にさせた。

ハーイルは表向き、バアルベク太守(アミール)アイダキーンに忠誠を尽くしているように振る舞っている。だが、その表情の奥からは、時折それだけでないものを感じるのだ。

回廊の傍を流れる水路で、小魚が跳ねた。

「どうされました？」

いつの間にか立ち止まっていたラージンに、ハーイルが声をかけてきた。歳はそれほど変わらないが、その言葉遣いは慇懃(いんぎん)ささえ感じるほどに丁寧だ。

張りつけたような笑みを浮かべ、ラージンは首を振ると、ハーイルに進むよう促し、自らもまた歩き始めた。

考えすぎだと思うこともある。だが、自分の使命はアイダキーンを守護することであり、何者にも隙を見せるべきでないとも信じていた。

アイダキーンと出会い、忠誠を誓った日のことは今でもはっきりと覚えている。

風の強い日だった——。

草原と砂漠を隔てる崖の上からは、バアルベクの街並みが一望できた。

まだ十を超えていない頃だ。逃亡奴隷だったラージンは、糞尿と血の臭いで全身を包み、木陰で死を待っていた。足首に刻まれた奴隷の印は、一目で彼を逃亡奴隷だと報せ、通り過ぎる者たちは近寄ろうともしなかった。

死ねば、記憶の片隅にいる、顔の輪郭しかわからない両親に会えるのか。それでもいい。飢えて噛み砕いた自らの薬指をしゃぶり、瞼を永遠に下ろそうとした時だ。

不意に感じたのは、唇のはしにこぼれる水滴の冷たさだった。口の中の血が洗い流され、ラージンは塩の甘さを知った。

霞む視界の中、空の青さを遮ったのは、名も知らぬ青年の微笑みだった。邪気の欠片もなく微笑む青年が、今は眠れと囁いた。

目を覚ましたのは、身体の傍に焚火の温かさを感じたからだ。一体自分の身に何が起きたのか。混乱するラージンは、崖の下を指さす青年の姿を見つけた。

『あの街は、人の理想郷になる』

　未来を予言するようにそう言い切った青年が、起きたかと再び微笑んだ。

彼がバアルベクの次期太守（アミール）アイダキーンだと知ったのは、その時だった。焚火で焼かれた肉を頬張る彼は、ラージンが腹を壊さぬようにと獣肉のスープを作って飲ませてくれた。

『人の世に身分の区別があるのは、しょうがないことだ』

　獣肉のスープをゆっくりと啜るラージンに、若きアイダキーンは語り出した。

戦乱の世、全ての国が手を取り合えぬ限り、自分たちの身は自分たちで守るしかない。

そのためには、統一された国が必要であり、頂点に立つ者が強大な力を持たねばならない。

『だが、そこに差別があってはならないと俺は思うのだ』

　肉を噛みちぎり、口元を油でてらてらと光らせ、アイダキーンは呟いた。

　差別は人の心に邪（よこしま）なるものを生み出し、それは人が抱いてはならぬ心を正しいことさえ思わせる。お前を奴隷と知った通行人たちが、お前が飢えに死んでも構わぬと思ったようにな。

　首を振るアイダキーンの瞳が、遥か夜空を見ていた。

『恨むなよ、人を』

人が悪いのではない。それが正しきことと思わせた世が悪いのだ。世の常識に逆らえるほど、人は強くはない。お前を売った人間を赦してしまえとは言わぬ。だが、それでも人を恨むな。

俺は、人を赦す必要のない世を創り上げたい。そのために、俺は明日、あの街の太守（アミール）となる――。

一方的にそう喋ると、アイダキーンは立ち上がりラージンに手を差し出した。

『――お前をバアルベクの民として迎え入れよう』

アイダキーンの言葉に、ラージンはバアルベクの民となった。アイダキーンは自分についてこいとも、賛同しろとも言わなかった。ただ、ラージンに選択の機会を与えてくれただけだ。

そんなアイダキーンを、ラージンは心の底から慕っていた。

武を司る自分が隙を見せなければ、何者もアイダキーンを害することはできない。騎士（ファーレス）となって十年間、全ての敵から自分を救いあげてくれた男を守り抜いてきた。

バアルベクの民全てが認めるであろう事実に頷いた時、目の前の足音が止まった。

現れた巨大な真鍮製の扉には、精緻な細密画（ミニアチユール）が彫り込まれている。

一目で鐵（てつ）の民によって造られたものと知れる扉は、鐵（てつ）の民の諸侯（スルタン）から贈られたものだ。

「政務補佐官ハーイル、参る」

「騎士ラージン、参る」

ハーイルにならって入室すると、その先には、老人が一人、長机の向こう側に座っていた。

「時間通りじゃな。二人とも、かけてくれ」

人当たりのいい声が心地良かった。

恰幅のいい身体を、上質な絹織物で包んでいる。真っ白に染められた頭髪と優しげな皺の刻まれた顔つきは、太守たる気品に満ちている。この風貌も民から慕われる理由の一つだが、その深い皺は戦乱の世からいかに民を護るかという苦悩によって刻まれてきたことを、ラージンは誰よりもよく知っていた。

この部屋に来ると、威厳を保つための無表情が難しくなる。そんなラージンの心境を知ってか知らずか、アイダキーンが微笑んでいた。

「新兵の訓練はどうじゃ？」

ラージンの前で、アイダキーンが奴隷という言葉を使ったことはない。ラージンがかつて奴隷だったことへの思いやりなのだろう。アイダキーンは、そんな男だった。

頭を下げ、指された椅子に座る。

「この四ヵ月で加わった四千のうち、三千ほどはなんとか希望が見えてきました。戦に向きそうにない千名に関しては、屯田兵としてバアルベク郊外の開拓を」

「ふむ。四千のうち三千であればよい方じゃ。屯田についても任せよう」

「かしこまりました」

ハーイルに先んじてそう言ったのは、購った奴隷の一部を、肥えた政務補佐官が自分の経営する地下鉱山に送り込んでいるという噂があったからだった。地下鉱山に送られた者は、死ぬまで暗闇から出られないという。軍の密偵をつけているが、今のところ確証を得ることはできていなかった。

「それよりもラージン、聞いたぞ。なにやら新兵のうち、我が甥殿に追随するほどの者がいたというではないか」

さすがに届いているか。モルテザの額から血を流させたカイエン・フルースィーヤという男の名は、軍内でも持ちきりだった。

「最終的にはモルテザに一日の長がありました」

「ふむ。有望な者が出てきてくれたことは嬉しいかぎりじゃが。街中で、マイがその男に出会ったようでのう」

そう呟くアイダキーンの顔には、何と言うべきかというような迷いが浮かんでいた。

「これは、無礼がございましたでしょうか」

「無礼と言えば無礼なのじゃろうが」

「まさか、まだ耳にいれておられぬのですか」

冷ややかな声はハーイルのものだった。

「これ、ハーイル。ラージンも目が百、耳が五十もあるカーヒラ神話の怪物ではない。知らぬこともあって当然じゃ」

たしなめるような太守(アミール)の言葉に、狷介(けんかい)な政務補佐官がこれは失礼と頭を下げた。

「うむ。ラージン。お主も気にするな」

「いえ、軍内の統率が取れておらぬは、ひとえに私の怠慢です。申し訳ございません」

「謝ることはないと言っておろう。何もマイの身に何か起きたわけではない。護衛が二人、その者らしき青年に打ち倒されたようでのう」

老太守(アミール)の言葉に、ラージンは思わず眉をひそめた。

アイダキーンは民を第一に考える名君と誉れ高い。若い頃は自ら民の中に分け入って、盃(さかずき)を交わしていた。その心意気は育児にも徹底しており、その娘マイ・バアルベクも、民の暮らしを知るために二日に一度は街に足を延ばす。

気軽に民と交わる太守(アミール)の人気は高いが、同時に敵対都市の暗殺者に狙われることもままあった。それゆえに、マイにつけている二人の護衛は、バアルベク軍の中でも屈指の遣い手だったのだ。

「マイ様は？」

「そのカイエンという男はマイの前に跪き、すぐさま立ち去ったという。別にその男を罰せよとは言わぬ。倒された護衛についても、あの二人が、そこらにはいないほどの武勇の者であることも知っておる。彼らを罰することもせぬでよい。じゃがのう、その事件以来、マイが怖がって街へ行きたがらなくなって困っておるのじゃ」

アイダキーンが首を振り、溜息を吐いた。

「それは――」

ラージンとしては、マイが街に出ないことはむしろ都合のいいことでもある。何と答えるべきか迷っている時――。

「困りましたな。マイ様が街に行かぬようになれば、何事かと民は騒ぎ立てましょう」

聞こえたのはハーイルのだみ声だった。舌打ちをこらえ、ラージンは腕を組んだ。

「二人の護衛の傷が回復するまでは、ひとまず街への下向はおやめくださいますよう」

「傷は負っておらぬ」

アイダキーンの言葉は、ラージンに更なる衝撃を与えた。無傷で敵を制圧するには、そこに隔絶した実力差がなければ不可能だ。

カイエンという男に、それほど圧倒的な強さは感じなかった。モルテザと向かいあった時は隠していたとでもいうのか。確かに、あの瞬間、もしかすればモルテザが負けるかもしれないという予感はあった。だからこそ、ラージンは己が力を使うことを決めたのだが。

動揺を気取られぬよう俯いた時、ハーイルが手を叩いた。

「では、こうしてはいかがです。そのカイエンとやらにマイ様の護衛を務めさせるというのは。腕だけで言えば申し分ないものがあるのでしょう」

確かにカイエンはバアルベクの軍属だが、奴隷としてこの街に来たばかりであり、その忠誠心がバアルベクに向いているとは到底思えない。

「……私は、許容できませぬ」

バアルベクの騎士（ファーレス）として、全軍を司る者としての言葉だった。

「東のシャルージとの小競り合いが続いています。北のラダキアの動向も怪しい今、マイ様の身辺警護に不安は残せませぬ」

「しかし、二人が敗れたことはすでに広まっているでしょう。一度負けた護衛に価値はない。敵からすれば与（くみ）しやすいとさえ思うでしょうな」

ハーイルの冷静な指摘は的を射たものだった。奥歯に力を込めた。

「マイ様に下向を一時中断していただくことは？」

祈るような気持ちで放った言葉だったが、アイダキーンの答えは分かっていた。

「ラージンよ。お主の懸念も分かる。じゃが、それはできぬ。戦時であればともかく、マイが街中に下向するのは、平時であることを民に知らしめるためでもあるのじゃ。それが太守の一族として、いずれ太守となる者としての務めでもある」

柔軟な太守だが、こと民を知るということにおいては頑なだった。

倒されたシャキルとレオナ以上の武人となると、バアルベクの正規軍では千騎長を含めて十人といないが、それぞれ軍の中枢を担っている。近隣諸都市が攻勢を強めつつある今、外すことは難しかった。麾下の狼騎から人数を割くことも一瞬思い浮かんだが、腕はともかく、盗賊に金庫番をさせるようなものだった。

決して自分に逆らわぬよう、カイエンを躾けるしかない。脅すために力を使うことは、己の矜持に反することだ。だが、この場はそれを曲げるしかなさそうだった。

「では、まず私にカイエンと話をさせてください」

「おお、そうしてくれるか」

アイダキーンの言葉に、ラージンは深く溜息を吐いた。

この時バアルベクの騎士が下した決断は、本人の中ではごく些細な判断でしかなかった。

だが、それは人智の及ばぬところで定められた運命だったのだろう。

後世、吟遊（ぎんゆう）詩人は流浪の中で二人の運命をそう歌いあげた。

II

市場（バザール）で亜麻色の髪の乙女を見てから、二日が経っていた。

打ち倒した護衛の二人にはっきりと顔を見られたこともあり、その日のうちに軍営から呼び出しがかかると予想していた。奴隷の身でバアルベク太守（アミール）の娘を害そうとしたのだ。問答無用で縛り首になってもおかしくない。

だが、これは……。

天井は高く、伐（き）り出されたばかりの木材で組まれた壁が四方を囲み、地面には砂が敷きつめられている。訓練場を思わせる広い室内に、木刀を持った男が一人立っていた。

「俺は、罰せられるのですか？」

向かい合うバアルベクの騎士（ファーレス）への言葉は、理解しがたい状況への問いかけだった。

「罰はない」

「ならばこれは？」

処罰でないとすれば、自分がラージンに呼び出される理由がない。外に漏れぬ場所で嬲（なぶ）り殺そうとでもいうのか。眉をひそめたカイエンに、ラージンが木刀を逆手に突き出した。

「試しだ。とれ」

そう言って投げ放たれた木刀を、カイエンは宙で掴んだ。その瞬間、空気が一変した。

鍛え抜かれたラージンの巨軀には、無数の傷痕がもはや数え切れぬほど重なっている。盛り上がった二の腕から繰り出される一撃は、木刀だろうが容易くカイエンの脳を叩き割るだろう。

ラージンが強者であることは分かる。だが——。

闘気を放ち始めた男に、カイエンは歯を食いしばった。この程度の男が騎士（ファーレス）として名声を得て、そして十年余も生きながらえている戦（いくさ）の民では、牙の民の相手にはならない。向かい合ったラージンに突きつけられたのは、東方世界（オリエント）の覇者（ハーン）エルジャムカと凡百の戦人との果てない距離だった。この男は、エルジャムカとは比べようもない。

「奴隷に負けることになりますよ」

「どうかな」

肩を竦めたラージンの腰が、すっと落ちる。

突きつけられた木刀の間合いが、かすかに遠くなったのか、カイエンを唐突に搦（から）め捕ったのは、奇妙な違和感だった。

間合いの先にいるラージンに、得体のしれない気持ち悪さがあった。その正体は定かでなく、ただ五感を不愉快に刺激している。

ほんの一瞬前までは互角に思えたラージンの闘気が徐々に大きくなり、今や抗いがたいほどの重圧になっている。十度戦おうと、その全てで勝てないと思ってしまうほどだ。

不快さが吐き気を催すほど強烈なものになった。記憶の庭を、土足で踏みにじられたかのような――。

俺はこの男に何を重ねているのか。暗闇の中で、それは瞼を開いた。紅玉（こうぎょく）のような深紅の瞳だ。

記憶の中にある恐怖に搦め捕られた瞬間、無敗の騎士（ファーレス）が肌を弾けさせるほどの気合を発した。間合いの外で木刀を振りかぶっている。これは届かない。冷静に間合いを測り、木刀を握りしめた時――。

刹那、左肩に身体を突き抜ける痛みが走った。衝撃を殺すように、本能のままに後ろに飛び退ったカイエンが見たのは、自分の左肩を突いたラージンの木刀だった。

全身から、汗が噴き出していた。

何が起きたのか、見間違えるはずもなかった。

ラージンの木刀が、軌道の途中で幻のように消えた。

激痛に耐えて固い砂の地面に転がると、カイエンは追撃を警戒して飛び上がった。木刀をまっすぐにラージンへと向ける。

「凄いな」

それは、ラージンの素直な感嘆のようだった。

「……何をした」

口にした言葉が、草原を出て以来久しく口にしていなかった世界への興味だと気づいた時には、遅かった。

拳を握りしめ、カイエンはなんとか自分を保とうとした。何かを期待するな。もう、十分だろう。そう言い聞かせても、この男の正体を知りたいという欲求がどうしようもなく膨らんでいた。それは、自分が負けた理由を知りたいという欲求だった。

得体のしれない不気味さの正体は、たった一つだった。自分はエルジャムカ・オルダという不気味な存在に負けた。その力がいかなるものなのかも分からない。ただあの深紅の瞳を持つ覇者（ハーン）には、決して勝てないことだけを突き付けられた。

目の前で構えるバアルベクの騎士には、東方世界（オリエント）の覇者（ハーン）と同様の不気味さがある。どう足掻いても勝てないと思わせる、人ならざる者の気配だ。

深紅の瞳を持つ覇者(ハーン)の幻覚が浮かび、消えたその瞬間――。

向かい合う二人は、同時に居合いを放った。

「これで、二度目だな」

静かな声と共に、ラージンの木刀がカイエンの首筋を叩いた。

ぶつかり、冴えた木の音を響かせるはずだったカイエンの木刀は空を切り、天井を差している。

「お前は――」

口にした言葉を区切った時、口の中に酷い渇きを感じた。

お前たちは、何者なのだ――。

カイエンの心の声に答えるように、ラージンが目を細めた。

「――それが何なのかは、誰も知らない」

木刀を一閃させ、ラージンが間合いを取る。

「だが、我ら人が生きているがゆえに、それはある」

要領の得ない言葉に苛立ちが込み上げてきた。何を言っていると抗議しようとしたカイエンに、ラージンが鋭い視線を向けてきた。

「人が人として生まれた時、そこには男と女が一人ずついたという。戦(いくさ)の民も、瀛(うみ)の民も、牙の民もない時代の話だ。もちろん、世界も西方世界（オクシデント）や東方世界（オリエント）、世界の中央（セントロ）と区分される前のこと」

悠然と語り始めたラージンが、背を向けた。背後からならば、倒せるか。いや、おそらく不可能だ——。

バアルベクの騎士（ファーレス）が続ける。

「もとは目も見えず、音も聞こえず、ただそこにあるだけの存在だった二人は、ある日、知識の実と呼ばれる禁断の果実を口にしたそうだ。果実を口にした瞬間、二人はあらゆることを知ったという。世界の色や、匂い。鳥のさえずりや川のせせらぎさえも。二人は大いに笑い、語らい、いつしか愛と呼ぶべき感情を知った。だが、それは禁断の果実。大いなる代償があった」

「代償？」

カイエンの問いにそうだと答え、バアルベクの騎士（ファーレス）がこちらを向いた。

「二人は、生きることの難しさを初めて知ったのだ。何も知らなかった時は、食べなければ腹を空かせるということも知らなかった。それがいかに苦しいことかも。二人で手にした、たった一握りの麦を取り合うような醜い心も知らなかった」

何かを訴えかけるように、ラージンが視線を天井へと向けた。

「怒り、そして憎しみを知った二人は、いつの間にか互いの顔を見ることにさえ苛立つようになり、ついに女は男の首を絞めて殺してしまう」

「――似たような話が草原にもある」

ふと口をついた言葉は、遥か幼き頃、一族の老婆に寝物語として聞かされた話だった。

「世界中に似たような話があるさ。それは必然でもある」

ラージンが微苦笑をこぼした。

「世界にたった一人、孤独になった女は酷く後悔し、毎日のように嘆き悲しんだ。天地を揺るがすほどの慟哭(どうこく)は大地を裂き、そこに溜まった涙が海となった。そうして世界が作られた頃、女は全てを知って以来、初めての苦しみを感じた。なんだと思う?」

「……子か」

記憶の奥底から引っ張り出してきた言葉に、ラージンが頷いた。

「自らの手で殺してしまった人との子を身籠(みご)もっていることに、女は気づいた。男が死んで十月(とつき)経った頃、大地には二人の可愛らしい赤子が誕生した。それが男か女かは、伝承は何も語っていない。だが、女はその二人に祈りを込めたのだという」

なぜなのか、不思議な感覚だった。ラージンが言おうとしていることが、心の奥底から湧き上がってくる。

「もしも知識を持って生まれてしまったのであれば、互いが互いをなだめ共に生きていくことを。もしも憎しみに身を焦がすことになれば――」

ラージンが分厚い胸に拳をあてた。

「――その時は、互いの胸に刃を突き立てること」

訓練場の温度が下がったようにも感じた。ラージンが続ける。

「二人の子供。善なるもの(シュタマーユ)と悪なるもの(アラマーユ)、そう名付けられた二人は仲睦(むつ)まじく育った。何十年、何百年。人が人として繁栄し、人類となっていく中で、いつしか二人は肉体のしがらみを解き放たれ、そして人の心の奥底に住処を移したと言われる」

善なるもの(シュタマーユ)と悪なるもの(アラマーユ)。

二つの言葉に、なぜか心が震えた。

「善なるもの(シュタマーユ)は、人が正しくあることを祈った。正しく生き、繁栄するようにと。だが、正しいことが存在するためには、相反する正しくないことも存在しなければならない。ゆえに、悪なるもの(アラマーユ)は、善なるもの(シュタマーユ)の祈りを叶えるために、正しくないことを象徴するものとして生きようとした。自分を知り、人が己を戒(いまし)めるようにと」

仲睦まじかった二人だ。そう呟いたラージンが視線を砂の地面に落とした。

「だが、万余(ばんよ)の年を経れば記憶は薄れ、己の存在意義を見失う。ただ対立して在ることだけが存在意義となった二人は、悠久にも思える長き生に倦(う)んだのだろうな。決して死ぬことのできぬ絶望の中、彼らは気づいた。人が生きて存在するからこそ、自分たちは生きているのだと。であれば、人が死に絶えれば、自分たちの長く忌まわしい命も終わるのではないかと」

〝――だからこそ、人は戦うのだ〟

それは、おどろおどろしい声だった。ラージンのものではない。

突然耳を塞いだカイエンから、わずかに距離を置くようにして、ラージンが続けた。

「自ら人を殺す力を持たぬ二人は、それぞれが人を滅ぼすための力を生み出した」

バアルベクの騎士(ファーレス)の指が二つ折れた。

「善なるもの(シュタマーユ)に仕える七人の〈守護者〉、悪なるもの(アラマーユ)に仕える三人の〈背教者〉。生み出された強大な力は、十の人間へと与えられ、二つの陣営に分かれて災厄のような争いを繰り返してきた」

〝――心臓を、握り潰せ〟

自分は今、誰の言葉を聞いているのか。割れるような頭の痛みの中で、カイエンは額に浮かぶ脂汗を拭った。

何かを感じ取ったのか、ラージンが右手を木刀の柄に添えた。

もし今打ちのめされれば、防ぐ間もなく頭を叩き割られる。そう恐怖した刹那、耳鳴りが消えた。

膝が震えていた。

なぜ、自分はいま殺されることに恐怖したのか。死んでもいいと思っていたはずだ。見上げた先で、ラージンが木刀を捨てた。

「私はバアルベクの騎士(ファーレス)としてこの街を護り抜いてきた。それは、東方世界(オリエント)の覇者(ハーン)と対をなす〈背教者〉の力があるからこそだ」

言葉は全く違ったが、ラージンの言葉に感じたのは、服従を迫る意志だった。

何かを口にしようとしても、脳裏に浮かぶ深紅の双眸が、銀色の髪の乙女の姿が、言葉を遮っているようだった。

喘ぐように息を吸い、拳を地面に打ちつけた。血が、滲んだ。

「……その力を持つ者は、世界の中央(セントロ)にもまだいるのか」

ラージンの頷きが、熱い鉛(なまり)となって腹の底に落ち込んだ。

たった二人でも世界を滅ぼしうると思うほどの力が、まだこの世界にはあるというのか。

身体が小刻みに震え出したのは、アルディエルの命を賭した決断が、塵芥(じんかい)ほども意味がなかったと気づいてしまったからだった。フランの力の有無にかかわらず、エルジャムカと人ならざる力を持つ者との戦は、世界に殺戮をもたらす。

何のために、自分たちはエルジャムカに抗ったのか。

「カイエン・フルースィーヤ。お前に一つ頼みたいことがある」

これ以上、絶望の沼の底はないと思っていたカイエンに、その先を突き付けたバアルベクの騎士(ファーレス)が、静かに頭を下げた。

「バアルベクの姫、マイ様の護衛をお前に頼みたい」

柔らかな光を湛(たた)える亜麻色の髪を思い出した。フランとはかけ離れた、幸せそうな表情をする少女だった。

断れば死ぬ。頭を下げたラージンの身体から伝わってくる頑なな意思と、なぜか抑えようのない死への恐怖に、カイエンは小さく頷いていた。

III

盤上に駒が揃っていく感覚だった。

二人の女に腕を揉ませながら盃を傾けるのが、近頃の日課になっている。かすかな渋みを舌の上で転がし、ハーイルは温くなった葡萄酒を飲み下した。

バアルベク宮城広場（バイナル・カスライン）に南面する商館（カイサリーヤ）の屋上からは、太守（アミール）の住まう古城がよく見える。

全身を撫でる風の心地よさに、ハーイルは古城の尖塔の一つに掌を重ね、握り潰した。

「もうよい、下がれ」

女二人に命じると、暫く夜のバアルベクの街並みを見ながら、ハーイルは手酌（てじゃく）で盃を重ねていった。

野心ある者を味方につけ、商人として巨万の富を築いた。政務補佐官として太守（アミール）の傍に仕え、民の信頼も得た。

残る壁は、あと一枚だった。

遠く、暗闇の中でも煌々と光る城外の演習場に瞳を向け、ハーイルは唾を吐き出した。

「バアルベクの騎士（ファーレス）などと呼ばれるのも、もう終（しま）いだ」

目障りな筋骨隆々とした巨軀を思い浮かべ、ハーイルは不敵に笑った。

必要な駒は揃いつつある。最後の壁を崩す機会があれば、あとはどうとでも動ける。アイダキーンへの忠誠心のみで息をしているラージンは、この十年間、ハーイルにいかなる隙も見せなかった。だが、ここに来てようやく――。

「何を笑っている」

低く響いた声に、ハーイルはちらりと背後を見た。

「貴殿のバアルベクの太守（アミール）就任に、祝杯を上げようかと」

バアルベクの太守（アミール）の一族として生まれ、今や軍の実質的な司令官を務めるモルテザ・バアルベクに、ハーイルは空の盃を手渡した。

「何事かをなさんとする者にとって、油断は忌むべきことだ」

水を差すような言葉を吐くのが、この男の癖だった。陰気な表情は、出会った時から何ら変わっていない。心の中では、卑賤（ひせん）の身から成り上がった自分のことも蔑んでいるのだろうが、それならばそれで構わなかった。今はこの男が一つの鍵であることも確かだった。

「油断はしておりませぬよ。策はすでに我が手を離れて動き出しております。生じた波紋が津波になるか、静かに消えるのか。それを見守るために、今は静観しているというだけにございます」

「よく舌が回る男だ」

闇の中で面白くなさそうにそう呟くモルテザに、ハーイルは苦笑を辛うじて抑え込んだ。バアルベク軍の千騎長（アルフーム）といえども、モルテザはまだまだ二十代半ばだ。人生の大半を軍という狭い秩序の中で生きてきた若造に、足を掬（すく）われるはずがない。

モルテザの盃に、葡萄酒を薄く注いだ。

「これでバアルベクも、正しき血筋が太守（アミール）の地位に就くというわけです。貴殿の父君も、天上でさぞかし喜んでおられましょう」

自分でも空虚さを感じる賛辞に、モルテザが鼻から息を抜いた。

「正しき血筋ゆえにアイダキーンを追うわけではない。あの老人では、もはやバアルベクの秩序は守れぬ。守りの戦しかできぬラージンも同様だ。このままでは、この麗（うるわ）しきバアルベクは、東方の蛮族に蹂躙される道しか残っておらぬ」

芝居がかった言葉だが、この男は本気でそう信じているのだろう。理想への過信ほど、掌で転がしやすいものはない。ハーイルは心の中で笑った。

「……そうですな。まさしく、貴殿の言葉通り、遥か東方から嵐が巻き起こる今、あの二人ではバアルベクを守り抜くことは不可能でしょう。誰か——」

　言葉を区切り、ハーイルは盃を置いた。

「近隣諸都市を従え、四人の諸侯(スルタン)すら束ねるほどの英雄が出ねば」

「その通りだ」

　獲物を狙う蛇の視線で、ハーイルは肥えた身体で立ち上がった。

「……シャルージ太守(アミール)ならびに暗殺教団(ハシャーシン)との話はつきました」

「手筈(てはず)は？」

「十日後、東のフォラート川を越え、シャルージ軍四万が雪崩(なだ)れ込んできます。迎え撃つには、バアルベク軍はどれほどの出陣を強いられましょうか？」

「北のラダキア、南のダッカへの備えを考えれば、二人の千騎長(アルフーム)をバアルベクに残さざるをえまい。すでに、フレアデスとベルハイトの両名に命じている。シャルージとの戦には、ラージンと残る三人の千騎長(アルフーム)。総勢三万の軍での迎撃になるだろうな」

　モルテザという男の戦術眼は、バアルベクでも屈指だと、いつかラージンが話していた。戦のことはよく分からないが、モルテザが言うのであれば間違いないだろう。

「戦場はいずこに？」

「シャルージとの領境で大軍が展開できる場所は限られる。特に〈守護者〉と〈背教者〉。

二人の人ならざる者が、その力を十全に使える場所となると、パルミラ平原になるだろうな」

「バアルベクまで六十ファルス（三百キロメートル）、早馬で三日の距離ですか。それだけの猶予があれば、十分です」

「狙いは？」

顎に手をあて、ハーイルは深く頷いた。

「当初の予定通り。暗殺教団に攫われた姫は、ベリア砦へと囚われることになります」

そう答えたハーイルに、モルテザが不敵な笑みを浮かべた。この陰気な男が感情を見せるのは、強い憎しみでその身を焼いている時だと最近分かってきた。

「攫われた姫がどうなろうと知ったことではない。暗殺教団に薬漬けにされようと、どこその商人の後宮で慰みものになろうと」

「何をおっしゃいますやら」

やんわりと否定しつつも、ハーイルもまた頬に笑みを浮かべた。この手の男は、取引相手が望むものを知ることで安心する。商いの規模を大きくしようとして失敗する者に多い性質だった。頭を下げ、ハーイルはバアルベクの街並みに手を向けた。

「現太守は娘を街に下向させるなど、民との愚かな慣れ合いをさせていますが、その実何よりも娘を大切にしています。娘が攫われれば、もっとも信頼できる者を呼び戻すはずです。それがたとえ戦場にあろうと」

マイにつけられていた護衛は、ラージン自ら推薦した者たちで、これまでアイダキーンが疑義を挟んだことはなかった。

だが今回、カイエンという奴隷が二人を打ち倒したことで、アイダキーンは初めてラージンの差配に異議を唱えた。それは異例のことで、つまりアイダキーンのマイへの溺愛の裏返しでもあると言える。

カイエンをマイの護衛に──。

アイダキーンの居城で話の流れを聞きながら、ハーイルは笑いをこらえるのに必死だった。

確かに二人よりもカイエンの方が手強（てごわ）いのは間違いないだろう。だが、護衛の任は個の強さではなく、組織だった連携が鍵となる。鉄壁だった護衛網に、アイダキーンは自らひびを入れたも同然なのだ。マイを攫い、バアルベクの騎士（ファーレス）を誘（おび）き出すことが、ハーイルの役割だった。

そこから先は、モルテザの胸のうちにある。

ラージンの手にする〈憤怒（ふんぬ）の背教者〉としての力は、人には超えられぬと思うほど強大なものだが、永く傍で見てきたモルテザには勝算があるという。

「ベリア砦の暗殺技能者は二千人だな？」

　モルテザの詰問するような言葉に、ハーイルは頷いた。

　ベリア砦はバアルベクから北東六十ファルス（三百キロメートル）の地点に位置し、北方の都市ラダキアの動向を掴むための隠し砦の機能を担ってきた。だが、常駐する二百のバアルベク兵は、すでにシャルージと手を結んだ暗殺教団(ハシャーシン)によって皆殺しとなっている。

「十分だ。ラージンは狼騎五百騎を率いていくだろうが、二千もいれば相討つぐらいはできるだろう」

「狼騎の精強さはそれほどのものですか」

　かつてバアルベクに叛旗(はんき)を翻(ひるがえ)した罪人で構成される彼らは、バアルベクの城内に入ることも許されず、この十年、常に対シャルージ戦の前線で戦ってきた精鋭部隊だ。

「その技量だけであれば、正規軍の百騎長(ミアーム)を超える者も多くいる。が、ラージンの言葉にしか従わぬ愚か者など、私の国にはいらぬ。案ずるな。ラージンはベリア砦で死ぬ」

「疑ってはおりませぬが……。バアルベクの騎士(ファーレス)が死したのち、シャルージの軍はいかにします」

　シャルージの若い太守(アミール)は、過去幾度となくラージンに煮え湯を飲まされている。その恨みもあってか、ハーイルがもちかけたラージン暗殺の密約を、二つ返事で承諾してきた。シャルージを引き入れること自体はモルテザの指示だったが、目の前の男は、シャルージが協力の条件として提示したものに、自分の首まで含まれているとは思っていないだろう。モルテザもまた、戦場では無敗を誇る男だった。

「砂漠の狐どもなど、残らず滅ぼすさ」

「できますか？」

問いかけたのは、モルテザの実力を疑ってのことではない。人ならざる力を持つラージンを擁していてなお、バアルベクがシャルージに苦戦してきた理由——。

「〈炎の守護者〉エフテラームも、此度は戦場に出てきましょう」

ラージンですらこの三年、仕留め切れていないシャルージの女騎士(ファーレス)に勝てるのか。だが、言下に込めた疑念は、モルテザの氷のような気配の前に砕け散った。

「商人風情が、戦場のことを案ずる必要はない」

「これは出過ぎたことでしたかな」

頭を下げたハーイルの頭上から、モルテザの舌打ちが降ってきた。

「ラージン、エフテラームを討てば、そのままシャルージへと攻め込む。兵站の用意を」

「御意」

せいぜい、今のうちに幻の栄光を見ていればいい。

機を見るに敏（びん）なモルテザは、もしかするとハーイルとシャルージの密約にも感づいているかもしれない。だが、まさか南北のダッカ、ラダキアの二都市もまたモルテザ挟撃の密約に参加しているとはよもや思っていないだろう。

ラージンを討った後、三方向から攻め殺されるモルテザはいかなる断末魔の叫びをあげるのか。

バアルベク姓を持つ青年に深く頷き、万全を尽くすとハーイルは言葉にした。

「解任された二人の護衛は、いかにされます?」

「任せる。あの二人はマイへの忠誠が強すぎる。我らが出陣したのち、寝台の上で毒に死ぬくらいがいいだろう」

――暗殺教団（ハシャーシン）を使って殺してしまえ。

モルテザの冷酷さは、ハーイル好みではあった。もう少し歳が近く、生まれた身分が違えば、肝胆相照（かんたんあいて）らす仲になったのかもしれぬが。そう思いながらハーイルは頷いた。

「暗殺教団（ハシャーシン）の手綱はしっかりと握っていよ。人の弱みを衝くことに長けた者たちだ。隙を見せれば、骨の髄までしゃぶられる」

どこまでも無感情に言い放ち、モルテザが身を翻した。

「しばし、バアルベクの留守を頼むぞ」

すでに太守(アミール)になったかのように振る舞う青年に、ハーイルはもう一度頭を下げた。

Ⅳ

居心地が悪いのは当然のことだった。

バアルベク中央政庁のさらに奥、街の中央で天に向かってそびえ立つ古城は、許可を受けた者でなければ入ることはできない場所だ。

一年に一度、太守（アミール）の生誕祭（ラビウル）の折には市民も入ることを許されるが、それも前庭部分までであり、バアルベクの太守（アミール）一族が暮らす居館（サライ）まで入ることは許されない。そんな場所に、奴隷としてこの街に来たばかりの自分がいること自体、異例だった。

――いつまで待たされればいいんだ。

周囲を見渡したカイエンは、太守（アミール）の地位にある者の力を目に焼きつけた。

古城の通廊は、埃（ほこり）を被った装飾一つとっても、草原では家宝となるような細工のものばかりだ。無造作に置かれている彫像は黄金造りであろうことが知れたし、吹き抜けの天井は遥か五階部分まで貫いている。

草原では二階建て以上の建物は稀であり、奴隷となって西へと進む道すがら立ち寄った百万都市サマルカンドですら、砂漠の街ということもあり、平屋がほとんどだった。

胸の中で揺れるのは劣等感か、高揚か。定かではなかった。

ただ、三十万人ほどの人口しかない一地方の太守が、これほどの偉容をもった古城を支配できることに圧倒されているのは確かだった。

「カイエン・フルースィーヤ」

儀仗兵の厳かな声が響く。

壁際で眉をひそめる近衛兵たちを無視して、儀仗兵の待つ鉄門へと進んだ。

『永遠の忠誠を誓う者のみが、潜ることを許される』

鉄門にはそう刻まれている。

儀仗兵に促され、カイエンは腰から剣を鞘ごと抜いた。

「丸腰では姫をお護りできませんが」

「城内に姫の敵はおらぬ」

人形に喋らせたような抑揚のない声と同時に、ひったくるように剣を奪い取られた。

乱暴な儀仗兵を睨みつけるか迷い、カイエンは脳裏に浮かんだラージンの顔に舌打ちした。

あの日、ラージンに敗北して以来、首を鎖で繋がれているようにも感じる。儀仗兵から顔を背けると、押し出されるように門を潜った。

古城の中庭に位置する場所なのだろう。色とりどりの花が咲きほこり、小川のせせらぎが聞こえてくる様は、バアルベクの造園技術の粋を感じさせた。黄色い蝶が宙を舞い、心地の良い笛の音が流れている。

別世界だな……。

楽園のような光景に立ち尽くしていると、背を強かに打たれた。

年嵩の儀仗兵だった。カイエンの剣を背に負い、自らは短槍を脇に抱えている。少しでも不審な真似をすれば、槍の穂先が自分の心臓を貫くだろう。

追い立てられるようにして歩き出した時、カイエンの視界に映ったのは、遠い昔、夜話で聞いたおとぎ話から出てきたような光景だった。

肩のあたりまで伸びた亜麻色の髪が、柔らかな風に揺れている。中庭に唯一の木陰を作り出している広葉樹の下で、少女は優しい笛の音を紡ぎ出していた。

空に踊るような音は、生まれてこのかた苦労を知らず、人の醜さも知らない者の音色だ。何の不自由もなく、今を謳歌しているような――。

肌に染み込みそうな音に、カイエンは心に棘が刺さるのを感じた。それが苛立ちと呼ぶべき感情であることに気づき、それを振り払うように息を吐き出した時、柔らかな音が途切れた。

少女が瞼を開き、カイエンへと静かな視線を送っていた。

「姫、お連れしました」

儀仗兵の声が背後から響き、跪くようにと囁きが聞こえた。

マイがこちらを見つめている。そこに怯えがないのは、単に世間知らずなのか、それとも肝が据わっているのか。

まじまじと少女の瞳を見た時、膝の裏に鋭い痛みが走った。

思わず漏れた息と共に後ろを振り向くと、そこには儀仗兵が怒りに染まった顔で、今しがたカイエンの膝裏を突いたであろう杖を握っていた。

「大丈夫ですか？」

聞こえてきたのは、街の中で聞いたのと同じ声だった。どこか細く、だが何の邪気もなく人を案ずる言葉だ。生きることに何の困惑もなく、自然と心の底から人を心配できる。

純真さを感じさせるマイの言葉に、カイエンは自らの心に滲む苛立ちの正体に気づいた。

生まれた場所が違うだけで、なぜこれほどまで違うのか。

瞼の裏によみがえってきたのは、フランの姿だった。人ならざる力を使い、カイエンの中から全ての想いを消し去った銀髪の乙女は、昏い絶望をその瞳に宿していた。フランとの記憶があるにもかかわらず、彼女への想いを思い出すことはできない。

瞼の裏に焼き付いているのは、孤独な少女が理不尽な運命を受け入れた瞬間の光景――。

望まぬ未来を、毅然と受け入れた光景だった。

膝の痛みに身を委ねるようにして、カイエンは芝生の上に跪いた。

頭を垂れると、頬に一筋の涙が流れていることに気づいた。これは悔し涙なのか。だとすれば何に対するものなのか。見えぬよう俯きを深くした時だった。

「街で、お会いした方ですよね？」

頭上から聞こえてきたのは、優しさに満ちた言葉だった。涙の理由を訊くわけでもない。

他人の心に土足で踏み入ってくるわけでもない。

「カイエン・フルースィーヤ。姫の警護を務めます」

儀仗兵の言葉に、少女がかすかに身じろぎした。

当然だろう。初めて出会った時は街中で、しかも少女を護る二人の男を打ち倒している。

「父がそう決めたのですか？」

「太守（アミール）と騎士（ファーレス）お二方の御裁定でございます。近頃、シャルージとの雲行きが怪しくなっております。姫君の護衛には、力ある者をと」

マイが小さく息を吐き出した。

「分かりました。ですが、私の護衛についてくださるというのならば、条件が一つありま す」

「条件？」

思わず口を衝いた言葉に、背後から舌打ちが聞こえてきた。見上げた先で、マイが微笑んでいた。

「シャキルとレオナに謝ってください」

見知らぬ名前に怪訝な表情をすると、マイが頬を小さく膨らませた。

「あなたが怪我をさせた二人です」

薄茶色の瞳から向けられるまっすぐな視線に、やはりかすかな苛立ちを感じた。

「あの二人から謝られることはあっても、謝る筋合いはありません」

理不尽だと分かっていながら、カイエンの口からこぼれたのはマイを傷つけるために放たれた言葉だった。

歳も背格好も似たマイは、フランに手にして欲しかった全ての物を持っている。それがカイエンには辛かった。一刻も早く、この少女の前から消えてしまいたかった。

「あの二人は姫の護衛としてあの場にいました。もしも打ち倒したのが私ではなく、隣国の密偵であれば今ここに姫はいない。場合によっては、あの二人は戦争の引き金になっていたかもしれないのです。それらを考えれば、私に謝るべきところはありません」

上衣の裾を握りしめたマイに、カイエンは歯を食いしばった。

「貴方は――」

「あまり姫を苛めるな」

マイの言葉と重なるように聞こえてきたのは、演習場で一度だけ聞いた陰鬱な声だった。それまで緩やかに流れていた空気が、不意に速くなったように感じた。聞こえてきたのは、規律に満ちた甲冑の響きだった。銀の甲冑に深緑の外套をまとうモルテザの姿は、演習場で見た時よりも一回り大きく、その背には二本の短槍を負っている。明らかな戦備えだった。

「姫も、あまり我儘を言われぬよう。この者の言うことにも理はございます」

モルテザが横を通り過ぎ、マイの前で跪く。

「兄様、そのお姿は」

その言葉に驚いたのは、カイエンだけだった。儀仗兵はモルテザを恐れるように恐懼(きょうく)している。カイエンの心中の疑問に答えるように、モルテザが小さく首を横に振った。

「姫、いつも申しておりますが、兄様と呼ぶのはおやめください。私は庶家の子であり、姫にお仕えする身。民草(たみぐさ)にも示しがつきませぬ」

突き放すような言葉に、ほんの少しだけマイの表情が翳る。立ち上がったモルテザが、こちらに向き直っていた。

「カイエン。ラージンから話は聞いていると思うが、姫の護衛は任せた。シャキルたちを容易く制したお前であれば、務まるだろう」

「演習場では本気ではなかったのでしょうか」

二本の短槍へ向けた視線に気づいたのだろう。モルテザがかすかに笑ったようだった。

「木刀は苦手だ」

演習場では自分と同程度だと思った。だが、その言葉が本当ならば――。

「――戦が始まる」

不意に聞こえた言葉への驚きが顔に出たのだろう。モルテザの目がすっと細くなった。

「ラージンも肝心の部分をお前に伝えていないのか……」

溜息が響いた。

「シャルージへ向けて、軍が大きく出払うことになった。バアルベクの護りは手薄となり、不穏な謀みを持つ輩が増えるかもしれぬ」

モルテザの言葉に、マイが息を呑み込む。

その時、街中に火急を告げる鐘が鳴り響き始めた。

「兄様も行かれるのですか？」

「シャルージの軍が領境を越えてきました。総勢四万。近年では最大の攻勢です」

「四万……」

年嵩の儀仗兵の呟きは震えていたが、モルテザにはいささかの気負いもないようだった。

「大丈夫です。こちらにはバアルベクの騎士（ファーレス）ラージンと、誉れ高き狼騎がおります」

「しかし、バアルベクの軍は総勢でも三万でしょう」

「兵数は劣りますが、シャルージの寄せ集めの軍には敗けませぬ。此度は、千騎長（アルフーム）も三人が出陣します」

五人いるという千騎長（アルフーム）のうちの一人がモルテザである。千騎長（アルフーム）は五千から一万の兵を率い、千騎長（アルフーム）が二人以上出陣する場合は、総指揮官としてラージンが戦場に臨む。

モルテザの視線が、こちらに戻ってきた。

「残る二人の千騎長（アルフーム）も北のラダキア、南のダッカに向けて展開させる。シャルージが南北の二都市と連携していないとは言いきれぬ。二軍は、領境の城砦に駐屯する。シャキルたちにも後援させるが、姫をもっとも近くでお守りするのは、カイエン、お前だ」

「俺に簡単に倒された二人でしょう」

「言うな。木刀でならば私に並ぶ者たちだ」

つまり、実戦では役に立たないということだろう。そう言おうとしたカイエンに、モルテザが苦笑した。

「バイリークとサンジャル。あの二人とは仲が良いそうだな」

親しくしているつもりはない。バイリークという青年は、カイエンにあらぬ幻想を重ねて近づいてくるだけであり、鬱陶(うっとう)しさの方が勝っている。サンジャルも同様だった。

「カイエン班の者は全員バアルベクに駐留させる。これから姫が街に下向される際は、いついかなる時も傍にはりつけ」

「街への下向を止めればいいのでは？」

ラージンに護衛の話を聞かされた時から思っていたことだった。敵の弱点を衝くことは戦いの基本だ。バアルベクの弱点は、あからさますぎる。

「——街へ行くことはやめません」

響いたのは意思というより、頑なさを感じるマイの声だった。

「なぜです？」

儀仗兵が止めようとしたが、モルテザがそれを目で制した。

「バアルベク太守(アミール)の役目は、民の平穏を護ることにあります。民の暮らしを知らねば、真に民を想う政(まつりごと)はなせません」

マイは、厳しい視線を古城へ向けた。

「戦乱の続く今、太守（アミール）が城の頂上に籠もればそこから見えるのは、遠く戦の勝敗のみになるでしょう。そうなれば、民の不安など置き去りにされ、政はその軸を失います。平時はもちろん、戦の最中だからこそ、民の中に入り、その想いを、恐怖を、喜びを分かち合うことがバアルベクの姫としての務めです」

一気に語った彼女は、口を一文字に結んでいた。

どこか決まりきった言葉だと感じたのは、気のせいだろうか。こちらを見上げるマイの視線に、カイエンは何と言うべきか迷った。

戸惑うような気持ちに整理をつける前に、モルテザの手がカイエンの肩を叩いていた。

「頼んだ。戦場の戦いと同等以上に重要な任務だ」

そう言って立ち去ったモルテザの足音が消えた時、バアルベクの街に鳴り響いていた鐘の音がやんだ。

V

砂混じりの風が、回廊の中まで吹きすさんでいた。

石灰質の断崖の表面を抉り抜いて造られたそれは、太守(アミール)の居館(サライ)まで通じる唯一の道であり、崖下のシャルージの街並みを一望できる。若い太守(アミール)の肝いりで造られた回廊からの景色はこの上ないが、毎日登山を強いられる家臣からの評判はすこぶる悪かった。

薄く積もった砂に足跡を残しながら回廊を下る女が一人、雲に遮られた空を見上げ、鼻をこすった。

歳の頃は二十をいくつか超えた程度だろう。地味な麻織物に身を包み、装飾と呼べるものは背に負った長剣のみで、太守(アミール)の居城に参内(さんだい)することを許されている権力者としては、地味な出で立ちといえるが、それを指摘できる者はシャルージには一人たりともいない。

腰まで垂れる黒髪と、光る黄玉色の瞳。雪のような肌と抜きんでた美貌は印象的であるが、それ以上にエフテラーム・フレイバルツの名前はシャルージにあって唯一無二のものだった。

稜々たる土漠の街であるシャルージの野望は、祖先の代から海のある大地への進出にあった。だがこの十年来、常にバアルベクの騎士ラージンに苦杯を舐めさせられており、四年前のレウクトラの戦いでは、六万のシャルージ軍が壊滅し、太守一族の過半が討たれるほどの惨敗を喫している。

人ならざる力を持ったラージンを超えることはできない――。

シャルージの太守が絶望に浸っていた三年前、その暗闇を鮮やかに斬り裂いたのが、炎の女神と崇められ、今やシャルージ騎士へと叙勲された彼女である。

回廊の先で待つ老人の姿を見つけたエフテラームは、とくに驕るようなそぶりも見せず小さく頭を下げた。

階級としてはエフテラームが上だが、老人は彼女にとって戦の師でもある。

「今しがた、拝謁は終わりました」

エフテラームの言葉に、濃紺の戦装束に身を包んだ老将イドリースが微笑んだ。眼尻に寄る皺は、我が子の成長を喜ぶ親のようでもある。

西方世界から一人逃れてきたエフテラームを庇護し、娘として将として彼女を育てあげたことを思えば、親心以上のものがあると言ってもいい。エフテラームもまた、自分を優しく見守る老人に対して、単なる戦友として以上の想いを抱いていることは確かだった。

横について歩き出したイドリースが、見事な白髭を撫で下ろした。

「して、太守（アミール）のご様子は？」

「舞い上がっておられましたよ」

エフテラームは、半ば溜息と共にそう吐き出した。

「バアルベクの政務補佐官ハーイルは、権謀術数に長けた男です。そんな男の策に乗ることに、私はまだ納得しているわけではありません」

「お主の懸念もよく分かるが、我らが君にとってバアルベク併合は悲願と言ってもいい」

そう言うと、老将は愉快そうに笑った。

「それに儂は、炎の女神率いるシャルージ軍四万がバアルベク軍に敗けるとは思っておらぬ。少なくとも、お主を女神と信じる兵たちはのう」

「期待が重い」

「それだけ、炎の女神エフテラーム・フレイバルツの力を信頼しておるのじゃよ」

「その渾名（あだな）をつけたのはイドリース殿でしょう。兵を煽（あお）るのもほどほどにしていただきたいものです」

親馬鹿のきらいがある老人に肩を竦めてみせ、エフテラームは前庭の花壇に腰をかけた。

太守(アミール)の居城からは、崖下に広がるシャルージの街並みを一望できる。砂っぽい街だ。水と緑に包まれた故郷レシツァとは正反対の風景だが、ここには剝き出しの生への執着のようなものがある。それがエフテラームは好きだった。

遠くに控えていた従者が、二人分の珈琲を手に駆けてきた。湯気の立つカップを受け取り、一つをイドリースへと手渡した。

「ふむ、この香(かぐわ)しい酸味とほのかな甘み、一抹の苦みはまさしくアルマニア産の豆であろう？」

「違います」

無感動に否を突き付け、エフテラームは従者に礼を言って席を外すよう伝えた。

「これを淹(い)れたあの者は、どんな豆も私好みに淹れることができるのです」

「ふむ、お主はアルマニア産が好きと言うことか」

あくまで自分の鑑定はほぼ間違っていないと主張するつもりの老人に苦笑し、エフテラームはもう一口啜った。

「――バアルベクは本気で内紛を起こす気なのでしょうか？」

この広い前庭であれば、誰かに聞き耳を立てられる恐れもない。聞きたかったことを呟くと、イドリースがゆっくりと瞼を開いた。

「お主がシャルージに来て三年だったな」

「ええ。三年目の祝いをついこの前、イドリース殿にしていただきました」

世界の中央（セントロ）に流れてきて三年。あっという間だった気がする。苦しい過去を忘れようと西方世界（オクシデント）から逃げ出し、ただ戦の中で生きてきた。

その中で知ったのは、時に理性を失ったかのように熱狂する戦（いくさ）の民の姿だ。血の昂（たかぶ）りのままに、愚かなことを平然とやってのける。だが、それでも名君アイダキーンの治めるバアルベクが、内部から崩れようとしているとは、にわかに信じられなかった。

「アイダキーンの統治は民から称賛され、この四十年、北のラダキア、南のダッカ、そして我らシャルージの軍を一歩たりともバアルベクの城壁に近づけていません。さような君主を廃することを、民は赦すでしょうか？」

「十年前であれば、もしくはあと十年後であれば、内紛など起きなかったであろうな」

遠く西へと視線を向けたイドリースが呟いた。その視線の先には、水の都バアルベクが映っているのだろうか。

「それはどういう？」

「簡単なことじゃよ。古来、名君の名声が崩れるのは、後継者問題であることがほとんどじゃ。アイダキーンはすでに六十を超えておるが、その子は十六になったばかりの娘がいるだけ」

「白薔薇の乙女ですか」

「ふむ、意外にお主も耳聡(みみざと)いのう」

「この辺りでは有名な話です。戦(いくさ)の民の太守(アミール)たちを統べる諸侯(スルタン)の王子が、一人の幼子(おさなご)を見(み)初(そ)めた話は」

「ふむ。ファイエル侯の名誉のために言っておくが、侯は本気であったし、共に幼子じゃったからのう。諸侯(スルタン)を継ぐために見聞を広める旅の最中、マイ・バアルベクに本気で恋した少年は、バアルベクの姫に白薔薇の紋章を贈った――」

「詳しい話は結構です」

エフテラームの顔が険しくなっているのを見て、イドリースが口をつぐんだ。

「まあよい。話を戻すならば、任せるに足る後継者の不在が、この状況を生んでおる」

「後継者不在を、民が不安に思っていると？」

「民は自覚しておらぬであろうがのう。誰かがそれを気づかせれば、すぐじゃろうな。アイダキーンが死ねば、バアルベクの街はどうなるのか。三方の外敵から守ってくれるには、幼き娘では心細い。であるならば、勇猛果敢な甥のモルテザ・バアルベクか、それともバアルベクを近隣随一の街に発展させてきたハーイルか」

「ハーイルの策は上手くいくと思う？」

イドリースの瞳が、西日によって茜色に染まった。

「果たして誰の策が上手くいくかは分からぬ。ただ、間違いなく言えるのは、ラージンを討てば、バアルベクではモルテザとハーイルの対立が生まれるであろうことじゃな」

ハーイルがシャルージ太守に持ち掛けてきたのは、ラージンを戦場に討ち、そしてラージンと共に長年シャルージを苦しめてきたモルテザを罠に嵌めることだった。

しかし、恐るべき戦術眼を持つモルテザが、むざむざと罠に嵌まるだろうか。

「我らとしては、モルテザが生き残る方が厄介ですね」

「戦の女神の負担が増えるからか？」

「兵の犠牲が増えるからです」

「それは、ふむ。そうだのう」

感心するようにイドリースが頷いた。

「であれば、まずは戦場でラージンを討つことが先じゃのう。そののち、癪ではあるが、まずは太守とハーイルの策通りモルテザを討つべきであろうな」

「まずは、ですか」

「言ったであろう。我らが太守にとって、バアルベク併合は悲願じゃ」

「ラージン、モルテザを失った状況を、ハーイルが想定していないとは思えません」

「お主がハーイルならばどうする？」

「北のラダキア、南のダッカを抱き込みます」

「見えてきたではないか」

イドリースが頷く。

「ハーイルは我らの他に南北の都市とも結び、シャルージ攻撃の策を授けていることも十分に考えられる」

じゃからのうと呟き、イドリースが肩を竦めた。

「エフテラーム、お主の名で両都市に使者を送るのじゃ。バアルベクの挟撃と、その後の分割統治について」

「釣れますか？」

「釣らずともよい。人は選択肢が増えれば迷う生き物じゃ。もしもバアルベクが優勢になれば、南北の両都市は我らに牙を剝くじゃろう。その逆もまたしかり」

「つまりは私にかかっていると」

老人の期待に、エフテラームは腕を空に伸ばした。

期待や責任、人とのつながりから逃れるために世界の中央に流れてきたが、いつの間にか人の輪の中にいる。

　崖下に広がる砂の街では、暑さを避けるように夕暮れから人の動きが活発になる。各地で灯る街灯を見て、エフテラームはふと空腹を感じた。

　人は決して一人では生きてはいけない生き物なのだろう。砂埃の舞うこの街は、間違いなく自分の心の傷を優しく癒やしてくれた。

　恩返しなどと言うわけではないが、シャルージの民がそれを望むのであれば、応えるのも悪くはないとも思い始めている。

「太守(アミール)の悲願は、理解はします。人には逃れられないしがらみがあるものです」

　言葉に、寂しさが滲んでしまったかもしれない。そう思いイドリースを振り返ると、やはりそこにはかすかに悲しみを湛えた老人の顔があった。

　何かを言いかけた老人に、エフテラームは微笑みながら首を左右に振った。

　力を得たせいで、大切なものを失った。だが力があったからこそ生きる意味を見つけた。

　三年前、戦場でラージンと向かい合った瞬間、それまで灰色だった世界に彩りが戻った。この男を殺すために、自分は生きてきたのだと、そう思えた。

「大丈夫です」

　この三年、実の娘のように可愛がってくれた老人に、エフテラームは力強く頷いた。

「シャルージは、もう私の家だから」

その言葉に、イドリースが驚いたように瞳を広げ、そして眼尻の皺を深くした。

Ⅵ

戦によって街が一気に寂しくなるかと思ったが、そんなことはなかった。市場に人々の逞しさを感じると同時に、バイリークは滅びた故郷を思い出していた。

牙の民が近づいてくるという報せが交易商からもたらされた時、一族の者たちは未曽有の事態に備えようとはしなかった。想像を超える事態に、どう備えればいいのか分からなかったことも大きいが、どこか楽観的な幻想があったのも事実だろう。

目の前で悲劇が起きているわけではない。

そう思い込み、自らの首筋に刃の感触を感じるまで、何もしようとしなかった。人は、目に映る範囲のことしか現実として思い知ることはできない。故郷の滅びとバアルベクの賑わいは、バイリークに焦燥を抱かせるには十分なものだった。一刻も早く力を手にしなければ、再び居場所を失ってしまうかもしれない。

「それを思えば、今回バアルベクに残されたことは正解だったかもしれないな」

「俺は戦場に行きたかったけどな」

バイリークの独り言にそう答えたのは、目立たぬよう平民の格好をして、珈琲を啜るサンジャルだった。不思議な甘さを漂わせる様は裕福な平民といった風だが、左目の眼帯から見える矢傷が物々しさを隠しきれていない。

「どこから持ってきた、そんなもの」

「ほら、そこの露店で売っている」

一人で何を楽しんでいるのだ。バイリークの忌々しげな表情に気づいたのか、サンジャルがにやりとした。

「もちろん、お前のぶんもあるよ」

そう言って差し出された珈琲からも、甘い香りが漂っていた。

「砂糖……ではないな」

「ここらだと、香辛料(インセンス)を入れて飲むのが主流なんだとさ」

「この木の皮みたいなものか」

乾燥した棒状の香辛料(インセンス)をつまみ鼻に近づけると、香りが強くなった。珈琲の味自体にはほとんど影響がない。香りで楽しむという趣向なのだろうが、味として感じられないものに魅力は感じなかった。

「郷に入ってその文化を楽しむのもいいが、サンジャル」

「なんだよ」

遠くを進む目つきの悪い青年と、天真爛漫を絵に描いたような少女へ視線を送り、バイリークは溜息を吐いた。

「こうして見ると、お似合いじゃないか？」

「あ？」

舌打ちしたくなる気持ちを抑え、バイリークはサンジャルを引きずるように歩き出した。

姫の護衛というのは、まさに寝耳に水の話だった。

演習場で見せたカイエンの実力をラージンが買ったのかとも思ったが、カイエンに聞いた話だとそんな雰囲気もなかったらしい。

なにやら釈然としない采配だったが、現実的に考えれば、打ち倒された二人よりも、カイエンに護衛を任せたいと思うのが親心かもしれない。そう思うことでバイリークは事態の不可解さを呑み込もうとしていた。一度呑み込めば、今の状況をいかに利用して次に繋げるか、そう考え始めるのがバイリークという青年の特徴でもある。

並んで歩くカイエンとマイの姿は、ひょっとすると飛躍のための大いなるきっかけになるかもしれない――。

二人の歳は近い。カイエンがまだ十七か十八、マイも十六くらいのはずだ。カイエン・フルースィーヤという青年には、目つきの悪さと他人を拒む気配によって、近寄りがたく、思わず目を逸らしてしまうような印象がある。

だが、それに耐えてよく見てみれば、顔の造形は整っている。欠点と言えば、なぜ右腕に巻いているのか分からない黒い布くらいだろう。あれだけは趣味が悪い。

隣に並ぶマイ・バアルベクという少女もまた、一国の姫というだけの気品を持ち、はたから見れば美男美女なのだが――。

もしもカイエンがマイに気に入られれば、カイエンを担いで成り上がるという野望も大きく前進する。そんな童話のような幻想を抱いていたバイリークを待っていたのは、あまりに相性の悪い二人の姿だった。

護衛の初日など、古城を出てから再び戻った夕方まで、二人は一言も口を利かなかった。何があったのだと訊ねたバイリークに、カイエンは一言知らんとだけ返してきた。

それから十日。今日で五回目の護衛になるが、二人が言葉を交わしているところはまだ数度しか見ていない。

一度だけ、どこからかマイに向かって飛んできた林檎(りんご)をカイエンが身を挺(てい)して遮ったことがある。その時は、ぎこちない感謝の言葉を聞いた気もしたが、まともに話したのはその時くらいのはずだ。

その線はないか……。

短く溜息を吐いた時だった。不意にカイエンの拳がその左肩で握られているのを見て、バイリークは唾を呑み込んだ。カイエンがゆっくりと、三度肩を叩く。

敵襲の合図だった。

「……サンジャル」

さすがに気を抜いてはいない。無言のうちに人ごみに紛れていくサンジャルから視線を離し、バイリークは左右を注意深く見まわした。

あからさまな気配は感じない。

だが、カイエンは何かを感じ取ったのだろう。すぐ抜けるように手荷物に隠した剣を確認し、バイリークはゆっくりと通りの壁際に逸れた。

視界に映る民衆の数は、ゆうに百を超える。楽しげに会話する者や、歩きながら肉を貪り食う者、頭を抱えて困惑する者。この中から見つけ出すのは不可能だ。バイリークの心の声が届いたのか、カイエンの歩みが人ごみから逸れていく。

人通りの少ない路地に、カイエンとマイが入り込んだ。

何か反応を示した者がいないか、珈琲を飲みながら通りを観察したバイリークは、二人の消えた路地に曲がる三人の男を見つけ、目を細めた。男たちのすぐ後ろにはサンジャルがついている。

三人だけなのか、それとも他にもいるのか。少し間を空けて、バイリークはサンジャルたちの後を追った。

闘争の気配が伝わってきたのは、さらに裏路地を二つ曲がった時だった。

三人の男が地べたに這いつくばり、そして彼らを打ちのめしたであろうサンジャルが、大通りでは見なかった二人の男と対峙している。

背を向ける二人に忍び寄ると、バイリークは手にした剣を鞘ごと二人の後頭部に打ちつけた。糸の切れた操り人形のように崩れた二人の背中を、念入りに踏みつける。

「サンジャル、カイエン殿を追え」

走り出したサンジャルを見送ると、気を失っている五人の男のうちの一人に近づいた。

「……臭いな」

浴びるように飲んだ酒の臭いだった。酔って太守（アミール）の娘にちょっかいを出そうとしたのか。アイダキーンが善政を敷いているとはいえ、戦乱の地では民に寄り添うことにも限界がある。バアルベク家に反感を持つ者が一定数いるのは当然だし、それを鎮めるためのマイの下向でもあるというのだが――。

五回の下向で捕らえた数は二十二名。親しみやすい太守一族という反面、権威への障壁が限りなく低くなっていることも事実のようだった。アイダキーンが、より腕の立つ者を護衛にと望んだ気持ちも分かる。

「それにしても……」

五人の処理を呼び寄せた同僚に任せ、バイリークは大通りへと引き返した。何事もなかったかのように、人ごみの中を歩くカイエンとマイの姿に頬を緩めた。

気乗りしないと言っていたカイエンだが、おそらくこれまでの護衛以上にその任をきっちりとこなしている。それもマイに気づかれることなくだ。

毎回どうやって襲撃に気づいているのか分からないが、やはりカイエンという男には何か自分とはかけ離れた才能がありそうだった。

夕刻、古城に姫を送り届けたカイエンに、バイリークは呼び出された。古城から官舎まで帰る道すがら、その表情には隠しようもない疲労が張り付いている。それはなにも姫を護るという務めから来るものではなさそうで、バイリークは思わず苦笑した。

「そんなに疲れましたか？」

カイエンの忌々しげな瞳が、こちらに向いた。

「押し付けられた任務にやる気を出せという方が難しい」

「初めの頃より、お二人の姿は馴染んでいるように見えましたが」

「民が怖がるからと、つねに笑顔でいろと言われた」

「カイエン殿の無表情は、幼子が見たら泣き出しますから」

噴き出したバイリークに、カイエンが舌打ちした。いつも背後から見ているが、この不愛想な男が作り笑顔を浮かべている様を思い浮かべると、なかなか笑いが収まらなかった。

「それで、今日もまた最後になにやら言い争いをしていたようですが、あれは捕らえた五人のことですか？」

「それは伝えていないが……明日以降、街への下向を少し控えるよう、そう言ったら、また文句さ」

これが、この男の面白いところだった。

マイに街への下向を止めさせたいのであれば、襲おうとした者の姿を素直に見せてやればいいと思うのだが、カイエンはそれをしようとはしない。

自分でも戸惑ってはいるようだったが、バイリークはそこに目つきの悪い青年の思いやりを見出していた。悪ぶってはいるが、こうなる前はおそらく優しい男だったのだろうと思う。

「まあ、それはバアルベクの太守一族の特徴と言ってもいいですからね。この街は、太守と民の距離が近い。それが、四十年、叛乱なき街を創り上げた」

そんなことは分かっているとばかりに、カイエンがかぶりをふった。

「捕らえた五人だが、そのうち一人の懐の中から銃が見つかった」

「ほう、それは……」

二十年前に鐵の民が発明した凶器は、修練を積まずとも、武の達人を殺すことのできる兵器として戦場の常識を覆した。戦争を欲する国家であれば喉から手が出るほどに欲しいものだ。しかし、現存する銃の九割は鐵の民が独占し、残る一割に関しても、各国の軍の厳重な保管のもとにあるはずだった。

それを持っていたとなると、ことは暗殺の色が濃くなってくる。

「他の四人は？」

「何の関係もないただの酔っぱらいと、男に銀貨十枚で雇われた浮浪者だ」

「シャルージの刺客でしょうか？」

「可能性としてはそれが一番考えやすいが……」

もし今、マイ・バアルベクがシャルージの手に落ちればどうなるのか。答えは火を見るよりも明らかだった。

「やはり、無理をしてでも姫君には下向をおやめいただいた方が良いのでは？」

「聞く耳を持たない」

「しかし、危険が大きすぎる」

「その危険を冒してでも街へ出ると言う以上、俺たちができるのはその状況を逆手に取ることぐらいだろう」

「……姫君を囮に使うと？」

太守が聞けば卒倒するだろうと思ったが、カイエンが見せたのは素っ気ない頷きだった。

その瞳には、どこか投げやりな色があった。

「それをお望みだからな」

一言そう呟いたカイエンは、それ以上の会話を拒むように歩き出した。


その日、バアルベクの街はずれの宿で、バアルベクの姫の護衛を務めていた男が何者かによって殺された。

闇に潜む者たちが動き出す号砲ともなったその事件は、だが人々の口に上ることはなかった。ラージン率いる三万のバアルベク軍と、シャルージ軍四万が礫の森で衝突する。

無数の死の予感を前にすれば、一人の死など民の話題にもならないのだった。

Ⅶ

大地が小刻みに揺れていた。

ラージン麾下の歩兵が攻め立てているのは、フォラート川を背にしたシャルージ軍の兵站基地の一つだ。領境を越えたシャルージ領であり、バアルベク軍がここまで奇襲をかけてくるとは思っていなかったのだろう。四千のバアルベク軍に対して、シャルージ軍は千を超えるほどしかいない。

二重の柵と水の張られた堀があるとはいえ、寡兵(かへい)にしてはよく守っている。

「だが、ここまでだ」

バアルベク騎士(ファーレス)の言葉は、信頼する副官へのものだった。

不意に砦の背後から喚声が響いた。フォラート川上流で船を徴発(ちょうはつ)したモルテザ率いる別動隊が、川沿いから侵入したのだろう。砦の敵が、明らかに混乱していた。弱くなった敵の弓勢(ゆんぜい)に、ラージンはすかさず全軍に前進を命じた。

楯を持った前衛が堀に近づき、工作兵が木の板を堀にかける。川から侵入したモルテザの活躍によって、すでに矢の雨はやんでいる。次々に柵を引き倒し、二列目の柵を堀の中に投げ込んだ時、全てのシャルージ兵が剣を捨てた。

勝敗の決した砦の中へ入ると、一か所に集められた兵糧に、モルテザが火をつけるところだった。

「悠長（ゆうちょう）にしている暇はないが、敵の兵站基地の一つを潰したのだ。もう少し嬉しそうにしてはどうだ」

難しい奇襲を見事に成功させたモルテザだが、その顔には少しの緩みもない。

「その言葉、そっくりそのまま返すよ、ラージン。まだ一つ潰しただけだ。うかうかしていれば……」

「ここを取り戻しに大軍が集まってくる。そう言いたいのだろうが、機を見るに敏な我が軍の千騎長筆頭（アルフーム）が、何の対策もしていないはずがないであろう」

兵站基地急襲の策を立てたのは、千騎長筆頭（アルフーム）として全軍の参謀を務めるモルテザだった。敵地奥深くでの策であり、兵站基地を潰せばそれで終わりというわけではない。ここからは、敵地に入り込んだラージンたちを討ち果たそうと、各地に散らばるシャルージの軍が集結してくるはずだった。

モルテザが嘆息した。

「すでに千騎ずつ、退路の確保のため敵の攪乱(かくらん)に向かわせている。敵が一直線にここに来ることはないだろうが……今のうちに砦を燃やし、本陣へ戻るべきだな」

個の武力で言えばまだまだだが、軍を率いて戦えばその戦術戦略は近隣都市でも一、二を争うだろう。まだ二十代半ばのモルテザがこのまま成長すれば、バアルベクの平穏はさらに続くはずだった。

「今のところは順調に勝ち進んでいるな」

「油断するなよ。まだシャルージの騎士(ファーレス)エフテラームは出てきていない。〈炎の守護者〉がいないシャルージ軍など、軍の真似ごとをした有象無象(うぞうむぞう)の集団でしかないだろう」

戦場を駆ける姿を女神という者もいる。三年前、彗星のごとく戦場に現れ、シャルージ軍の先鋒を担うようになった将の名前に、ラージンは頷いた。

「足取りは摑めたか？」

「どこに消えたかは分からないが、本陣には副官のイドリース老だけだな」

「御老公の戦い方を見るに、エフテラームが到着するまで時を稼ぐつもりなのだろうな」

モルテザが頷いた。

「イドリースだけであればなんとかなるが、あの女が出てくれれば、〈憤怒の背教者〉たる騎士(ファーレス)しか抗いようがない。願わくは、俺のところには来ないで欲しいね」

モルテザの言葉に、ラージンはこめかみを掻いた。

三年前、初めて戦場でその姿を見た瞬間、自分の敵だと直感した。

流浪していたエフテラームが、まだシャルージ軍に登用される前のことだ。その邂逅は、ただ旅の途中に出会ってしまったかのような感さえあったが、ラージンの抱いた思いはエフテラームも同様だったらしい。

決して相容(あいい)れることのない〈守護者〉と〈背教者〉。剣を抜いたエフテラームが吠えた刹那、空気が燃え始め、左右の広大な樹海が灰燼(かいじん)に帰した。

炎をまとう女神。ラージンを退けたエフテラームはそう称され、シャルージ太守(アミール)自ら思いがけない客人を出迎えたという。

今度こそ、あの女を討つ。

戦場のどこかにいるであろう宿敵を思い浮かべ、ラージンは撤退を命じた。

敵の動きに一つの新たな意志が見え始めたのは、それから十日経った夕暮れの頃だった。向かい合う丘の中腹に展開する四万のシャルージ軍が、それまでより一回り大きくなったようにも見えた。

礫の森を背にした本陣で、ラージンは三万全軍に臨戦態勢を命じた。命令は即座に伝達された。前衛の兵が構えた楯が地面を揺らし、左右両翼四千の騎兵が喚声を上げる。

「……騎士（ファーレス）」

横で腕を組むモルテザの声に緊張が滲んだ。単純な武勇では勝てないもの。それは、人ならざるものへの怖れだった。その気になれば、彼女は街一つを灰燼へと変えるだろう。

「ようやく来たようだな」

丘陵の上。強烈な西日の中で、大地がせり上がるようにも見えた。麻の単衣を身にまとい、長剣を手にするだけの姿は、どこか浮世離れしている。東西に林立する流旗の中央で、深紅の剣が一振り、天を指していた。

女騎士（ファーレス）がまっすぐこちらに剣を向けた瞬間、シャルージ軍の喚声が天地を揺るがした。丘陵から駆け降るその様はまるで、全てを呑み込まんとする濁流のようだった。

「モルテザ、指揮を任せる」

「武運を」

モルテザの言葉を背に黒馬に飛び乗った時、青年のよく通る声が響いた。

「全軍、我らが騎士（ファーレス）に続け！」

この血の滾りは、三年前まで知らなかったものだ。ラージンは疾駆する黒馬の上で、一直線に向かってくるエフテラームを見据えた。

三年前、初めてエフテラームを見た瞬間、彼女を討ち滅ぼすことが、自分の——悪なるもの（アラマーユ）の眷属（けんぞく）たる〈背教者〉の使命だと、何者かが耳元で囁いた。

語り継がれる伝承を信じるのならば、この女は善なるもの（シュタマーユ）の眷属ということなのだろう。互いに、その強大な力が己自身を傷つけることを知っている。だが、それでも本能が、全力でこの敵を滅ぼさねばならないと叫んでいた。

敵味方合わせて七万の兵の喚声は、天地を揺るがすほどだ。敵の必死の形相がすぐそこにある。

その時、シャルージ軍が左右に分かれ、一筋の道を作り出した。空気の焦げる臭いに、バアルベク兵が一斉に唾を呑む。

一騎、白馬を操り、まっすぐラージンへと駆けてくる者がいる。

炎の女神と呼ばれる女が振り上げた深紅の剣の先で、巨大な炎の渦が竜巻のように吹き荒れていた。

「散開！」

無駄な犠牲を出すつもりはない。エフテラームも同様の考えなのだろう。シャルージ兵がさらに大きく左右に分かれ、両軍を率いる二人の周囲に空隙（くうげき）ができた。

無数の断末魔と斬り結ぶ金属音が聞こえた瞬間、ラージンは剣を振りかざした。

「始めようか──」

バアルベク騎士(ファーレス)の呟きと共に、カーヒラ暦一〇九四年、戦(いくさ)の民の行方を運命づけるパルミラ戦争最大の激戦が始まった。

Ⅷ

ひと月前に見た時と同じく、その青年の瞳は切れすぎるほどに鋭かった。商館の一室に呼び立てたことを訝しく思っているのか、カイエン・フルースィーヤという奴隷は、気取られぬように左右を用心深く見渡している。

嫌いではないが、注意深すぎる男は、長く手駒にするには向いていない。使えるだけ使えば、あとは殺してしまうのがいい。

頷き、ハーイルは横に肥大した巨体を揺すった。

「中央政庁では語れぬ話がある時、私はこの商館を使っている。お主を呼び立てたのは、他でもない。姫君の護衛について、お主に話しておかねばならぬことがあるからだ」

カイエンがかすかに目を細めた。こちらの意図を探るような目つきだ。下郎の身で自分の心を読もうなどとすることに不愉快さを感じたが、感情を抑え込んだ。

「パルミラ平原での初戦の勝利は知っておるな?」

「はい。シャルージの副将イドリース率いる四万のシャルージ軍を撃退したことは、街でも噂になっております」

最近購われた奴隷の中で、一足飛びに十騎長(セリーム)に任じられたカイエンの立場であれば、もう少し詳細な情報も耳に入れているだろう。

ふと試すような気持ちになった。

「十騎長(セリーム)として、初戦はどう見る」

「敵国に攻め入る時は、初戦の勝敗がその後の趨勢(すうせい)を決めます。目に見えて戦っているのは、バアルベク、シャルージの二つの軍ですが、もう一つ見えない軍がいます」

窺うような視線を向けてきたカイエンに、続けるよう促した。

「戦場となった地域に住まう民は、えてして勝利者に与(くみ)するものです。ラージン殿が勝てばバアルベクにつき、敗れればシャルージ側につくでしょう。その点でも初戦の勝利は、今後の戦を有利に進めるうえで重要なものだったと思います」

「ふむ、よく学んでおる」

購われた奴隷は、戦の役に立つように徹底的に訓練されていく。戦士(ムハリ)として武技に磨きをかける者もいれば、目の前の青年のように武技だけではなく戦術戦略まで叩き込まれる者もいる。目の前の男はまだ若いが、牙の民との戦も経験しているという。

知識と行動が合わさって実となることを思えば、カイエンという男はそれなりに使えそうだった。少なくとも、バアルベク太守（アミール）の座を掴むまでは。

ラージンを謀殺したのちには、ハーイルの最大の政敵はモルテザとなる。あの陰気な若き将を殺すまで、切り札は多い方がいい。

心にもない笑みを浮かべ、ハーイルは自ら水差しの水をグラスに注ぎ、跪いたカイエンに差し出した。

「飲め。貴重な砂糖を混ぜてある」

受け取ったカイエンが、少しだけ口をつけた。

「お主は東方世界（オリエント）の出身だったな。そこにも、人ならざる力を持つ者はいたのか？」

そう問いかけた瞬間、黒髪の下に光る青年の瞳がこれまでとは違う色を帯びた。ぎこちなく頷き、カイエンが横を向く。

「牙の民の王も、人ならざる力を持つ者です」

カイエンの言葉に、ハーイルは大きく溜息を吐いた。

「東方世界（オリエント）の覇者（ハーン）もまた、力を持つ者か。厄介極まりないことだな」

小さく呟き、ハーイルは東の空に浮かぶ太陽に視線を向けた。

「シャルージの騎士（ファーレス）エフテラームという者もまた、人ならざる力を使う。彼女の戦う様を見て、炎の女神と呼ぶ者もいるほどだ。彼奴（きゃつ）がこの地に現れて三年、シャルージとの戦は一進一退だ」

「そのエフテラームが戦場にいるということですか」

「先ほど、モルテザより伝令が届いた。戦線は膠着（こうちゃく）。ラージンはエフテラームの対応で手いっぱいだ。まあ、敵軍が四万ということを考えれば善戦しているとも言えるのだが」

エフテラームが現れて三年、シャルージ騎士（ファーレス）の前にラージンが立ちはだかり、バアルベク軍よりも数で勝るシャルージ軍の前には、モルテザという優秀な武将が立ちはだかってきた。シャルージの太守（アミール）が三年の膠着に痺れを切らしたからこそ、今回の取り引きは成立したと言ってもいい。

内心の笑みをこぼさぬよう、ハーイルは頬を引き締めた。

「敵は膠着を打破するために、禁じ手を使ってきたようなのだ」

「禁じ手とは？」

「……シャキルが何者かに暗殺された」

なるべく悲痛に見えるように、ハーイルは顔をしかめた。シャキルという名は、カイエンもよく知っているはずだ。彼が打ち倒し、マイの護衛任務から外された男の名。

小さな唸り声は、カイエンのものだった。

「暗殺は確かなのですか？」

「ほぼ間違いなかろう」

「狙いは姫君ですか」

多くは語らず、ハーイルは頷いた。先日カイエンが捕らえた男も銃を持っていた。マイ・バアルベクという少女に迫る脅威は、この数日で十分に身に染みているはずだ。

「もしも姫君が誘拐されれば、太守（アミール）はこのバアルベクを差し出してでも取り戻そうとされる。そうなれば、バアルベクは終いだ。お主の役目は、なんとしても誘拐の魔手を防ぐことにある」

カイエンが首を軽く振った。

「敵の数は？」

「それが分かっておれば苦労はせぬ」

「であれば、街への下向を取りやめるよう進言されてください」

「それができぬ故、お主をここに呼んだのだ。戦時こそ、民の中にあらねばならない。アイダキーン様はそうお考えだ」

忌々しげに舌打ちし、ハーイルは項垂れた。

「とても正気の沙汰とは思えませぬが」

「言葉が過ぎる」

お前の言葉には同意だという視線を送りつつ、ハーイルはカイエンをたしなめた。

「ゆえに、姫の警護はこれまで以上に手厚くする必要がある。カイエン」

呼びかけた声に、カイエンが身体を向けてきた。

「これ以降、下向の際の道を事前に報せよ。私の麾下の戦士(ムハリ)を、その通りに配置する」

「事前にですか」

「うむ。姫君の心ゆくままというのはお主がなんとか防げ。通る道が決まっていれば、防御も容易い」

これで襲撃されたら、真っ先に自分が疑われるだろう。

だが、誰も想像できぬほどの規模であれば、何者にも防ぎようはない。自分が咎められることもないはずだった。

抱える戦士(ムハリ)が二十人ほど、皆殺しになるだけ。自分の愚鈍な息子の一人もそこで死なせようと考えるあたり、ハーイルの非情さと周到さを物語っていたが、それすらも彼は大事の前の小事としか思っていなかった。

街中に溢れる黒衣の暗殺者の姿を思い描き、ハーイルは砂糖水を飲み干した。溶けきらない砂糖が口の中に残った。

濡れる水差しの向こう側で、カイエンが頭を垂れた。

IX

水をかけられたのか、子供たちの無邪気な声が響いた。

その中に交じって、バアルベクの姫は普段と変わらない笑みを浮かべている。それを当然のことだと思い定めているマイの表情に、カイエンはどこか歯軋りしたくなるような気持ちになった。

市場（バザール）の中央にある正方形の庭園（リアード）は、バアルベクの民の憩いの場として多くの人でにぎわう。中央は階段状に窪んでおり、噴水が水しぶきを上げていた。

「気になりますか？」

背後から聞こえてきた声は、バイリークのものだ。

振り返らず、生真面目な顔つきの青年が横に並ぶのを待って、カイエンは口を開いた。

「姫君の悲しみなど知ったことではないな。俺が気にしているのは道中の安全だけだ」

「それは、仕事熱心なことで」

「不当な評価を受けて平静でいられるほど、俺は大人じゃないからな」

マイから視線を外し、カイエンは拳を握りしめた。

ラージンと戦った日、抱いた恐怖は人智を超えた力への恐怖であり、死への怯えなどではない。そう思いたかった。消し去ってしまいたい気持ちを振り払うように舌打ちした。

「道の確保は？」

「サンジャルから怪しい気配はないと報告が」

それは本当に大丈夫なんだろうな。心の声が聞こえたのか、バイリークが肩を竦めて笑った。

「まだ信頼はないと思いますが、サンジャルはそれなりに優秀な男です。故郷では私と共に兵を率いてもいました」

「率いるだけなら誰でもできる」

「ま、いずれ見ていただけますよ。私とは違い、変に理屈をこねくり回したりしない分、物事の本質を見抜く目は鋭い。初めてカイエン殿に絡んだ時も、命を粗末にしていることに苛立ったようで」

間違ってはいないでしょうと、バイリークがにやりとした。

「相手が嫌がることを、本能で嗅ぎ分けるのですよ。だから、カイエン殿が嫌がりそうな場所、つまり暗殺者たちが襲撃しそうな場所も分かる」

「嫌な特技だな」

「畢竟（ひっきょう）、戦とは敵の嫌がることをし続けることですからね」

　バイリークは理性的に話す分、本心が見えづらかった。カイエンよりも四つほど年上のはずだが、こうしたへりくだった話し方を苦にもしていない。

　煙に巻かれたような気分になりながら、カイエンは声を落とした。

「それで、道はどこを」

「馬を用意しました」

　笑いながらも同じく声を落とし、バイリークが視線を東に向けた。目的地の反対方向を見る仕草は、最初に取り決めたことだった。読唇（どくしん）を防ぐために、バイリークが口元をさりげなく隠す。

「第三市場（バザール）の裏手の道をまっすぐ駆ければ、魂送り（レクアージュ）の塔に辿り着きます。途中の居住区は普段は馬の通行を禁じられているため、暗殺者がいても追いつけないでしょう」

「帰りはどうする？」

「林の中で、影武者を用意します。サンジャルと私が、それぞれ姫君と年格好の似た者を連れ、馬で駆けます。カイエン殿はもと来た道を。そこに五人、配置しておきます」

　生真面目な見た目通り、献策には遺漏(いろう)がない。小さく頷いたカイエンに、バイリークがただしと付け加えた。

「問題はハーイル殿のつけた戦士(ムハリ)たちをどうするかですが……」

　無断でマイの道筋を変えたことが知れれば、ハーイルの怒りはカイエンに降ってくるだろう。

「構わない」

　にべなく言い切り、カイエンは鼻を鳴らした。

「政務補佐官殿に媚(こ)びを売る必要はない。それに、途中から加わったハーイル殿の部下を信用するべきでもないしな」

「それは私を信用していると？」

　都合よく言い換えた青年にかぶりを振り、カイエンはゆっくりと階段を下りた。

　マイの周りに集まっていた子供たちが、新たな遊び相手が来たとでも思っているのか、顔を輝かせて見上げてきた。

「カイエン、笑顔」

　投げつけられた言葉に口角だけを吊り上げると、見上げる幼子たちの顔が引きつった。

　マイの笑みに苛立ちが滲むのを感じたが、気づかぬふりをして口元を隠した。

「用意が整いました」

マイの笑みが強張り、それを子供たちに見られぬよう少女は空を見上げた。

「……今日はここまでですね」

再び子供たちを見たマイの表情には、完璧にとりつくろわれた笑みがあった。不満の声を上げる子供たちに手を振り、二人は歩き出した。昼食の時間に近くなっていることもあり、庭園からはやや人が少なくなっている。

「ゆっくりと、西の方へ歩きましょう」

マイだけに聞こえるような声で呟き、カイエンもそのすぐ後ろについた。

「どうやって行くの？」

「すぐに分かります」

誰に見られているかも分からない。口元を読まれないためにも、返答は素っ気なくなる。それで不愉快になるならばそれで構わなかったが、聞こえてきたのはか細くもはっきりとした声だった。

「我儘を聞いてくれてありがとう」

「……いえ」

何と答えるべきか。言葉が喉に詰まり、出てきたのはやはり素っ気ない言葉だった。

死者の住処ゆえか、魂送りの塔と呼ばれる建物には窓一つない。五階建てほどの高さの内側は吹き抜けになっており、時が来れば天井が開け放たれるのだという。その中では、シャキルの亡骸が御影石の上で空を向いているはずだ。

——死者の住処に立ち寄る時は、黒衣でなければならない。鮮やかな色を着てしまうと、訪問者に心を残した死者が、現世へと留まり続けることになるの。

馬から降りると、マイはそう言って、緑に染められた麻の服の上から漆黒の外套をまとった。少女が抱えていた大荷物の中には丁寧にもカイエンの服もあり、それはかなり大きめだった。

マイが立ち尽くしてどれほどの時間が経ったのか。

丘の上に建てられた魂送りの塔を見上げるマイの口元は、固く結ばれていた。日差しは高く、彼女の影は足元だけにある。太陽の動きから考えればほんのひと時ではあるが、警護を思えば長すぎるほどだった。

地面を見ていたカイエンは、ふと聞こえてきた鳴き声に空を見上げた。

鳥葬は、初めて見るな……。

空を舞う猛禽たちは、尖塔の天蓋が開くのを今か今かと待っているのだろう。時が経つにつれ多くなる空の王たちの姿は、死神のようにも見えた。

「──行きましょうか」

どこか残酷な、だがそれでいて自分が自然の一部なのだと感じさせる光景に見とれていたカイエンは、その声で我を取り戻した。

目の前にいるマイの顔には、うっすらと微笑みがあった。だが、その眼尻には涙の痕がある。

「悲しそうな顔をしては駄目なの」

「……お別れの時であればよいのでは？」

「私はバアルベクの姫としてここにいます。シャキルの死をことさら嘆くわけにはいきません」

強がりと分かる言葉だ。だが、それを揶揄（やゆ）するほどひねくれてはいない。素直に頷いたカイエンにマイが苦笑した。

「綺麗ごとだとかなんだとか、言わないのね」

否定も肯定もしないでいると、少女が遠くを見るような目で語り出した。

「シャキルが初めて傍についたのは、私が四歳の時だった。母が亡くなり、父も政務に忙しく一人きりだった私のために、シャキルはいつも明るく振る舞ってくれた」

マイの言葉を遮ることはせず、カイエンは小さく頷いた。

「本当は、笑顔でいることが苦手な人だったの。だけど、私が怖がらないようにと、毎日鏡の前で笑顔の訓練をしていたわ」

「俺は笑顔を向けられたことはありませんが」

前任者の髭面を思い浮かべたカイエンに、マイが呆れたように首を左右に振った。

「貴方とシャキルの出会いは最悪だもの。けれど貴方に対してだけではないわ。彼は誰に対しても無表情だった……」

ただ、私には違った。そう続けるマイの瞳に、涙が溢れそうになった。

「顔は髭に覆われているし、身体も大きいし、見た目は顔を背けたくなるほど怖いのに、それでも一度も怖いと思ったことはなかった」

流れるように言葉を紡ぐ少女の顔は、やはりどこか無理をしているような笑顔のままだった。

悲しいと思うのならば、おおいに泣けばいい。失ってしまっては、嘆くことすらできなくなるのだ。心の中でそう呟き、カイエンはシャキルの亡骸が横たえられた尖塔へと視線を流した。

「悲しみは人を惑わせ、惑えば人は前に進めない。だからこそ、無理やりにでも理屈をつけて、悲しみを克服しようとします。しきたりは、生者が前に進むための術でもあります」

　自分の口からこぼれる言葉が不思議だった。

　マイを慰めようとしているのか。それとも自分の性格がそこまでひねくれてはいないと言いたいのか。言葉に隠された気持ちは、自分でもよく分からなかった。

　だから――。

　そう続ける前にマイが首を横に振っていた。

「そうじゃないの」

「どういうことです？」

「――私はマイ・バアルベクだから、マイ・バアルベクだから、嘆き悲しむ弱さを持ってはならないとでも言うつもりなのか。

　脳裏に浮かんだのは、人らしい感情を奪い去られた少女（フラン）の姿だった。痛みとともに、その面影を振り払い、カイエンは空を見上げた。

　彼女とは違う――。

「今日はこのまま城へ帰りましょう。悲しむこともまた、あなたの役目です」

　立ち止まったマイが振り返り、口を開く前にカイエンは目を閉じた。

マイ・バアルベクという少女は、自分で思い定めた姿に囚われすぎている。人が自分の背中を見ることができないように、人は己の半分しか知らないにもかかわらず……。

「シャキルは死ぬ直前まで、姫の無事だけを願っていました。傍につく役割を外されても、いつも姫が見える場所で見守っていましたよ」

だから、悲しい時は泣けばいい。

そう心の中で呟き、カイエンはマイを追い越すように歩き出した。

X

真夜中に呼び出されたのは、どうやら自分とサンジャルの二人だけのようだった。バアルベクの街外れにある潰れた酒場の二階は、数年間は誰も立ち入っていないだろうと思うほど埃にまみれている。

腕にこびりついた蜘蛛(くも)の巣に顔をしかめ、バイリークは大きく手を振った。

「なんだってこんなところに……おいやめろ、埃が舞うだろうが」

不満を隠そうともしないサンジャルが、角灯を持ち上げ呻いた。

「私は蜘蛛が一番嫌いなんだよ」

「知ってる。だが俺は喉が弱い。やめろ、暴れるな」

廃墟の近隣に住む者はおらず、二人の声も誰かに聞かれる恐れはない。それが分かっているからこそのやりとりだったのだが、聞こえてきた足音に、バイリークは息を呑んだ。

暗闇の中から、カイエンの姿が現れた。その顔には、これまで見た中で最大級の苛立ちが浮かんでいる。

「シャキルだけではなく、もう一人の前任者レオナも殺された」

机に腰かけたカイエンが吐き捨てるように放った言葉は、忌々しげな表情をしていたサンジャルの顔も引きつらせた。自分も同じような顔をしているだろうなと思い、バイリークは頷いた。

「この二日で三人、姫の護衛に携わる者が殺されています。敵は明らかに姫君を狙っていますね」

姫君という言葉を強調したのは、他の何をやるにしてもなおざりなカイエンという青年が、唯一本気で向き合っていることだからだった。

この男を旗印として成り上がるためには、まずこの街で力をつけさせる必要がある。そんなバイリークの目論見(もくろみ)を知ってか知らずか、ことさら調練などまともに出ないカイエンだが、マイ・バアルベクのこととなると不平を言いながらも立ち上がる。

今だってそうだ。普段であれば宿舎で夢を見ている時間にもかかわらず自分とサンジャルを呼び出したのは、カイエンの中でマイへの想いが徐々に大きくなっているからだと思っていた。

――本人は否定するだろうが。

探るような視線に気づいたのか、カイエンが舌打ちした。

「姫が攫われようと攫われまいと俺にはどうでもいいことだ」

「ならばどうして、役目を引き受けられたのですか？」

カイエンがバアルベクの騎士（ファーレス）に負けたことは知っていた。マイへの視線とは別の意味で、目つきの悪い青年の瞳は、ラージンを見る時さらに鋭くなる。

だが、敗北し脅されたからといって、もとは戦場で死ぬと言っていたカイエンが役目を引き受けるとは思えない。何か他の理由がありそうだったが、それは今のところ青年の胸のうちに隠れている。

カイエンが厚い埃の層を人差し指で撫で、塊となった埃を弾いた。

「今あの姫君が攫われれば、俺は戦場には行けない」

下手な言い訳だというのは簡単だったが、ここで青年を揶揄するべきではないことは何となく分かった。

カイエンは少しずつ変わり始めている。バアルベクに着いた当初は、心ここにあらずといったふうで人形のようにしか見えなかった。だが今は、その器に感情を取り戻してきたように見える。

頷き、バイリークは片手を挙げた。

「分かりました。それで、こんな夜遅くに私たちを呼び出した理由は何です？　しかも官舎からは遠く離れた潰れた酒場。密談という表札がかかっていてもおかしくないような場所です」

カイエンが溜息を吐いた。

「二人に、死んでもらおうと思ってな」

あまりにも自然に発せられた言葉に、サンジャルが飛び上がったのは一拍置いてからだった。

「お前――」

「サンジャル」

幼い頃からの友を目で制し、バイリークは立ち上がろうともしないカイエンへと身体を向けた。

「死ぬのは構いませんが、死んだ私たちは何をすればいいのです？」

「バイリーク、あんたがいて助かった。話が早い」

「いえ……。サンジャルは純粋ゆえ言葉の裏を読むことはしませんが」

「それは、羨ましいな」

本当に羨ましそうな表情を向けるカイエンに、サンジャルはどう反応すればいいのか戸惑っているようだった。

「現状、バアルベクを狙う暗殺者の影が徐々に濃くなっているが、敵がどれほどのものかまだ見えていない。誰なのかも、どれほどの規模なのかもだ」

「軍の方では何も摑んでいないのでしょうか？」

「ない。あの肥った政務補佐官も詳しいことは分からないとさ」

　カイエンの掌が目の前で広げられた。小指から順に折られ、親指と人差し指の二本が残った。

「姫が攫われて利を得る者は誰か」

「一番は、シャルージの太守（アミール）と〈炎の守護者〉たるエフテラームでしょうね」

「エフテラームの力を知っているのか？」

　驚いたようなカイエンの表情に、バイリークは思わず溜息を吐いた。

「軍の教練でも散々言われましたよ。真面目に聞いていればね。サンジャル、お前も知っているだろう」

「誰のことだ？」

「……お前もか」

　妙なところで似ている二人に再度溜息を吐き、バイリークは頷いた。副官がしっかりしていれば、組織は動く。これが自分の役目だと言い聞かせた。

「私も世界の中央(セントロ)に来て初めて、人ならざる力について知りましたが——世界の中央(セントロ)を三分する鐵(てつ)の民、戰(いくさ)の民、瀛(うみ)の民。私たちが今いる戰(いくさ)の民の領域には少なくとも、四人の人ならざる力を持った者がいます」

　その先を説明するかどうかを視線で問いかけると、カイエンが無言で頷いた。

「——バアルベクのラージン殿。シャルージの騎士(ファーレス)エフテラーム。そして残る二人は、戰(いくさ)の民最大の勢力、アルバティン地方を本貫とするカイクバード侯の下で強大な権力をふるっています。四人の諸侯(スルタン)の大乱と言われていますが、実質はカイクバード侯と残る三人の連合といった様相が強いですね」

「その話を聞くと、ガラリヤ地方の一都市でしかないバアルベクとシャルージに、二人も人ならざる者がいるのが不自然にも感じるな」

「ええ。ですから、エフテラームはラージン殿を討つために、三人の諸侯(スルタン)が派遣したのだと言う者もいます」

　人ならざる力を持つ者は、容易に勢力の均衡を崩してしまう。カイクバード侯と相対(あいたい)する三人の諸侯(スルタン)が、後背のバアルベクから攻め込まれぬようにエフテラームを同地に送り込んだとしても不思議ではなかった。

この十年、ラージンにその気があれば、同じガラリヤ地方のシャルージやダッカ、ラダキアを攻め滅ぼすこともできたはずだ。〈憤怒の背教者〉には、それだけの力がある。だがラージンは力がありながらも行使せず、エフテラームなる強敵が現れてなお守りに徹してきた。その挙句（あげく）がこの騒乱だと思えば、たとえ人ならざる力を持っていたとしても、バアルベクの騎士（ファーレス）が東方世界（オリエント）の覇者（ハーン）に勝てるとは思えなかった。

考え込むようにしていたカイエンが口を開いた。

「……刺客説が本当かどうかは分からないが、どちらにしてもラージンを殺すための策謀の一環としてシャルージが姫を攫うことは、十分にありえるな」

その言葉にバイリークが同意を示すと、カイエンが顎に手をあてた。

「利を得る者はシャルージ太守（アミール）とエフテラーム。もしかするともっと大きな存在なのかもしれないが……。視点を変えてみろ。姫を攫われても害を得ぬ者は誰か。敵の規模が分からない以上、護衛の任が失敗することは十分に考えられる。もしもバアルベク側に内通者がいれば、失敗する確率の方が高いだろうな」

「内通者がいるとお考えなので？」

問いかけに、カイエンが手を下ろした。

「さあな。だがもしいた場合、攫われた後のほうが見破りやすいことは間違いない。姫が攫われることで初めて、内通者の策は動き始める」

カイエンがバイリーク、そしてサンジャルへと視線を移した。

「サンジャル。配下の八人を預ける。姫の傍には俺がつき、政務補佐官の配下も二十名が遠巻きについている。だが、それで足りないことがあれば、その八人を姫の傍に走らせろ。ただし、お前は何があっても戦いに加わるな。もし姫が攫われれば、お前には攫った者を追う役を果たしてもらいたい」

「それで死んだふりね。たく、くどい言い回しだな」

呟くサンジャルから視線を離し、カイエンがこちらを向いた。

「バイリークはバアルベクに残れ」

困難な任務が自分に割り当てられるということだろう。カイエンの信頼は嬉しかったが、先の見通せるバイリークはその任の重さに気づいていた。

「内通者が誰なのかを探る役割ですか」

バイリークの問いかけに、カイエンが頷いた。

「内通者はいないかもしれない。そもそも護衛の任は失敗しないかもしれない。だが、全てを想定しておくのが俺の仕事だ。もしも内通者がいた場合は――」

そう区切ったカイエンの瞳に、冷えたものが滲んだ。

「消せ。機は任せる。今、俺たちにできることは、傷を広げぬよう備えることだけだ」

「簡単に言いますが……」

バイリークは苦い息を吐き出した。

「もしも任務に失敗すれば、カイエン殿は縛り首です。太守(アミール)の気分次第では車裂きの刑だってありえる。そうなれば、私とサンジャルはどうすればいいのです。カイエン殿を助けるために牢を破りますか？」

苦笑と共に言い放った言葉だったが、カイエンの表情はほとんど変わらなかった。

「別に俺を助ける必要はない。姫の攫われた場所、そして内通者の情報を摑み、バアルベクの騎士(ファーレス)の元へ駆け込めば、あんたたちの身の安全は保障されるだろう」

「……カイエン殿は、そこで死んでもいいと？」

束の間、困ったような顔をしたカイエンが、微苦笑を浮かべた。この男の笑みは、もしかすると初めて見たかもしれない。自分よりも年下のはずだが、人生を悟りきったかのような透徹(とうてつ)したなにかがある。

「最初から言っているだろう。俺は死ぬためにここにいると。だがそうだな。もう少しだけ分かりやすく言うならば——」

遠くを見るような瞳を、カイエンは壁へと向けた。

「なぜ死ぬのか、理解して俺は死にたい」

一歩前に出たバイリークを押しとどめるように、カイエンが目を閉じた。

「俺がラージンから命じられたのは、マイ・バアルベクの護衛だ。その結果失敗して俺が殺されるとしても、そのせいで姫君が死ぬのは寝覚めが悪い。だからこそ、救出の備えは整えておく。それだけのことだ」

ただ、それだけのことだと、もう一度、目つきの悪い青年が呟いた。

青年の呟きが酒場の壁に消えた時——。

バアルベクの中心部、その商館（カイサリーヤ）の一室には二十の灯が壁に揺れていた。音もなく風が吹き込み、五つの灯が消える。椅子に座っていた部屋の主はゆっくりと立ち上がり、机の上に置かれた革袋を放り投げた。

部屋の闇に紛れるような漆黒の影が二つ。

ぎっしりと金貨が詰まった革袋を摑み取った暗殺者に、バアルベクの政務を司る男は野心を解き放つべき時が到来したことを確信した。

XI

風に揺れる街路樹は、赤や黄色に淡く色づいている。

戦時でも人々が賑やかに暮らすことができるのは、父であるアイダキーンの執政によるものだと思うと、誇らしい気持ちになった。

バアルベクで最も大きなアスユート通りに立ち並ぶ露店は、日用雑貨から何に使うのか分からないものまで売られている。籠の小鳥を売る商人の横では、老婆の周りに子供たちが集まり紙芝居を今か今かと待ち構えている。漂ってきた香ばしい小麦の匂いは、バアルベク名物の焼き菓子のものだ。

鼻をこすり、マイ・バアルベクが傍の不愛想な護衛に視線を送ると、目つきの悪い青年は考える余地もないとばかりに首を振った。

「毒見がおりません」

にべもない言葉に、マイはそっぽを向いた。

カイエンが護衛につくようになって、街への下向も十回を超えた。何かを言えば短く返答してくるが、そこに感情が込もっていることはほとんどない。唯一、青年の心を感じたのは、魂送り（レクアージュ）の塔で慰めのような言葉をかけられた時だった。

左右をさりげなく見回したカイエンが、小さく頷き歩き出した。

目の前の青年のことをどう思っているのか、マイはよく分からなかった。

これまでの護衛は少なからずマイに対して畏れを抱いていた。太守（アミール）の娘という地位への当然の畏れだったのだろうが、マイにとってみれば自分と貴女は違うと突きつけられているようで、孤独を感じさせるものでもあったのだ。

青年は出会った瞬間から一欠片の畏れも抱いてはいなかった。畏れどころか、その両目には絶望をたたえ、マイに対していかなる感情もないように見えた。返ってくるのはいつも素っ気ない言葉で、人形と喋っているようにも感じることがあった。しかし、そんなカイエンだからこそ、マイは生まれて初めて対等な立場で話すことのできる心地よさを感じてもいた。

先を歩く不愛想な青年の背を、マイは軽く小突いた。

「カイエン、笑顔」

太守（アミール）の娘として、民を安心させるために街にいるのだ。その護衛が民を怖がらせてどうする。

　こちらを一瞥したカイエンが溜息を吐き、そして頬をむりやり吊り上げた。笑顔がこれほどまで似合わない男が他にいるだろうか。溜息を吐きたいのは私です。そう呟くか迷い、マイは首を振った。

　自分はバアルベクの民の心の平穏を保つために、姫としてあるのだ。

　目の前の絶望に浸る青年も、バアルベクの民である以上、自分が救わなければならない。それが自分の役割だからと心の中で繰り返し、マイはカイエンを追い越した。

「市場(バザール)の方へ行きましょう」

　シャルージとの戦が始まって以来、各地からの物資が滞(とどこお)り値上がりしているものもあるという。それが不正な値上がりかそうでないかを見極め、父に報告するのもマイの役目だった。

　人混みが途切れ、市場(バザール)まで残り四ルース（二キロメートル）の場所まで歩いた時だった。大理石の列柱回廊の先に、西方世界(オクシデント)の神殿を模したアラム美術館が現れた。嫌に静かだった。安息日の昼間だというのに、通りを歩く者は数えるほどしかいない。不気味な気配に口を開こうとした時――。

　すぐ目の前でカイエンが立ち止まり、眉間に手をあてた。

「――俺は今日まで何度も、下向を止めるよう言ってきました。そのお気持ちは変わりませんか？」

突然何を言い出すのか。次の言葉を待つマイに、カイエンが身体を向けてきた。

「シャルージがバアルベクに暗殺者を送り込んでいることは言いましたね」

「ええ」

長年護衛として傍にあったシャキルの死は、マイにとっても悲しむべきことであることは事実だったし、それを聞いた日の夜は涙が止まらなかった。

だが、それでも自分の悲しみと民の平穏は別の問題だ。いかに辛くとも、それを見せてはならない。太守の娘として生きるというのは、そういうことだった。誰よりも朗らかで、太陽のように明るくあらねばならない。

「シャキルの死の後も下向を続けられた強情さは、褒められるべきと思いますが――」

掌を外したカイエンの瞳が、マイの遥か後方を睨みつけていた。

「太守への奏上は無視され、姫の下向を止めることは俺にはできなかった」

首を横に振り、青年が長く息を吐き出した。

「市場まで駆けてください。ここから市場までは政務補佐官の配置した戦士が埋伏しています」

「あなたは？」

「少しだけ、足止めをする必要がありそうです」

振り返ろうとしたマイは、頬をカイエンの両手によって阻まれた。

「決して後ろを振り返ってはなりません」

すぐ目の前に、鋭い瞳があった。

背後にどれほどの敵がいるのか。目の前の青年から放たれる殺気を思えば、尋常な数ではないのだろう。だが——。

カイエンの背後、マイの視線の先にある市場に向かう石畳の道。そこで、十の人影が抜身の長剣を天空へと突き出していた。

十の白刃は、串刺しにされた戦士の血によって赤く濡れている。白刃が閃き、戦士たちの身体が地面に叩きつけられた時、石畳の道の上には、無数の黒い影がひしひしと満ち始めた。

「——ハーイルの埋伏した戦士は、五十人を超えるの？」

マイの呟きに、カイエンの瞳が小さく揺れた。青年が市場までの道を振り返った隙に、マイは背後へ身体を向けた。

辛うじて悲鳴を呑み込んだ。

視界に入ったのは、あらゆる影から湧き出るようにして現れ続ける無数の人影だった。

漆黒の布を全身にまとい、顔までも覆っている。黒以外の色といえば、蠢きの中に浮かぶ血走った瞳と、白銀の短剣の輝きだった。

視界に映る漆黒の群れは、二十や三十ではきかない。道を塞ぐように隊列を組み、そして左右の石造りの商館（カイサリーヤ）の屋根からもこちらを狙っている。市場（バザール）までの道にいる者と合わせれば、百をゆうに超えそうだった。

「これは……」

カイエンの声が聞こえた。だが、そこには動揺はなく、それは目の前の光景に叫び出しそうになるマイの心を落ち着けた。

もしもここで叫び声をあげれば、バアルベクの民衆がここまでやってくるかもしれない。そうなれば、マイを取り囲む者たちは、民を殺し尽くすだろう。太守（アミール）の娘として、それだけは避けなければならなかった。

「俺が鈍っているのか、政務補佐官の読みが甘いのか――」

絶体絶命の状況でも、青年が動揺していないことだけは伝わってきた。

目の前の現実をありのままに受け止めている。それがこの青年の強みなのか、それとも心のどこかが壊れているからなのか。恐らく後者であるのだろうと感じながら、自分が落ち着いていられるのも、カイエンが傍にいるからだと思った。

バアルベクの民を護ることが自分の務めなのだ。そして、カイエン・フルースィーヤという青年は、間違いなくバアルベクの民だ。

だとすれば、自分の取るべき行動は――。

「私が……」

言葉がそこで途切れ、喉が小さく鳴った。

訝しがるようなカイエンの瞳に、マイは拳を握り締めた。

脳裏に映ったのは、魂送り(レクアージュ)の塔の上空に舞う大鷲たちの姿だった。死ねば、彼らによって天空へと還るだけ。苦しむことなど何もないと、幼い頃からそう教えられてきた。

何を恐れているというのか。民の平穏を守護するバアルベク太守(アミール)の娘として、これまで生きてきた。煌めく無数の短剣によって、明日の自分の命がないとしても、今この瞬間は太守(アミール)の娘として在るべきなのだ。

戦乱に倦む民を護るために。

戦乱によって絶望を抱える者を救うために――。

拳が震えていた。そんなはずはない。覚悟はしていたはずだ。民を護るために死ねるのならば、それこそが太守(アミール)の務めだと、父に教えられてきた。

震える両腕に歯を食いしばった時、感じたのは拳を包む柔らかな温もりだった。戦乱によって絶望した青年の手が、マイの拳を包んでいた。

何故そうしたのか、青年も分からなかったのだろう。さっと目を背けたカイエンに、マイは頬が熱くなるのを感じた。手は繋がれたままだ。

だが、その温もりが、恐怖をじわりと溶かしていくようだった。

「……私が、囮になります」

喉に絡みついた言葉が、囁きとなって青年へと届いたようだった。太守(アミール)の娘として、言わなければならない言葉を言えた。そう思った時、不意に目の前に現れたのは、呆気にとられたような青年の表情だった。

「何を言っておられます」

「私はバアルベクの姫です。……私には、民を救う義務があります」

カイエンが瞳を大きく広げた。その瞳には、初めて城で向き合った時の絶望がいまだ揺れている。この瞳を救わねばならない。その想いが、マイの口を動かしていた。

「私には、あなたを救う務めが――」

そう言い切ろうとしたマイが言葉を止めたのは、カイエンの呆れ顔が苦悶の表情となり、そしてゆっくりと頬が吊り上がったからだった。

この青年が、自分へ何らかの感情をあらわにしたのは、初めてのことかもしれない。驚くべきことに、その瞳からは絶望の色が薄くなっていた。

「……そういうことか」

呟きが青年からこぼれた。

その瞬間、カイエンに身体を抱きかかえられた。再び地に下ろされた時、目の前には剣を抜いたカイエンが一人立っていた。

XII

青年は、一つ確かな答えを手に入れたことに、わずかではあるが感動していた。

なぜあの時、恵まれた少女をフランと間違えてしまったのか。自分のフランに対する思いはその程度だったのかと、悶え苦しみもした。だが、全く見当外れというわけでもなかったのだろう。


煉瓦（れんが）造りの壁を背に、手に握るのはあまりにも心細い両刃の剣のみ。

目の前に溢れる漆黒の影は、百を超えたところで数えるのをやめた。半円形に自分たちを取り囲み、波打つように距離を詰めてくる。暗殺者たちがシャルージの手の者だとすれば、目的はバアルベク太守（アミール）との交渉だろう。

この全員を斃さねば、自分はここで死に、マイは攫われた先で辱（はずかし）めを受けることになる。

不意に、半円形に隊形を組む暗殺者の中から二つの影が出てきた。揺らめくように近づくのは間合いを狂わせるためだろう。血走った瞳は、カイエンを見ているようにも、何も映していないようにも見える。

「狂信者の類(たぐい)か……」

呟きが消える直前、唐突に二つの影が宙に飛び上がった。人間離れした跳躍力だが、それだけだ。

踏み込み、一閃させた細身の剣が、二つの命を刈り取った。受け身をとれぬ骸が、カイエンの左右の地面に激突した。

ちらりとマイ・バアルベクを振り返り、血の気の失われた白い肌に、カイエンは拳を強く握った。太守(アミール)の娘として、少女はそこにいた。

望むと望まざるとにかかわらず、人は生まれ落ちた場所で生きなければならない。

フランには、人ならざる力が。背後で震えている少女には、太守(アミール)の娘としての力があった。強大な力は、人に疎まれ、時に恐れられる。強すぎる力は対等の人間を作らず、一人孤独に生きていくことを、人に強いるのだ。

独り生きる。その意味で、二人は似ているのだ。

フランは全ての者を拒絶しようとした。そして、マイ・バアルベクは、全ての者に寄り添う唯一の存在であろうとしていた。

誰かと分かり合うことを諦め生きるその姿に、自分はフランを重ねてしまったのだ。

自分がマイに抱いていたかすかな苛立ちの正体も、ようやく分かった。

草原で決別したアルディエルもまた、一人で民を背負っていた。自分は、フランとアルディエルの二人を、少女の中に見ていたのだ。

何よりも大切であり、救えなかった二人の面影を——。

それは己の無力さを突き付けられているも同然で、カイエンは自分自身に苛立っていたのだ。

込み上げた感情を噛み殺し、カイエンはバアルベクに来て初めて、心の底から笑った。

百を遥かに超える暗殺者に囲まれてなお、マイを護るべきカイエンに、自分を囮にして逃げろと言う。その言葉に、カイエンは救われた気がした。

マイを救うことができれば、フランたちを救えなかった自分を、ほんの少しだけ赦せるかもしれない。

「さて」

振り切った剣閃が、気持ちのいい音を立てた。

敵の数は増え続けている。これだけの人数が集まれば市場（バザール）からも人が押し寄せてきそうだったが、恐らくここまでの道は封鎖されているのだろう。

救援は来ない。

ハーイル麾下の戦士（ムハリ）たちは、無残にも口から舌を出して地面に転がっている。サンジャルとバイリークもどこかにいるはずだが、この場に十名程度現れたからといって戦況が覆るとも思えなかった。

無駄死にさせることはない。その程度の判断は、サンジャルにもできる。バイリークはしっかりと身を潜め、バアルベクに駐屯する兵の動きを監視しているはずだった。

その動き次第で、内通者の有無が如実になる。

「――どうするつもりです」

不意に、カイエンの背後からマイのか細い声が聞こえてきた。肩を竦め、剣を翻した。どこか重苦しかった空気が消えていた。モルテザと戦った時も、ラージンと戦った時にも感じていた重苦しさだ。

「……必ず助ける」

こぼした言葉に、マイが言葉を呑み込んだのを感じた。

なぜ、マイ・バアルベクを護衛してきたのか。最初はラージンという抗いようのない相手に強いられたからだと自分に言い聞かせていた。

だが、それは違ったのだということにようやく気づいた。マイが攫われた時のことを考え、サンジャルやバイリークに周到な備えをさせたこともそうだ。

ただ自分は、フランに重ねてしまった少女を救いたかったのだ。

友を失い、フランへの想いも失った。草原での戦いの意味すらなかったのだとラージンに突きつけられた時、自分の愚かさに息をしていることさえ怒りを感じた。

だが、それはただの強がりに過ぎなかったのだと、今ならわかる。本心では理由が欲しかったのだ。奴隷としての刻印を押され、世界の中央まで飛ばされてきたが、だが世界は、大地は繋がっている。歩き続ければ、必ず銀色の髪の乙女に辿り着く。

再び立ち上がる理由を、自分は欲しかったのだ。

俺は――。

「マイ、君を助けるよ」

音なき足音の群れが、すぐそこまで近づいていた。

最後にもう一度振り返った先で、カイエンは自分を見つめる少女に笑いかけた。

第四章　二人の定め

I

大地が燃えていた。

比喩ではなく本心からそう呟くようになったのは、その者と出会った三年前からだ。燃えさかる大地を避けるように二万の兵を左右へ動かすと、まるでそれを待っていたかのようにシャルージ兵が丘陵の陰から現れた。

「……モルテザ、行け」

姿の見えぬ千騎長（アルフーム）の名を呟いた瞬間、シャルージ軍のさらに外側から馬蹄の音が響き、モルテザ率いるバアルベク騎兵が土煙を上げた。モルテザの横撃は敵陣を引き裂いていくように見えたが、エフテラームの巧みな采配によって勢いを殺されている。

「三年で、ここまで厄介な敵となるか……」

伝承が真実であれば、世界には十の人ならざる力を持つ者がいるというが、ラージン自身は、〈炎の守護者〉エフテラームの他に力を持つ者と剣を交えたことはなかった。諸侯（スルタン）の中でも最強を誇るカイクバード侯の下には、二人の〈背教者〉がいるとも言われるが、バアルベクからは遠く離れている。

ゆえに三年前まで、対抗できる者のいないラージンの存在は、バアルベクの武力を飛び抜けたものにしていた。ラダキアやダッカなどは、いたずらに兵を失うだけの戦を仕掛けてくることはなく、ラージンもまた戦乱を拡大するような愚行は避けてきた。

だが……。

「お前の出現によって、全てが崩れた」

自分の言葉に、悔しさが滲んだことに気づき、ラージンは溜息を吐いた。

丘陵の頂（いただき）に立つエフテラーム・フレイバルツの背後で、西日が落ちようとしている。

夕陽を従えるかのように騎乗する女騎士（ファーレス）は、一都市を率いるだけの威厳に満ちていた。

「撤退の合図を出せ。陽が落ちる」

森での夜戦は同士討ちの危険もある。エフテラームも同様の指示を出したのか、ぶつかり合いが激しくなったかと思った瞬間、弾けるように両軍が離れた。

礫の森の夜は、夏でも肌寒く感じる。天幕の中に用意された焚火の傍で、ラージンは膝を組み、頬杖をついていた。敵もまた成長している。そう思うと、ラージンは心の底がざわつくようだった。

このままでは、この先のバアルベクを護ることはできないかもしれない。エフテラームという自分に並ぶ者が現れ、そして遥か東からもエルジャムカ・オルダという災いが近づいてきている。

「考えを改めねばならぬか」

「どう改める？」

聞こえてきた足音に向けて放った言葉は、正確に打ち返されてきた。兜を脇に抱えたモルテザが、頬の返り血を拭った。

「エフテラーム嬢は、以前よりも鋭い指揮をする」

「お嬢さんと言うほど年は離れていないだろう」

「エフテラームの方が二つばかり若いのかな。少なくとも、あんたより二十は若い」

「正確な数字はありがたいが、私と比べるのは余計だ」

自分が気にしていることを正確に衝いてくるあたり、モルテザらしい。戦いの興奮がまだ抜け切っていないのか、灰色の目は普段よりも鋭く光っている。

「お前もエフテラームも若いな。私がバアルベクの騎士（ファーレス）に叙任された十年前とは、戦場に現れる将の名も大きく変わっている」

「十年前、バアルベクの騎士(ファーレス)と言えば、泣きわめく赤子も泣き止むほどのものだったそうだが」

「赤子が泣き止むのは、私を見て満面の笑顔になるからだ」

肩を竦め、ラージンは従卒が運んできた珈琲に口をつけた。森の夜は急速に冷え込む。バアルベク三万の兵も、哨戒(しょうかい)兵を除いて天幕の中に入っていた。

白い息が、空気に舞い上がった。シャルージの騎士(ファーレス)も、この闇の中で温かい飲み物でも手にしているのだろうか。

「この十年、英雄とそう呼ぶべき者が、現れては消えていった。その度、敗けるかもしれぬと恐怖し、それでも勝ち続けてきた」

鎧についた傷は、つけた相手の顔も名も鮮明に覚えている。

「……エフテラームをどう見る？」

「英雄に、なりそうだ」

「すでに女神とは呼ばれているな」

「空想の神よりも、実在する英雄の方が厄介なものだ。神は人を生かしも殺しもしないが、英雄は多くの命を奪った者のことを言う」

肩を竦めて頰を緩めると、ラージンは地面に腰を下ろした。

「新たな強者によって時代がつくられるとするならば、エフテラームは間違いなくその資格を持っている」

目を細めたモルテザを、人差し指でさした。

「お前もだ。モルテザ」

「バアルベクの騎士(ファーレス)にそう言われるのは光栄だが……私にはエフテラームに勝てるだけの力はない」

「腕はあるだろう」

軍の動かし方であれば、モルテザに一日の長がある。自分がエフテラームを抑えることができれば、モルテザがいるかぎりシャルージとの戦にも敗けることはないはずだ。

「――私が老いてエフテラームに後れを取る前に、やらねばならぬか」

「シャルージを？」

こちらを向いたモルテザの瞳に、かすかな驚きが走っている。これまで侵略戦争を否定してきたのだ。驚くのは当然だろうと思った。

「それをなさねば、マイ様の御代(みよ)にバアルベクは滅びるかもしれぬ」

だが、それをなすには――。

「――駒が足りぬ」

拳を握りしめ、ラージンは息を吐き出した。

「ラダキアとダッカを食い止める将か」

「うむ。エフテラームのいるシャルージを討つには、私とお前の二人がかりでなければ難しい。敵方にイドリースという猛将がいることを考えれば、他四人の千騎長（アルフーム）も必要になるだろうな」

せめてあと一人モルテザに並ぶ戦巧者がいればと思うが、四人の千騎長（アルフーム）の中にそこまでの者はいなかった。期待して育ててきた者たちだが、あるところから壁を破れていない。

「大局から戦場を見ることができる将があと一人いれば、その者にバアルベクの護りを任せることができる」

一人、これはと思う男がいる。調練での動きを見れば、戦を知っているとすぐに分かった。実戦で培った動きは、さらに実戦を重ねることで磨かれるとも。

だが、その男は深い絶望に包まれている。

まだ見ぬ幻想に期待を抱くのは、愚か者のすることだ。脳裏に浮かんだ目つきの悪い男の姿を消し、珈琲を飲み干した時だった。不意に後衛が騒がしくなるのを感じた。

「……どうやら、急使のようだな」

身体に絡みつくようなモルテザの声が響いた。

不気味な風が、森の中を吹き抜けた。

「……何かの間違いだろう」

額に手をあてるモルテザの呻きは、ラージンの願望を的確に言い表していた。震える急使は、バアルベクから三日、夜も寝ずに馬を飛ばしてきたのだろう。頬はこけ、窪んだ目はうつろだ。

「どうするつもりだ」

モルテザの視線が、ラージンの手元に広げられた羊皮紙に向けられた。羊皮紙の一番上には、バアルベクの太守（アミール）紋である漆黒の鷲の印が押されている。

「太守（アミール）の命令だ。戻らぬわけにはいくまい」

マイが攫われた。すぐに、すぐに戻ってきて欲しい。羊皮紙に躍（おど）る震えた文字は、アイダキーンの動揺を表してあまりあった。

この事態を想定していなかったわけではない。

だからこそ、カイエンにマイを託し、誘拐に対する備えは万全にしてきたはずだった。暗殺教団（ハシャーシン）の手の者といえど、カイエンを制することは至難の業のはずだ。それを突破したとなると、相当の手練れか、もしくは抗いようもないほどの人数だったのか。

「傍の護衛は、どうした？」

ラージンの問いに、目の焦点が合っていない急使が何度か息を吸い込んだ。

「四十人ほどの敵を斃したところで力尽きたと」

四十という数字に、モルテザが息を呑み込んだ。

姫の拉致は、膠着した礫の森の戦況を打破するにはこれ以上ない手だが、それ以前から、バアルベクは封鎖されていた。となれば、敵はラージンが出陣するよりも前から潜り込んでいたことになる。

「……内応者がいるかもしれぬ」

「その可能性は高いだろうな」

モルテザが顔を俯けた。

「――十日。十日であれば、エフテラーム、シャルージ軍両方を相手にして持ちこたえて見せよう」

顔を上げた若き千騎長の瞳に、怒りが浮かんでいた。

「妹同然に育ってきた……。もしもマイ様の命が救われるのであれば、私は木の根に噛みついてでも、シャルージ軍をここに引き留めてみせる」

くぐもった声だった。

太守(アミール)と同じ姓を持つ青年の言葉に、ラージンは南十字星の輝く夜空を見上げた。

今戦場を離れれば、もしかすると明日にでもバアルベクは滅ぶかもしれない。だが、ここで離れなければ、遠からぬうちバアルベクの滅びは確かなものとなる。

――アイダキーン様。

そう呟いたバアルベクの騎士(ファーレス)は、意識を失って倒れ込んだ急使に毛布をかけた。

三日でバアルベクに戻り、そして暗殺教団(ハシャーシン)を滅ぼすのに四日。多くの兵は割けないが、これがシャルージの策と考えれば、どこかで埋伏された軍が襲いかかってくるはずだ。

「狼騎を五百、連れていく」

頭を下げたままの千騎長(アルフーム)が頷いた。

ラージンが戦の中で育てあげ、いつしか狼騎と呼ばれるようになった精鋭部隊であれば、二千ほどの敵ならばものともしない。

「十日で戻る」

そう言い捨てると、誇り高きバアルベクの騎士(ファーレス)は曳かれてきた黒馬に飛び乗った。

馬上の人となったラージンが暗闇に消えてからしばらく経った時――。

ゆっくりと頭を上げたモルテザの頬に滲んだのは、葬儀の主役へと向けられた皮肉げな笑みだった。

II

襤褸（ぼろ）を身に着けた男が、息を切らして転がり込んできた。

この二日で埃一つ残らないほど、綺麗に掃除した床が水浸しになるのを見て、バイリークは辛うじて舌打ちを堪えた。

ここまで死に物狂いで走ってきたはずだ。息を嚙み殺し、バイリークは椅子の上に畳んで置いていた毛布を一枚、男の肩へかけた。

「ご苦労だったな」

震える手を拭ってやると、男は項垂れるように身体を丸めた。

「サンジャルは？」

「敵の中に」

男の言葉に、バイリークは安堵の溜息を吐いた。

どうやら、軽挙のきらいのある幼馴染は、命じられたことをやり遂げたようだった。

「鍋の中に水牛のスープがある。ついさっき火を落としたばかりだから、まだ温かいはずだ。飲んで休め」

ふらふらと立ち上がった男が、三歩ほど歩いたところで床に倒れ込んだ。小さく息を吐き出し、奥の部屋の寝台まで男を運ぶと、バイリークは鍋から煮崩れした肉をつまみ上げた。

口の中に放り込むと、柔らかな酸味が口の中に広がった。

「まともな飯を食べられるのは、次はいつになるのか」

バイリークは壁にかかっていた外套を着こむと、隠れ家の酒場を後にした。

バアルベクの姫が誘拐されて二日経っていた。

十騎長（セリーム）としてカイエンが率いる十人は、暗殺教団（ハシャーシン）との戦いでの戦死を装い、バアルベクの闇に溶け込んでいる。規則の目が強い軍属のままでは、内通者を探るのに不都合だというカイエンの策だった。

バアルベクの街は、姫の誘拐を知った多くの民が悲しみにむせび泣いた。だが、マイ救出のために前線の指揮官ラージンが呼び戻されたという噂が流れると、今度は太守（アミール）に対する非難で溢れかえった。

噂の流れ方は実に巧妙で〝これで愛すべき姫が救われる〟という声も、いつの間にか圧し潰されている。軍営にいては気づかなかったであろう噂の流れ方は、どこか嫌な感じがした。

居住区のうつろな建物の影を縫うように走りながら、バイリークは静まり返る街を注意深く見渡した。

白昼堂々の誘拐劇は、その日のうちにバアルベクの民に広まった。襲撃の規模が予想を超えて大きかったこともあるが、それ以上に現場に残された屍の多さが、民にとって衝撃だったのだろう。

しかし、残された骸の凄惨さ以上に際立っていたのは、意識を失ってなお剣を構えるカイエン・フルースィーヤの姿だった。返り血で肌の色も分からないほどに赤く染まり、荒ぶる息は地面を揺らしているようでもあった。

四十人以上の暗殺者がカイエンの剣に斃れた時、一人の暗殺者がマイ・バアルベクの腕を摑んだ。

刹那、暗殺者の首が飛び、マイに鮮血が降り注いだ。遠目に見ていたバイリークは、カイエンの神業に驚くと共に、カイエンを見つめる姫の度胸に息を呑んだ。

声をあげれば、民が来るかもしれない。それが分かっているからこそ、絶望的な状況でもバアルベクの姫は声をあげなかった。

その姿に、バイリークは不覚にも胸を打たれた。

この街を、飛躍の足掛かりにする。その想いは今も変わってはいない。だが、あまりにも純粋に民を想う少女の姿に、少しだけ自分の浅ましさを感じ目を細めてしまったのだ。

そんな姫を救い出すため、カイエンはサンジャルとバイリークに策を授けた。いるかいないか分からない内通者への備えとしては、少々大げさすぎると思っていたが、予想を超えた襲撃が現実となった時、バイリークは全身に鳥肌が立ったのを覚えている。

それは、圧倒的な才能への感動だった。

最初は、自分よりも少し腕が経つ程度にしか思っていなかった。バアルベクで成り上がるためには、力ある者を利用することが早い。カイエンの下についていれば、それも容易いことだと思っていた。

だが、違う。

胸の中で揺れるこの思いは、確信だった。

あの青年は、バアルベクなどでは終わらない。カイエン・フルースィーヤという青年に見たのは、あまねく強者を統べ、圧倒的に強大な敵にもひるむことなく立ち向かう姿だ。

マイが連れ去られ、骸の中央で意識を失ったカイエンは、城から駆け付けた戦士（ムハリ）たちに運ばれていった。生きているのか死んでいるのかも分からない状態だったが、あの戦いは彼にとって必要なことだったのだと今にして思う。

カイエンは、あの戦いで間違いなく何かを取り戻した。

それが絶望からの脱却なのかは分からないが、少なくとも剣を振るうカイエンからは空虚なものは感じなかった。

彼と共に歩めるのならば——。

自分がこうしてバアルベクの闇に潜むことには必ず意味があると思った。

マイ・バアルベク誘拐の背後に隠れた者が望むのはなにか。

マイを攫うことができれば、シャルージ軍とバアルベク軍の膠着は崩れる。だが、両軍が膠着する以前から、バアルベクの街は封鎖されていたのだ。マイを狙う者は、それよりもずっと前から潜んでいたことになる。であれば、誰が、何のために——。

『姫を攫われても、害を得ぬ者は誰か』

カイエンは、寂れた酒場の二階で、確かに何者かを見据えていた。

「利を得る者はシャルージ」

路地裏で立ち止まったバイリークは、通りの向こう側、闇の中で灯が光る窓を遠目に見据えた。

「利を失うのは、バアルベク太守（アミール）アイダキーン」

マイ返還の条件がいかなるものになるかは分からない。だが、動揺したアイダキーンは、戦場にいるラージンに帰還命令を出したとも言われている。

戦場に残されたバアルベク軍が敗北するような事態になれば、民の怒りの矛先は、ラージンを戦場から帰還させたアイダキーンに向かうだろう。いかに民を慈しんできた太守（アミール）とはいえ、自分たちを滅びの淵に立たせた主を称えるほど、民は優しくない。

そうなれば、民は誰を新たな太守（アミール）へと望むのか。

「――太守（アミール）の座を望む者か」

呟いた時、バアルベクで最も大きい商館（カイサリーヤ）の灯火が、少しばかり早い涼風に揺れた。

III

バアルベクの城門を潜ったラージンが広がる街並みから感じたのは、民の恐怖だった。現れた騎士（ファーレス）の姿に安堵している者もいれば、戦場にいるはずの騎士（ファーレス）がなぜここにいるのだと驚愕の色を浮かべている者もいる。群がる民衆のほとんどが後者であることは、商人の街であるバアルベクらしいとも思ったが、忌々しい気持ちが込み上げてきたことも事実だった。

バアルベク軍がシャルージに敗北すれば、商いへの影響は免れない。どころか、シャルージがバアルベクを占領する事態になれば、シャルージ太守（アミール）の課す人頭税は現在のものよりも高額になるだろう。沿道に並ぶ無数の民を制し、ラージンは馬腹を蹴り上げた。

背後には、灰色の甲冑に純白のスカーフを巻きつけた五百の狼騎が続いている。罪人で構成される狼騎は、平時は街に入ることを許されていない。ラージンの剣とも呼ぶべき戦士（ムハリ）たちの姿は、民にいかなる印象を与えるのか。

安堵か、それとも弔鐘（ちょうしょう）か。

『民を安堵させることこそが、国の礎（いしずえ）だ』

そう言い続けてきたアイダキーンの言葉を思い出し、ラージンは馬腹を締めた。絡みつく民の視線を撥ね除けるように、馬足を上げた。

マイを拉致された原因が、アイダキーンが頑なに街への下向を諦めなかったことにあることは、ラージンもよく分かっている。これでバアルベクが滅びれば、その遠因は太守（アミール）にあると責められることも必定だ。

だが、そんなことはさせない。

手綱を握る拳に、力が込もった。

中央政庁の門前で手綱を引き、狼騎五百をその場で待機させると、バアルベクの騎士（ファーレス）は時を惜しむように愛馬から飛び降りた。

二層づくりの橋梁（きょうりょう）は、下の層に水が流れているためか、涼しい空気に満たされている。石畳の道を駆け抜け、庁舎に飛び込んだラージンを待っていたのは、あまり顔を合わせたくない男だった。

「これは、危急の帰陣痛み入る」

肥えた身体を揺らして近づいてくるバアルベク政務補佐官に、ラージンは会釈をした。

「今すぐ、太守（アミール）にお目通りを」

お前に用はない。言外に込めた意図には気づいたであろうが、ハーイルが見せたのは苦渋の表情だった。

「それは叶いませぬ」

「なんだと？」

睨みつけた先で、ハーイルが首を横に振った。

「姫が拉致されて以来、太守（アミール）はご錯乱遊ばしております。自室で暴れ狂い、自らのお身体を傷つけられる様はまるで凶霊に憑かれたかのような……」

言葉が過ぎると自分でも思ったのだろう。ハーイルが息を吐き出し、窓の外に見える古城へ視線を向けた。

「今、従者がお身体を寝台に拘束し、なんとか落ち着いていただいております。ラージン殿が姿を見せれば、再び手のつけようのない狂乱に陥るやもしれませぬ」

「私は太守（アミール）に呼ばれたのだ」

「それが正気を保たれていたアイダキーン様の、最後のお言葉でした」

詰め寄るように言ったラージンに気後れすることなく、ハーイルが言い切った。

「ラージン殿。貴殿の使命は、一刻も早く姫君をお救いし、太守（アミール）の御心を鎮めることです。用意はすでに整っています」

「用意？」

聞き返したラージンに、ハーイルが長大な机の上に広げられた地図を指さした。

「姫が拉致された場所は、すでに突き止めてあります」

「それはいかにして？」

疑うような視線を向けたラージンに、だがハーイルが見せたのは怒りに燃える瞳だった。

「――私の息子も、賊に殺された」

腹の底から出された声に、ラージンは思わず口を閉ざした。

「ラージン殿。姫君を救い出すことが、第一義だ。だが、そこに私怨（しえん）が混じっていることを許してほしい」

そう言って頭を下げるハーイルに何と声をかけるべきか、ラージンは言葉を失った。気を遣わせたとばかりに、ハーイルが力なく項垂れた。

「兵はいかほど連れて戻られた？」

「狼騎五百を」

「あの大罪人たちですか……」

そう言いかけ、ハーイルが首を横に振った。

「今はそんなことを言っている場合ではありませんな。それに、あ奴らはラージン殿の命令にしか従わぬ」

「彼らもれっきとしたバアルベクの戦士(ムハリ)です」

「分かっております。しかしことはバアルベクの存亡に繋がること。こちらで用意した兵五百も加えていただくよう」

足手まといになるだけだという言葉を呑み込み、ラージンは目を細めた。シャルージの陰謀の全容が分からない以上、万全を期すべきことは確かだった。

「なにか、用意すべきものはありますか？」

ハーイルの言葉に、ラージンは束の間考え、目つきの悪い青年を思い浮かべた。

「一人、カイエン・フルースィーヤを加えてください」

「カイエン……姫君の護衛ですか」

「あの者は、千騎長(アルフーム)にも並ぶ腕を持っています」

それは方便に過ぎなかった。

マイの前に立ちはだかり、四十名の敵を屠った青年が、まともに動けるとは考えづらい。だが、バアルベクに置き去りにすれば、内応者によって口封じのために殺されることは目に見えていた。

「まだ意識すら戻っていませぬが」

「私に人ならざる力があることはご存知でしょう」

人を癒す力などはないが、その言葉にハーイルがどう反応するかが知りたかった。内応に関係しているのであれば、引き留めるか。

束の間の沈黙の後、ハーイルが深く頷いた。

「……戦闘馬車(チャリオット)を用意しましょう」

Ⅳ

この男が、次期バアルベクの騎士（ファーレス）と目されているモルテザ・バアルベクか——。

白銀の甲冑を深緑の外套で覆い、その背には二本の短槍がある。しかし、戦装束の猛々しさとは裏腹に、青年から放たれる気配は物静かなものだった。双眸を黒髪で隠す青年に、エフテラームは少々意外な印象を受けた。

戦場のモルテザは獰猛であり、兵を率いて先頭を駆ける姿は、バアルベクの死槍の異名で恐れられている。だが、現れた青年の瞳は、どちらかと言えば冷徹な策士の気配が強い。

戦場となっている礫の森からは、二ファルス（十キロメートル）ほど離れている。霧に包まれた早朝のレウニ湖の水面には、しんとした冷たさが広がっていた。

柔らかな砂のほとりを踏みしめ、エフテラームは青年に近づいた。

「シャルージ騎士（ファーレス）、エフテラーム・フレイバルツです」

周囲には自分とモルテザしかいない。

戦えば万に一つも自分が負けることなどありはしないだろう。だが、モルテザから溢れる覇気は、狡猾な策を弄（ろう）する小悪党のそれとは違った。戦えば負けない。だが、勝ちきれもしないだろうという、漠たる気配が漂っている。

水面から視線を外したモルテザが、分からないほど小さく頭を下げた。

「バアルベク軍千騎長（アルフーム）、モルテザ・バアルベク。戦場以外では初めてだな」

身に着けている鎧は、さすがに近隣随一の威勢を誇るバアルベクの軍人だけあって、細緻な装飾が星明かりに輝いていた。戦場でも麻の単衣しか身に着けない自分と比べれば、いかにも戦場の勇者といった風だ。

「バアルベクの騎士（ファーレス）ラージンは戦場を離脱したようですね」

「〈守護者〉として〈背教者〉を討たねばならぬ。貴女のその使命に水を差す気はなかったが、これも策のうちだ」

青年が口にした策と、自分の知っている策では中身が違うことに、モルテザは気づいているのだろうか。ハーイルとシャルージ太守（アミール）の密約には、モルテザ・バアルベクの死までが含まれている。

思いを悟られぬよう、エフテラームは目を細めた。

「私はシャルージが勝てばそれでいいのです。〈背教者〉たるバアルベクの騎士（ファーレス）が死ねばそれでいい。勝つのが私でなくとも、殺すのが私でなくとも構いません」

「……それは本心か？」

「どういうことです？」

　モルテザが髪をかき上げた。想像していたよりもずっと綺麗な顔をしている。だが、その灰色の瞳に浮かぶのは、見る者を焼き尽くすような野心の光だった。

「本心ならば、貴女は今すぐにシャルージ軍を捨てるべきだ」

　突然何を言い出すのか。突拍子もないことを言い出したモルテザが、微苦笑を浮かべた。

「別に錯乱しているわけではない。シャルージ太守（アミール）とバアルベク政務補佐官の姑息な策に乗ったふりをするのは、少々息苦しくてね」

　囁くようなモルテザの言葉に、エフテラームは鼓動がわずかに速くなるのを感じた。

「シャルージの悲願は、ラージンを殺すことだろう。なにせ彼が騎士（ファーレス）となって十年、シャルージ軍は苦杯を舐めさせられている。私の自意識過剰でなければ、おそらくシャルージ太守（アミール）の怒りの矛先は私にも向けられているかもしれない」

　この男は、シャルージ太守（アミール）とハーイルの密約を見抜いているのか。もしそうならば、むざむざと殺されるような男でもないだろう。小細工はしない。こちらが予想もせぬところで仕掛けてくるのがモルテザという男だった。シャルージ領まで踏み込んできた初戦の兵站基地奇襲が、この男の策士としての器を物語っている。

警戒に気づいたのか、モルテザが首を横に振った。

「ハーイルは全てを操った気になっているが、実際は身の丈に合わぬ力に操られているだけだ。私が死んだ後、あの愚かな男がいかにシャルージ軍と戦うのかは興味深いが、残念ながら素直に殺されてやるわけにはいかない」

「約定（やくじょう）はラージンを討つところまでです」

エフテラームの否定の言葉に、モルテザが苦笑した。

「まあ、今はそれでいい。だが、ラージンが死ねば、この地の均衡は大きく崩れる。その時、私は手を拱（こまね）くわけにはいかない」

不意に、モルテザの姿が実物よりも大きくなったようにも感じた。

「貴女も一国の騎士（ファーレス）。牙の民の存在は知っているだろう」

「……それはもちろん」

牙の民は瀛（うみ）の民を狙っている。シャルージの太守（アミール）からはそう聞いていた。

「牙の民の王エルジャムカ・オルダは、史上屈指の戦巧者だ。今は瀛（うみ）の民を見ているかもしれないが、明日には我らの視界から見える地平線上に現れることもありえる」

にわかに信じられないことではあるが、それを口にしているのは、シャルージの並みいる将を戦場で敗死させてきた戦人だ。浅はかな妄想だと断ずることはできなかった。

「本来、太守（アミール）たちを統べるべき四人の諸侯（スルタン）は、終わらぬ戦に明け暮れている。二人の〈背教者〉を擁し、四人の中でも隔絶した武力を持つカイクバード侯ですら、終戦の目途を立てられていない。戦（いくさ）の民が滅びの淵にいることを、誰も分かっていない」

　そう言って拳を握りしめたモルテザが、ゆっくりと拳を前へ突き出した。

「ラージンが死ねば、この地に力を持つ者はエフテラーム殿の他はいなくなる。だが、領土拡大に消極的だったラージンと違い、シャルージの太守（アミール）は若く野心も大きい。となれば、周辺都市は連合してシャルージを滅ぼそうとする」

「かもしれません」

　モルテザが頷いた。

「いかにエフテラーム殿が強くとも、二つの戦場で勝つことはできまい」

「イドリースがいます」

「あの御老公では、私にすら勝てぬ」

　突き出された拳が槍の穂先のようにも感じた。否定できない言葉にエフテラームが口ごもった時、モルテザが小さく頭を下げた。

「イドリース殿を貶（けな）すつもりはない。だが、ラージンが死ねば、四人の諸侯（スルタン）の愚かな戦いが、ここでも繰り返されることになる」

モルテザの拳がゆっくりと開かれ、掌が向けられた。

「私は英雄を求めているのだ。東方世界(オリエント)の覇者(ハーン)から民を護ることのできる英雄を」

「――求めて、どうするのです？」

これ以上喋ると危険だと思いながら、モルテザの妖しげな魅力にエフテラームは思わず聞き返していた。

「四人の諸侯(スルタン)を討ち、世界の中央(セントロ)を統一する。さもなくば、東方世界(オリエント)の覇者(ハーン)によって我らは滅びるしかない」

大地を抉る雨のように激しい言葉を耳にして、エフテラームはようやくモルテザの覇気の理由が分かった。シャルージ太守(アミール)の金儲けの生臭い野心とも違う。この青年は、本気でこの地を護るために立とうとしている。

モルテザの指先が、かすかに動いた。

「貴女の力が、私は欲しい」

差し出された手をどうすべきなのか。青年は握り返されることを期待しているのか。

「戦の最中に人材登用とは、面白い方ですね」

前髪に隠れた灰色の瞳を見たいなと思い、エフテラームは苦笑した。陰気な見かけほど、この男を嫌いになれない自分がいる。

「今の言葉は聞かなかったことにしましょう。モルテザ殿に正義があるように、私にも譲れない正義があります。まずはラージンを討つことに専念しましょう」

ゆっくりと閉じられる拳を惜しむように見送り、エフテラームは腕を組んだ。言外に込めた意思に気づいたのか、黒髪の隙間から見えた灰色の瞳が輝きを増したような気がした。

モルテザが息を吐き出した時、その頬から優しげな笑みが消えた。

戦場から離脱したラージンをどこで討つか。全身に覇気を漲らせる青年が口にしたのは、騎士たちの城（クラックドシュバリエ）と渾名される天空の城だった。

V

金貨の袋を握らせると、儀仗兵の顔いっぱいに下卑(げび)た笑みが浮かんだ。表情を収めろと首を横に振り、外で待つようにハーイルは指示した。

駆け去っていく年嵩の男の背を、自分が太守(アミール)になったら真っ先に処刑すべき者としてハーイルは心に焼き付けた。自分に利する者には、餌はやる。だが、飼うつもりはなかった。主人以外にしっぽを振る犬など、駄犬でしかない。

鼻から息を抜き、ハーイルは鉄門の先で待つ男に会うため、身なりを軽く整えた。この数日で酷く憔悴(しょうすい)しきっている。その男に活を入れることが、今の自分の役目だった。

活を入れ、死地に送り込むことが――。

込み上げてくる笑いをこらえ、ハーイルは両手で扉を開け放った。

「政務補佐官ハーイル、参りました」

今日ここに来るとは伝えていない。焦燥を顔に浮かべ、ハーイルは心持ち小走りに部屋の中に駆け込んだ。

　窓際の椅子にもたれかかり、西日を眺めるバアルベク太守（アミール）が、やつれた顔でこちらを見つめていた。

「ハーイル……」

「ラージン殿が戦場を離脱しました」

　アイダキーンの瞳が、かすかに揺れた。

　この数日、アイダキーンの耳に入る情報は全てハーイルの監視下にあった。ラージンがバアルベクに帰還したことも、そして再びマイを救うためにバアルベクを後にしたことも、この老人はまだ知らない。

　老人の中で、澱のように停滞した思考がゆっくりと動き始めるのをハーイルは感じた。

「……どういうことじゃ」

　口元をわななかせる老人が、いきなり立ち上がり、ハーイルの両腕を摑んだ。

「ラージンが、戦場を離脱したじゃと!?」

　壁の灯火が揺れるほどの叫び声だった。

　混乱しているのか、瞳はまだ濁っている。だが、わずかに生気を取り戻したようだった。

　アイダキーンの両肩に手をあて、ハーイルは老太守（アミール）を椅子に座らせた。

「バアルベクの騎士（ファーレス）は、姫の救出に向かわれたとのこと。十日で戻るとモルテザに伝え、狼騎と共に戦場を離れたようです」

嚙み締めるようにアイダキーンの瞳が震え、そして涙が溢れ出した。

「あの、大馬鹿者が。マイのことなど、見捨てろと言ったじゃろうに」

声を震わせる老人の背をさすり、ハーイルはゆっくりと首を横に振った。

「ラージン殿のお気持ちもよく分かります。姫は、太守（アミール）にとってたった一人のお子。太守（アミール）がどれほど大切にされてきたのか、最もよく知る方です」

これほど親身な声音を出せるとは、自分でも驚きだったが、ハーイルはどこか世界を操っているような優越感に浸っていた。

マイが攫われたその日、アイダキーンは唇から血を流しながら、実の娘を見捨てる決断を下した。

今ここでラージンが戦場から離れれば、エフテラームを擁するシャルージ軍に圧倒される。そうなれば、南北のダッカ、ラダキア二都市の侵攻を招きかねず、その日のうちにバアルベクは滅びるだろう。

〝娘の死と引き換えにしてでも、民を護ることが自分の務めじゃ〟

そう言い切ったアイダキーンは、身体をわななかせながら、戦場に檄文を送るようハーイルに命じた。

決して戦場から離れることなかれ――。

そう書かれた書簡を破り捨て、即座にバアルベクに戻るようにという書簡にすり替えたのは、ハーイル自身だ。アイダキーンには、ラージンを戦場から離脱させ、バアルベク敗北のきっかけを作った愚か者となってもらう必要がある。

理不尽な命令であろうとラージンは必ず従うと、ハーイルには分かっていた。

周到に準備をしてきたのだ。アイダキーンの筆跡を真似る練習は、十年前から繰り返してきた。今では傍仕えの従者ですら見分けられぬほどだ。見破られぬかどうか、幾度かラージンで試しもした。

ラージンがバアルベクに戻ったことがアイダキーンの耳に入らぬよう、古城に仕える者全てを手懐(てなず)けてもきた。背信を快(こころよ)く思わぬ者は人知れず路地裏に殺し、十年をかけてハーイルの色に染め上げたと言っていい。

あとは、取って代わるだけの大義名分を手に入れさえすれば――。

目の前で涙を拭う老人を前に、ハーイルは悲願の成就が間近であることを確信していた。

老いた太守(アミール)では、バアルベクは守れない。

バアルベクの民がそう叫び、新たな主としてハーイルの名を叫ばせるための総仕上げまでは、もう一歩だった。

「予想外のことではありますが、ラージン殿であれば必ずや姫をお救いになられましょう」

「……あの馬鹿者は、自分の身を傷つけてでもやり遂げるじゃろうな」

人ならざる力を使う者は、大いなる代償を払うという。それが何なのかハーイルは知らないが、モルテザはマイ救出で弱ったラージンを討ち取ると言っていた。

頷き、ハーイルはアイダキーンの視界に入るように跪いた。

「これで姫のことはご心配されることはありません。ですが……」

口ごもり、ハーイルは意を決したかのようにアイダキーンを見上げた。

「ラージン殿が離れた戦場ではモルテザ殿が奮戦しております。しかし敵は〈炎の守護者〉エフテラームと、長く我らを苦しめてきたイドリース。先ほど、我が方が戦場で大きく敗れたとの報が」

「なんじゃと、モルテザは無事なのか？」

息を呑んだアイダキーンが、自らを落ち着けるように息を二、三度吸い込んだ。

「はい。なんとか立て直し、ホムス高原に陣を敷いたとのことです」

「さすがは、儂の甥じゃが……戦況は苦しいということか」

　アイダキーンの瞳には、すでに理知の輝きが戻っている。ここまでくれば、もう余計な言葉はいらなかった。

「敵は四万。中央にはエフテラームの炎の紋章旗が翻っております。士気も天を衝くほどに高く――」

「ラージンはどれほどで戦場に戻ることができる」

　遮るようなアイダキーンの言葉に、ハーイルは少しだけ考え、口を開いた。

「四日から五日。ですが、姫がおわす以上、そのまま戦場に向かうことは無理でしょう」

　アイダキーンが立ち上がった。

「……儂が、戦場に出るしかあるまいな」

「太守（アミール）が御出陣されれば、確かに兵の士気は上がりましょうが……」

　困惑するようなふりをして、ハーイルは苦渋を顔に滲ませた。

「それしか、この状況を凌（しの）ぐ術はない」

　立ち上がったアイダキーンが、窓の枠に手をかけた。先ほどまでの意気消沈した老人の姿はそこにはなく、それどころか何歳も若返ったかのような気配を見せるバアルベク太守（アミール）の姿があった。

「ハーイル、留守は任せる」

——どこまでもこの老人は、分かりやすい。

期待通りの言葉を頭上に受け、ハーイルは小さく唸った。

「……それでは」

急ぐように歩き出した太守（アミール）の足音が去るまで、ハーイルは赤い絨毯の上で跪く姿勢を変えなかった。

これで跪くのは人生で最後だと思えば、名残惜しくもある。

ラージンは暗殺教団（ハシャーシン）とモルテザによって死に、モルテザとアイダキーンは戦場に散る。

あの小賢しい千騎長（アルフーム）は、裏切られたと知ってどんな顔をするのか。

青年が生きているうちに、それを確かめられないことだけが心残りだった。

VI

騎士たちの城(クラックドシュバリエ)との異名を持つベリア砦は、まさに難攻不落の要塞だった。

八つの城塔を堅牢な城壁が結ぶその砦は、急峻な断崖の頂上にそびえたち、攻め上がることのできる道は南側のみ。その南の道にしても、鋭角に切り取ったかのような角度の坂道になっている。遮るものがなに一つない砂の道を無策に進めば、城壁から矢の雨が降り注ぐだろう。

聖地回復の拠点として築城され、数多の先祖の血で舗装されたであろう砂の道を見上げ、ラージンは馬の手綱を握りしめた。

百余年前、拝火教の聖地バルスベィ回復を目的とした四十万の西方世界軍(オクシデント)襲来は、戦(いくさ)の民にとっては、まだ記憶に新しいことだ。聖地回復などという崇高な理想とは裏腹に、東西交易を牛耳る商人たちに操られた大軍は、殺人を禁じる神の名のもと、異教徒という名の人でない者たちを殺してまわった。

西方世界（オクシデント）の軍勢を追い返すために、どれほどの同胞の血が流れたのか。

「厄介な舞台を用意しおって」

雲一つない青空を背後に、悪びれるどころか威風堂々とさえしているように感じるベリア砦に、バアルベクの騎士（ファーレス）は思わず舌打ちした。

北部防衛の要として、常に二百名の歩兵が駐屯していたはずだが、あくまでベリア砦が真価を発揮するのは通常の軍に対してだ。夜陰に紛れてどこからともなく湧き出る暗殺教団（ハシャーシン）の暗殺技能者たちに、なす術もなく殺し尽くされたであろうことは容易に想像できた。

「シェハーヴを呼べ」

バアルベクの騎士（ファーレス）の命令は即座に伝達され、十数えぬうちに屈強な戦士（ムハリ）がラージンの前に現れた。全身を覆う灰色の甲冑と、首に巻かれた純白のスカーフは、まだ若い男が狼騎であることの証である。口元を隠すように漆黒の布を巻きつけ、槍を携える者が多い中、一人だけ半月刀（シャムシール）を背に負っている。

黒い髪を油で固め、狭い額の下には一徹そうな鳶色の瞳がある。

信頼する男の頷きに、ラージンは後方を一瞥した。広がる砂の大地には、人の影は見えない。

「政務補佐官の兵は？」

「半日もすれば到着するかと思いますが、待たずに始めますか？」

そう言ってベリア砦を見上げたシェハーヴの顔には、疑わしげな表情があった。

「敵の狙いは、明らかにあなたの首でしょうな。あそこまで潔いと、かえって敵を褒めたくなるもの」

苦笑ともつかぬ笑みをこぼすと、シェハーヴは堂々と開け放たれた両開きの城門から視線を外し、ハーイルにつけられた案内人を指さした。

「見張りはおらず人の気配もない。まあ、訓練された技能者ですから気配を殺すことは容易いのでしょうが」

殺しますよ。言葉とは別に口の形がそう動いた。

「裏切り者はハーイルだと？」

シェハーヴが首を横に振った。

「確証はありません。が、姫君が連れ去られた場所を知っている時点で、疑いは濃い」

吐き捨てるように呟いたシェハーヴが、再びベリア砦を見上げた。

「速戦で決めなければ、政務補佐官麾下の五百が到着します。万が一、内通者がハーイルであった場合、我らは前後から挟み撃たれることになります」

「挟撃されたとしても、お前たちが敗れるほどの敵ではあるまい」

「暗殺教団(ハシャーシン)と政務補佐官麾下の兵だけであれば」

信頼を乗せた言葉に、やめてくれというようにシェハーヴが肩を竦めた。

「それだけではないと？」

「拙僧(せっそう)がそう考えずとも、騎士(ファーレス)はそうお考えのはずです」

当たり前のことを言わせるなという部下にあるまじき態度に、ラージンは思わず苦笑した。言葉遣いこそ丁寧だが、狼騎を構成する五百騎はかつてバアルベクへ叛旗を翻した者たちだ。決して敵わぬことを知っているがゆえにラージンに従っているが、その枷(かせ)が外れたらどうなるか。

「私が討たれれば、お前たちにとっては好都合か？」

ふと口をついた言葉に、シェハーヴがにやりとした。

「我らは、我らの力で国を盗ろうとしたのです。誰かの力を借りるなど、誇りが許しませぬ」

「ありがた迷惑な誇りだな」

「ご心配なく。いずれ騎士(ファーレス)を斃して、正面からバアルベクを盗りますよ」

こぼすともなく舌打ちがこぼれていた。

「ならば、まずは姫を救わねばな」

「もとよりそのつもりです」

　鼻から息を抜いたシェハーヴの眼差しが、傍に止められた戦闘馬車(チャリオット)へと向けられた。身体中を切り裂かれ、いまだ意識は戻っていないカイエン・フルースィーヤが荷台に横たわっている。連れていくのかという視線に、ラージンは首肯した。

「野ざらしにして誰かに殺されるのは惜しい」

「騎士(ファーレス)がそれほど見込む男は、モルテザ以来ではありませぬか？」

　まあ、とシェハーヴは目を細めた。

「あのモルテザと互角に渡り合う実力は滅多にないもの。見ていて、拙僧も手に汗を握りもうした。それに、野生の獣のような回復力。百を超える暗殺技能者に傷つけられた傷がすでに治りかけているのはどこか騎士(ファーレス)たちを想起させる」

　勘繰るような視線だったが、ラージンは首を左右に振った。

「あの男は、特別な力は持っていない」

　並外れた回復力は、確かに目を見張るものがある。だが、人ならざる力が、その身体を蝕(むしば)むことはあっても、癒やすことはない。それが〈守護者〉と〈背教者〉に課せられた業だった。

　シェハーヴが惚けるように口をすぼめた。

「左様ですか。ならばまあ、お守りには十人ほどを割くとして、そろそろ始めましょうか」

「駆け上れるか？」

「この程度の坂道など、拙僧らにとっては平坦と同じ」

背に負った半月刀(シャムシール)をすらりと抜き放ったシェハーヴが、弓を引き絞るように身体を半身にした。言葉遣いと見た目のせいでわかりづらいが、まだ三十は超えていないはずだ。

全身に若々しさを感じさせるシェハーヴが、剣を振りきった。

「――駆けろ、狼騎」

呟きが小さな火花を起こし、またたく間に巨大な雷光となった。急峻な坂道を、物理法則を無視するように、五百騎の狼騎が駆け上っていく。その先頭、馬首にしがみつくように駆けるシェハーヴのすぐ後ろで、ラージンは開け放たれた城門を見据えた。

明らかに敵は自分を誘い込もうとしている。バアルベクの騎士(ファーレス)を殺そうとしているのだ。〈背教者〉としての力も知っているだろう。おびき寄せれば、百戦錬磨の狼騎が襲来することも分かっているはずだ。その上で、城門を開け放つということは、それだけ自信があるということ。

一体どれほどの敵が待ち構えているのか。

城門に近づくまで、矢一つ飛んでこない。引き入れて、確実に殺すというつもりなのか。舐められたものだな。同様の怒りを浮かべるシェハーヴが、さらに馬足を上げた。堅牢な城門を潜り抜けた瞬間を狙う気かとも思ったが、警戒した暗殺者たちの攻撃はなかった。五百の狼騎全てが、ベリア砦の中で剣を抜いた。城壁の中は数千の兵が整列できるほどに広く、隠れる場所もない。

燦々（さんさん）と降りそそぐ太陽の光と、砂を焦がすような匂いを乗せた風。広がる光景からは、考えられないほど深い静寂に包まれていた。ラージンは掌に汗が滲むのを感じた。

「――まだまだ、私も人気じゃないか」

砂の地面の先に広がるのは、闇よりも濃い黒い衣装に身を包む者たちの姿だった。波打つように広がり、銀の短剣を低く構える暗殺技能者の数は、ゆうに二千を超えていた。

嘘か真（まこと）か、暗殺教団（ハシャーシン）は顔の美醜を嫌い、生まれてすぐの赤子の顔を業火に焼き、生涯布で隠すのだという。

黒い波の中でも、胸に月の紋章が刺繍（ししゅう）された外套をまとう者は、宣教師（ダーイー）と呼ばれる指導者だろう。百の同胞を殺し、千の標的を殺して初めて名乗ることのできる宣教師（ダーイー）の戦いぶりは、あまりにも人間離れしているとも言われていた。月の紋章が十二。彼らが放つ武の匂いは、歴戦の狼騎を遥かに超えていた。

五百と二千という数字は、圧倒的に不利な状況だ。だが、〈背教者〉の力はその差を無にするほどのものだ。にもかかわらず、これほど口が渇くのは、一人の男への怒りのせいだった。

その男は黒鉄の馬鎧をつけた葦毛(あしげ)に悠然と騎乗し、手綱を操っていた。

「……なぜ、お前がここにいる」

普段は滅多に驚きを顔に出さないシェハーヴすら、大きく目を見開き固まっている。疑っていたのは、太守(アミール)の横で下品な笑みを浮かべる政務補佐官のほうだった。この十年、絶えず警戒してきた。

「なぜ？　理解が遅いな、ラージン」

そう呟くと、モルテザ・バアルベクが白銀の長剣を引き抜いた。太陽の光が、砕かれたように散った。

「あんたがバアルベクの騎士(ファーレス)と呼ばれるのは今日までだ」

左右に割れた敵が創り出した道の奥で、マイ・バアルベクの華奢な身体が壁に鎖でつながれ、砂の地面に横たわっていた。かすかに胸が上下しているのを見ると、まだ息はあるのだろう。

体の奥底から沸き立つ血を抑えるように、ラージンは強く手綱を握りしめた。無策に突っ込んでいけば、間違いなくマイの身体に鉄の剣が押し込まれる。

傍のシェハーヴもまた、いかに立ち回るべきか模索しているようだった。数千の暗殺教団(ハシャーシン)を殲滅する戦であれば、狼騎には容易い。ハーイル麾下の兵の挟撃があろうとものともしなかっただろう。そこにシャルージの伏兵が現れたとしても、人ならざる力を持つラージンを前にすれば同様だったはずだ。

だが、目の前には二つの想定外があった。

礫の森でバアルベク全軍を指揮し、シャルージ軍を足止めしているはずのモルテザ・バアルベクという若き驍将(ぎょうしょう)の姿。そしてもう一つは——。

「……エフテラーム・フレイバルッ」

呻くようにシェハーヴが呟いた名は、戦場にあってラージンを単独で殺しうる敵のものだった。モルテザが小さく頷いたようにも見えた。僚友(りょうゆう)だった男へのせめてもの情けのつもりなのか。

「シェハーヴよ」

モルテザの視線が狼騎副官へと向いた。

「お前たちは、もとは愚かなアイダキーンに弓引いた者たちだ。今なお反骨の炎に身を焦がしながら死地を駆けずり回っている。常人であれば命がいくつあっても足りぬであろう戦場を生き抜いた力を、私は高く評価しているのだ」

　モルテザの言葉に、シェハーヴの白いスカーフが揺れた。

「投降しろ。戦場で磨いた力は、愚かな騎士(ファーレス)と共に死ぬためのものではあるまい。お前たちの力は、世界の中央(セントロ)を護るためにあるのだろう。であるならば、私の下で剣を振るうことが、お前たちの信じる道に最も近いものだ」

「拙僧の信じる道を教えるほど、貴様と仲が良かった記憶はないが」

「それは私の言葉を無下にするということか？」

「そう聞こえたのであれば、貴様の耳はまだ達者のようだ」

「……愚かさが伝染するというのは本当だな」

　つまらなさそうに呟いたモルテザが、肩を竦めてシェハーヴから視線を外した。

「シェハーヴの同意が得られなかったことは残念だが、それ以外は予定通りだ」

　鎖に繋がれたバアルベクの姫を一瞥し、モルテザが続ける。

「案ずるな。バアルベクの騎士(ファーレス)よ。大事な従妹だ。殺しはしないさ。いずれ諸侯(スルタン)への切り札として役立ってもらうまでは生かしておく」

「白薔薇の乙女の物語を信じているとは、お前もおめでたい。姫の身柄と引き換えに、ファイエル侯の庇護下に入るつもりか」

吐き捨てた瞬間、モルテザの灰色の瞳に強烈な炎が燃え上がった。幼い頃から見守ってきた青年が、初めて見せる瞳の色だった。

「その程度の考えしか持てないから、私はあんたを殺さなければならない……」

そう言って束の間、悔しさを滲ませたような気がしたが、すぐに下ろされた髪がモルテザの表情を隠した。

「――終わりにしよう」

モルテザの振り上げた剣に、四千余の瞳が集まった。

この戦場を勝つためには、互角の腕を持つモルテザをシェハーヴが討ち、二千を超える暗殺教団(ハシャーシン)を五百の狼騎が討たねばならない。本来であれば、厄介な宣教師(ダーイー)を自分の力で抑え込むことができたはずだが――。

モルテザの言葉に呼応するように、細身の鉄剣を抜き放ったエフテラームが、まっすぐとラージンを見据えていた。

「貴方の相手は私ですよ」

美しき炎の女神が微笑んだ瞬間、彼女の左右の地面から巨大な炎が噴き上がった。

Ⅶ

重たい頭を上げ、ようやくの思いでカイエンが瞼を開くと、そこには現実とは思えない光景が広がっていた。

数千の兵たちが入り乱れる戦場の中で、紅蓮（ぐれん）の炎をまとう美しい女と、空間を捻じ曲げるように歪ませる騎士（ファーレス）が一人。女が剣を振るうたびに巨大な炎が敵味方問わず焼き尽くす。

だが、騎士（ファーレス）の周囲に広がる歪みに触れた瞬間、いかなる炎も手品のように消えてゆく。

人智を超えた戦いを驚嘆の面持ちで見ていたカイエンは、不意に視界の中で一点が鮮明になるのを感じた。

「マイ？」

数千の兵たちが入り乱れる戦場の先、城壁に鎖で繋がれる一人の少女の姿があった。

飛び跳ねるように立ち上がった瞬間、全身に鋭い痛みが走った。

「ここは……」

どこかの城砦の中なのか。荷台だけの戦闘馬車(チャリオット)の上に立っている。周囲では暗殺教団(ハシャーシン)と思しき者たちと、狼騎と呼ばれるバアルベク兵との死闘が繰り広げられている。ラージンと互角以上に闘っている女騎士(ファーレス)は、渦巻く炎を宙に生み出し、剣を振るうたびに大地を、兵を焼き尽くしている。思い当たるのは、炎の女神の異名を持つとされるシャルージ騎士(ファーレス)の名だった。

人ならざる力を持つ者同士の戦いが、カイエンの背中に冷たい汗を流させた。

戦況がこの上なく悪いのは、一目見ただけでわかる。

苦戦の原因は、軍である狼騎に指揮官がいないことだった。指揮を執るべきラージンとシェハーヴが、それぞれ相対する敵と死闘を繰り広げている。ラージンの方はエフテラームだけではなく、ぞっとするほどの武技を持つ十人の暗殺教団(ハシャーシン)の技能者をも相手にしている。指揮どころか、瞬きする余裕すらなさそうだった。

エフテラームを相手にできるのがラージンだけだとすれば、先に救うべきはシェハーヴだろう。そう考えたからこそ、ちらりと見えた彼をめがけて走り出したが、遮る暗殺技能者を斬り飛ばし、シェハーヴが対峙する男を見た瞬間、カイエンはうなじの毛が逆立つのを感じた。

内通者を疑ってはいた。城門が封鎖されたバアルベクの街の中に、あれほどの暗殺教団(ハシャーシン)

の技能者が現れたことからも、相当高位の者だということは予感していた。

だが、なぜよりにもよって、妹を護るべき立場のお前がなぜそこにいる。

稲妻のように脳裏に閃いたのは、全てを背負った友の姿だった。その記憶に絡めとられた分、反応が遅れた。視線の先で火花が飛び、瞬きほど遅れて耳障りな金属音が戦場に響いた。

交錯したモルテザとシェハーヴの剣が、鋭い金属音を響かせ根元から折れた。宙を舞った剣は一欠片のみ。次の瞬間、肩から剣を生やしたシェハーヴが地面に倒れ込んだ。柄だけになった剣を投げ捨てたモルテザが、背に負っていた短槍に手をかけた時——。

カイエンは渾身の力で踏み出していた。

背を向けるモルテザの向こうで、シェハーヴがカイエンの姿に気づいた。その瞳が驚きに揺れる。刹那、モルテザの深緑の外套が視界一杯に広がった。

息を止めた。

感じたのは地を這う殺気だった。吹き上がってきた死の風を、カイエンは渾身の力で撥ね上げる。かろうじて見えた短槍の穂先が空へ跳ね上がり、次の瞬間、流星のように唸りを上げて降ってきた。

飛び退り、剣を後ろ手に構えた。

息を吐き出した時、そこには地面すれすれに槍の穂先を構えるモルテザの姿があった。灰色の目を細め、かすかな驚きを宿してこちらを見ている。

「カイエン・フルースィーヤ……まさか生きているとはな」

「薄汚い裏切り者はお前か」

叩きつけた言葉は、だがモルテザには微風ほども影響を与えなかったようだ。

「その身体で、戦う意志を見せられるのは惜しいな。今からでも遅くはない。私の元へ来るならば、その命は取らずにおいてやろう」

囁くような声が絡みついた瞬間、カイエンは踏み込み、剣を振り上げた。火花を散らし、鋭い槍撃が通り抜けていく。

モルテザが笑っていた。

「お前は死を選ぶのだな」

利那、無数の閃光が視界を覆った。嵐のような打ち込みだった。意志を持つかのように軌道を変えて襲い掛かってくる槍撃を剣でさばきながら、カイエンは脇腹から血が滲みだすのを感じた。

深緑の外套が視界いっぱいに広がった瞬間、モルテザの身体が宙に舞った。息を止めて飛び退ったカイエンは、数瞬前まで自分がいた地面が穿たれるのを目にした。

槍の間合いに入れば、剣の方が有利になる。着地の衝撃に息を止め、大きく踏み込む。

だが、それを待っていたかのように、モルテザの灰色の瞳が光った。地面から飛鳥のように跳ね返ってきた銀色の穂先を辛うじて止めた。息がぶつかるほどの距離に、モルテザの瞳がある。

「なぜ、バアルベクを裏切る」

呟いたカイエンに、槍を握るモルテザの黒い手袋が、小さく盛り上がった。

少しでも時を稼ぐことができれば——。そう思って投げた言葉だったが、モルテザが示したのは予想外の反応だった。いまだ地面に転がり、起き上がれないシェハーヴを一瞥し、モルテザが言い放つ。

「バアルベクを裏切ったのは、私ではない」

瞳に燃え上がったのは、明確な怒りだった。

槍を撥ね上げ、間合いを取ったカイエンに、モルテザがすっと目を細めた。

「バアルベクは弱さを見せてはならぬのだ。民の平穏のためにも、近隣諸都市を圧倒するだけの力を備え、隙一つ見せてはならぬ……それができねば、滅びだけが待っている。お前も知っているだろう。世界の中央（セントロ）に迫っている災厄を」

モルテザの口から、流れるように言葉が紡がれていく。

「史上空前の戦禍が近づいている中、太守（アミール）や姫は民と交わることを止めない。その挙句、政務補佐官ごときの策に振り回され、今まさに軍の象徴たる騎士（ファーレス）を失おうとしている。まごうことなき民への裏切り者は、アイダキーンであり、そしてラージンだろう」

槍に込めた力を緩め、モルテザが見てみろと視線を流した先、広がっていたのは騎士（ファーレス）たちの壮絶な戦いだった。

大地と天空、その全てを燃やし尽くすほどの業火が宙を薙ぎ、バアルベクの騎士（ファーレス）を焼き殺さんと空気を焦がしていく。炎の女神とはよく言ったもので、巨大な炎を自在に操るエフテラームは、神罰を下す女神のようだった。

バアルベクの騎士（ファーレス）が吠え、シャルージの騎士（ファーレス）と剣を交錯させた。力を持つ者同士の戦いに限れば五分に見えるが――。

「今だけだ」

心の中を見透かしたようなモルテザの言葉に、カイエンは唇を噛んだ。月の紋章をまとう十の影が、炎を縫うようにラージンを攻撃している。バアルベクの騎士（ファーレス）は、それを避けきれてはいなかった。

モルテザが続ける。

「ラージンが恃（たの）むところは、シェハーヴが私を討ち、狼騎が暗殺教団（ハシャーシン）を殲滅することにあったようだが……。シェハーヴは芋虫のように転がり、狼騎もすでに三百を切っている。万が一にも、お前たちに勝ち目はない」

背に負ったもう一本の槍を左に構え、モルテザが長く息を吐き出した。

「——全てはアイダキーンの愚かさが生んだ悲劇だ」

錯覚なのだろう。だが、モルテザの身体から立ち上る覇気は、その身体を二回りも大きくしたようだった。

突如、左足に激痛が走った。

知覚できないほどの速さで、槍撃が太ももを貫いていた。地面に崩れ落ちた膝からは、だが何の痛みも感じなかった。

「それもここで終わる。いや、始まるというべきか」

二つの穂先が、流れるように揺れた。

「さらばだ」

空気を切り裂く音に、カイエンは流れる景色が酷くゆっくりになったのを感じた。唸りを上げて迫るモルテザの槍と、地面に根を生やしたかのように動かない両足。

ここで死ねば、俺は何一つ救えなかったことになる。

湧き上がってきた恐怖は、死ぬことへの恐れではなかった。二度も、救えないことへの恐怖だ。動けという心の叫びが全身を貫いた。

「……カイエン、死んでは、駄目……」

その瞬間、聞こえてきたのは、懐かしい言葉だった。

か細い声だ。だが、はっきりと聞こえたマイの言葉は、懐かしき記憶の中で、今も忘れぬ言葉である。脳裏に浮かんだ銀髪の少女の姿に、カイエンは身体の奥底にたった一つ残った灯が大きく燃え上がるのを感じた。

大切なものを奪おうとする者に、俺はもう負けない――。

「俺は負けない！」

死をまとった二つの穂先を、紙一重で躱す。槍の軌道がはっきりと見えた。モルテザの息遣いも、槍に込められた力も、世界の全てが見える。

モルテザの鋭い槍撃を撃ち落とし、カイエンの放った剣閃は弾かれる。

嵐のような打ち合いが、互いの身体中を切り裂いていく。息をつく間もなかった。唸りを上げる槍撃を剣で撥ね上げた瞬間、目を眩ますほどの火花が散った。

モルテザの槍の穂先が砕け散った音。その瞬間、カイエンは渾身の力で斬り上げた。凄まじい勢いで飛んできた槍が、宙に跳ね上がる。

「……まだだ」

歯の隙間から漏れるようなモルテザの声が聞こえた。右手に残った一本の槍を、モルテザが両手で構えた。灰色の瞳がぎらりと光っている。立ち上る殺気は、とぐろを巻いた竜を錯覚させるほどに禍々（まがまが）しかった。

世界から音が消えたように感じた。

戦場に、自分とモルテザの二人だけがいる。

身体は血を失いすぎていた。息は苦しく、視界の端は黒く滲んでいる。

不意に、世界の中で、モルテザの気配が抗いがたいほど巨大になった。身体中から血を流してなお、これほどの気迫を放てることは驚くべきことだった。

これが、一都市の軍を率いる千騎長（アルフーム）の武威なのだろう。柄を握り直し、カイエンは剣を後ろ手に構えた。

だが、それでも絶望は感じなかった。自分を絶望させるほどの気配は、この男にはない。

潮が満ちるように身体の中でなにかが充溢（じゅういつ）した。その瞬間、示し合わせたようにカイエンとモルテザは駆け出した。

地を這うような槍の穂先が、飛鳥のように跳ね上がった。まっすぐに自分の胸を狙っている。息を呑み込んだ瞬間、カイエンは身を捩（よじ）りながら飛び上がった。腹の肉を抉りながら通り過ぎていく穂先に、歯を食いしばる。

護るべきものを護るために、俺は――。

モルテザが、憤怒の宿る瞳でカイエンを見上げていた。

お前を斃して、マイを護る。

「モルテザ！」

絶叫と共に、カイエンは灰色の双眸に剣を打ち下ろした。

最初に感じたのは温かな感触だった。片手で地面を叩き、飛び上がる。右手に剣はなく、銀の懐剣を引き抜きざま振り返った。

そこには、修羅の気配を漂わせるモルテザ・バアルベクの後ろ姿があった。左肩にカイエンの剣を深く突き立て、一目で致死量と分かる血を地面に流している。

「私は……負けるのか」

腹の底を揺るがすような声だ。

振り返ったモルテザの灰色の瞳には、だが言葉とは裏腹にこれまで以上の強い光が宿っている。己の身体を貫く剣の柄を握り、モルテザが一歩前に出た。

「ありえぬ……お前では」

言葉に強烈な意志が込められた時、モルテザが左肩に刺さった剣を引き抜いた。

「お前たちでは、世界を護ることはできぬ」

噴き上がる鮮血の中で、血染めの千騎長（アルフーム）が吠えた。

　ここまで、この男を駆り立てるものは何なのか。歩みを止めぬ灰色の瞳に、そう問いかけた。もはや身体は命を失っている。にもかかわらず、前に進むのはなぜなのか。

　自分は東方世界（オリエント）の覇者（ハーン）に敗れ、一度はそこで折れた。敗れてなお歩みを已（や）めぬモルテザに畏敬を感じると共に、抱いたのはどうしようもない口惜しさだった。民を護るという想いも同じくしているはずだ。ともに兄妹のように育ってきたのだろう。

「――なぜ、その強さをマイに向けた」

　懐剣の握りを確かめると、カイエンは鞘から刀身を抜き放った。

「己の強さを恃むだけでは、あの男には勝てない」

　あまねく世界を手中にせんとする深紅の瞳の覇者（ハーン）に敗れ、カイエンは確信していた。全ての力を自分のものとしなければ、エルジャムカ・オルダに勝つことは決してできない。

　なぜ、手を取り合う道を選ばなかったのか――。アルディエルの、フランの姿が脳裏を駆け抜けた刹那、モルテザの剛剣が唸りを上げた。

　吹き抜けた風を躱し、カイエンは静かに踏み込んだ。

　懐剣をモルテザの胸に突き立てる。手の中にあるのは、確かな命の感触だった。

「あんたよりも、マイの方がずっと強い」

囁きをモルテザが理解することはなかっただろう。モルテザの口から血が溢れ、その右手から白刃が地に落ちた。光を失った灰色の瞳を見て、カイエンは膝から崩れ落ちた。もはや一欠片の力も残っていなかった。視線を感じた。すぐ傍で倒れるシェハーヴが、こちらをじっと見ていた。

「起きられるか、おっさん」

「……拙僧はおっさんと呼ばれる歳ではない」

呻くように呟いたシェハーヴと共に戦場を見渡したその時――。

何か大きなものが凄まじい勢いですぐ傍の地面に叩きつけられた。立ちこめる砂埃が収まった時、薄目を開けたカイエンは、自分の喉が鳴る音を聞いた。

「炎の女神……」

それは、シェハーヴの言葉だった。紅蓮の炎を背後に従え、悠然と立ち尽くす女騎士(ファーレス)の姿は死を告げる天使のようでもある。だが、シェハーヴの声の震えは、彼女への恐怖ではなかった。

地面に叩きつけられた巨軀は、全身から血を流すバアルベクの騎士(ファーレス)だった。

「騎士(ファーレス)！」

「もう無駄です」

一目で重傷と分かる騎士（ファーレス）の姿に、飛び出そうとしたシェハーヴを止めたのは、エフテラームの優しげな声だった。

先ほどまで空間を支配していた血の臭いは、どこにもなかった。視界の中にあるのは、炭と化した狼騎たちの骸であり、同じ運命がカイエンたちを抱きしめようと近づいてきている。

エフテラームも消耗しているのだろう。顎から汗をしたたらせ、肩で息をしている。その左右では、七人に減った暗殺教団（ハシャーシン）の宣教師（ダーイー）が短剣を構えていた。

「出会いから三年。ようやく、終わります」

一歩一歩、確実に近づくエフテラームが剣を振り上げた。砦の全てを焼き払うつもりなのか、業火を吹くひときわ巨大な火柱が遥か天空へと広がった。天に突き上げた鉄剣とその先で渦巻く業火は、エフテラームがこの場でただ一人の処刑人であるかのような印象さえあった。

絶望という言葉以外、何も思いつかなかった。だが、絶望が諦める理由にならないことも、カイエンは知っていた。

この女に勝ち、マイを救うためには、どう抗えばいいのか。

「おっさん聞こえるか」

呟きに、シェハーヴが気取られぬよう頷いた。

「俺があの女を止める。おっさんは狼騎の指揮を」

「……ラージンが止められなかったのだぞ」

炎を自在に操る女騎士（ファーレス）の姿に、東方世界（オリエント）の覇者（ハーン）の姿が重なった。人は、人ならざる者に勝てない。

だが、決めたのだ。

「俺はラージンとは違う。マイを救うために、命を懸ける」

策があるわけではなかった。だが、戦場で人を動かすのは強烈な自負以外にないと、草原での戦がカイエンに教えた。

その時、横たわるラージンの瞳が、一瞬こちらに向いたような気がした。

運命の足音がすぐ傍まで迫っていた。

「これが、炎と憤怒の結末です」

悲しげにそう呟いたエフテラームが拳に力を込めた時、巨大な炎が蒼空を覆い隠した。

頭上の灼熱に汗が滴った瞬間、狼騎副官の背を叩き、カイエンもまた剣を片手に飛び出した。

ラージンの前に立ちはだかったカイエンを、エフテラームが珍しいものを見つけたかのように首を傾げた。

目の前にすると、恐怖はさらにはっきりとしたものになった。膝が震え、奥歯が煩（うるさ）いほどに鳴っている。

〈人類の守護者〉エルジャムカ・オルダたった一人の力に、三万の同胞が殺し尽くされた。エフテラームは東方（オリエント）世界の覇者（ハーン）と同様の力を持っている。一人で数万の軍を滅ぼすほどの力に、たった一人で何ができるのか。

「若人（わこうど）よ。それは無謀というものだ」

「やってみなければ分からないだろ」

「それは命を失う者が口にする台詞（せりふ）です」

エフテラームが諦観を言葉に滲ませた時、頭上を覆う炎の空が波打った。

「……散れ、椿（カミリヤ）」

刹那、数え切れないほどの炎の流星が降り注いだ。

灼熱の空気に、思わず目を閉じた。滝のように流れていた汗が乾き、身体中から血の気が失われていく。命が形あるものだとするならば、凄まじい勢いで風化していくようにも思えた。

やはり、人ならざる力を持った者には勝てないのか。俺は、二度も敗れるのか。

崩れていく命の形を感じた時――。

カイエンは小さく首を傾げた。風が緩やかに感じるのはなぜなのか。肉が焦げる臭いは、確かに鼻の奥を突き刺すようだが、身体は全く熱くない。

再び頬を灼熱の風が撫でた。だが、やはり身を焦がす苦しみはない。

何が起きているのか。カイエンはゆっくりと瞼を上げた。

視界に映ったのは、カイエンを護るように立つ一つの影だった。

「なぜ……」

喉が鳴り、自分を護っているものの正体を、カイエンは知った。

「……〈背教者〉の力は」

腹の底に響くような言葉と共に、その口から血が流れた。黒鉄の甲冑をまとった巨軀は、背を焼かれ身体のほとんどが炭になっている。

人ならざる力を持ったエフテラームに勝てる、唯一の力を持った男がなぜ――。

「あんたが死んだら、誰がマイ・バアルベクを護るんだ……」

カイエンの呟きに、ラージンが煤と血にまみれた頰を吊り上げた。

「継がれていく……力だ」

〝――つぶせ〟

頭が割れるような痛みが走った。両手で頭を抱え込んだカイエンに、エフテラームが目を細め、そして顔を引きつらせた。

「やはり……聞こえているか……」

ラージンが倒れ込むように身体を近づけた。

「奪われる苦しみを知る者にしか、悪なるもの（アラマーユ）は力を与えぬ」

目を見開いたシャルージの騎士（ファーレス）が駆け出した。これまでのどの炎よりも巨大な火炎を身にまとうエフテラームが何かを叫んだ時、ラージンの力強い腕がカイエンの背に回された。

「バアルベクに来た時の絶望が、お前の目からは消えている。己を赦せたか、カイエン・フルースィーヤ」

脳を激しく揺らすなにものかの声の中で、ラージンがゆっくりと離れた。

「……己を赦すことで、絶望は消える。人を赦すことで、希望は生まれる」

その頬に、はっきりとわかる微笑みが浮かんだ。

「姫は、お前が護れ」

刹那、弾けるように立ち上がったラージンが咆哮した。

迫りくる巨大な炎の洪水がバアルベクの騎士（ファーレス）を呑み込もうとした瞬間、鋼鉄の大剣によって炎が左右に切り裂かれた。

荒い息の音だけが響いていた。

シャルージの騎士(ファーレス)エフテラームのものだ。黄玉色の瞳を見開き、炎を消し飛ばした敵を、否、敵であった亡骸を見つめ、そして禍根を絶つべく剣を握り締めた。

エフテラームの左右に、小さな火球が浮かんだ。その瞳には焦りが滲んでいる。

――それは、初めから決まっていた定めなのかもしれない。

〝心の臓を、握りつぶせ――〟

頭痛は綺麗に消えていた。

ふらふらと前に進んだカイエンは、震える手で死せる騎士(ファーレス)の背に手をあてた。傷だらけの肌はすでに乾き始めている。

想像していたようなぬるりとした感触はなかった。乾いた動物の肉を、力ずくでむしり取るような――。

――ああそうか。自分は、このために遥か世界の中央(セントロ)まで連れてこられたのだろう。

〈守護者〉を殺す〈背教者〉となるために。

〈守護者〉の王たる、東方世界(オリエント)の覇者(ハーン)を殺すために。

「やめなさい！」

エフテラームの左右の空間から噴き上がった炎が、咆哮する巨大な竜へと姿を変え迫ってきた。

掴んだラージンの心臓を、カイエンはゆっくりと握り潰した。

時が止まったようだった。カイエンを噛み砕こうとしていた巨大な炎が大きく歪み、唐突に消失した。次の瞬間、カイエンから遠く離れた場所で炎が噴き出し、誰もいない城壁を燃やした。

これが、〈背教者〉の力なのか。血に濡れた掌を見つめた時、エフテラームの剣が凄まじい勢いでカイエン目がけて飛んできた。

「……無駄だ」

呟いた時、飛んできていたはずの剣が消え、全く別の場所に突き立った。

エフテラームの呻き声が聞こえた時、地面から炎が噴き出した。それはカイエンたちと彼女を分かつ壁のようで――。

炎の壁が消え去った時、シャルージの女騎士(ファーレス)の姿は幻のように消えていた。

「逃げたか……」

城内には無数にも思えた暗殺教団(ハシャーシン)の姿もなく、モルテザの亡骸が横たわっているだけだ。

残されているのは、カイエンと生き残った二百ほどの狼騎、そして城壁に背をもたれかけさせたマイ・バアルベクだけだった。

ふらつきながらも一歩ずつ、カイエンは少女へと近づいていった。

白い肌は煤にまみれ、とても太守（アミール）の娘とは思えない。亜麻色の髪も心なしか、くすんでいるように見える。だが、こちらを見上げ、一筋の涙も見せぬよう唇を噛み締める少女の姿は、やはり似ていると思った。

狼騎の視線が集まるのを感じた。剣を振り上げたカイエンの瞳を、マイがまっすぐに見つめている。

――この瞳だ。この瞳が、自分に生きている理由を思い出させた。

アルディエル・オルグゥのように民を想い、フラン・シャールのように孤独に生きてきた少女こそ、自分が今この場所に立っている理由だった。

振り下ろした剣が、小さな火花と共に鎖を断ち切った。

「言ったでしょう。助けると」

自由になったマイが頷き、俯いた。

「……貴方たちを危険に晒しました」

目の前に広がる屍の群れを見れば、そうとでも言わねば心を保てないだろうことは想像できた。マイ・バアルベクを救うために狼騎は三百人以上が死に、バアルベクの武の象徴たるラージンすら斃れた。自分の立場が引き起こした悲劇であることを、少女はよく知っている。

震える少女の亜麻色の髪を見て、カイエンは空を見上げた。

「——責められて楽になろうとするな」

狼騎に聞こえぬように、カイエンは囁いた。

「あんたは決めたのだろう。バアルベクの民の中に分け入り、その心に平穏をもたらすと」

「……けど」

「けどじゃない」

そう言って、カイエンは跪き、マイの顎をそっと空へと向けた。そこにあったのは、バアルベクの太守（アミール）の娘として民を背負う姫の顔ではなく、十六という年相応の少女の泣き顔だった。

自然と、頬が緩むのを感じた。

これほどまでに自然に笑えているのは、いつ以来だろうか。

「いずれ、東方世界（オリエント）から吹き込む暴風から民を護るためには、力だけでも、責務だけでも駄目です。その両方が揃って初めて、エルジャムカ・オルダに勝つことができます」

力を持つフラン・シャールは、民を救おうとはせず、ただカイエン・フルースィーヤだけを救おうとした。

一身に責務を負ったアルディエル・オルグゥは、たった一人で戦おうとして負けた。

そして力も責務もなかった自分の刃は、敵に届くことすらなかった。

だからこそ、その両方を心に持つマイ・バアルベクに、カイエンは生きる理由を見つけたのだ。再び立ち上がる理由を教えられたのだ。

今はまだバアルベクの太守(アミール)ですらない、ひ弱な姫かもしれない。だが、マイ・バアルベクこそが、東方世界(オリエント)の覇者(ハーン)に抗う鍵になるとカイエンは思っていた。

少女と共に戦えば、諦めたものを、取り戻せるかもしれないと思ったからこそ。

「戦場に行きましょう。バアルベクを護るためにも、姫の力が必要です」

それを、ラージンも望んでいる――。そう言いかけて振り返った先で、ラージンの亡骸を囲むように狼騎が黙禱(もくとう)を捧げていた。

視線を向けていると、気づいたのかシェハーヴが静かに近づいてきた。

口元を黒い布で隠した屈強な戦士(ムハリ)が、マイを一瞥し、視線をカイエンに向けた。

「狼騎は、〈憤怒の背教者〉たるラージンの私兵だ」

要領を得ない言葉に無言でいると、シェハーヴが微苦笑を浮かべた。

「お前も知っているだろうが、狼騎はかつてバアルベクに叛旗を翻し、たった一人ラージンに敗れた者たちだ。その折、助命される代わりに常に戦場で戦うことを命じられた」

「それで」

「ラージンが死んだ今、拙僧たちを縛る者は誰もないということだ」

背後で少女が立ち上がるのを感じた。マイとシェハーヴを遮るように、カイエンはわずかに身体を動かした。

「あんたも裏切ると？」

「もとより拙僧たちはバアルベクの兵ではない。我らの忠誠は、バアルベクではなく、たった一人の〈背教者〉に向けられていたものだ。敵か味方かで言えば、バアルベクにとっては敵ということになるのだろうな」

不穏な言葉を吐き続けているシェハーヴだが、いまいち緊張感が湧いてこないのは、男が放つ気配に邪なものを感じられないからだった。

「くどい言い回しはいい。何が言いたい」

「ふん。新たな〈憤怒の背教者〉は、前任者よりもよほど気性が荒いな」

だが、と肩を竦め、シェハーヴが剣の柄をカイエンに向けた。

「拙僧らはラージンの力を認めていた。その力を引き継ぎ、あまつさえ〈炎の守護者〉すらを退けたのは、お前だ。ラージンの下でバアルベクのために闘って十年。わずかながら情に似たものもある。ゆえに、カイエン・フルースィーヤ。お前にそのつもりがあるならば、バアルベクを救うためにお前に力を貸してもいい」

「そのつもりとは？」

「知れたこと。その力で〈守護者〉を滅ぼすことだ」

シェハーヴの瞳には、信仰を守る敬虔（けいけん）な信者の光がある。狂信的とまでは言わないが、バアルベクに弓引いた過去を思えば、かつてラージンに向けていた信は常人以上のものだろう。

〈背教者〉と〈守護者〉の戦いは、運命づけられたものだ。ラージンに聞かされた伝承を思えば、それは人ごときに避けられるものでもないだろう。だが――。

生きていれば、どんな可能性だってある。

静かな瞳でこちらを見つめるシェハーヴに、カイエンは微笑みを向けた。

「俺は人を護るよ」

立場を入れ替えたように怪訝な顔をするシェハーヴに、言葉を続けた。

「人ならざる力を持った〈守護者〉も人だろう。〈守護者〉と〈背教者〉の力が人を滅ぼすためのものだとするならば、俺はその力を許さない」

シェハーヴの瞳が、みるみる開かれていく。

「貴様、何を言っているのか分かっているのだろうな」

「もちろん。東方世界（オリエント）の覇者（ハーン）ごときに負けるわけにはいかない。まして、世界の中央（セントロ）で小さな権力を争っている者たちにもな。だからこそ、今バアルベクを敗れさせるわけにはいかない」

「戦況は分かっているのだろうな」

シェハーヴの問いかけるような瞳に、カイエンは頷き、わずかに身体をずらした。

「バアルベクには、姫がいる」

ゆっくりと振り返ると、そこには涙の跡を消し勇然と立つ、マイ・バアルベクの姿があった。

第五章　白薔薇の乙女

I

人生はままならぬものだ。

左右に流れてゆく景色に、シャルージの女騎士（ファーレス）は故郷である西方世界（オクシデント）を後にした時と同じ焦燥感を抱いていた。故郷の村を捨てたのは、五年前の冬のことだ。

『侯爵領から、魔女討伐の軍が――』

その光景は今も覚えている。エフテラームを逃がそうと叫んだ村長の頭が大きく弾け、同時に玄関からは大量の火矢が飛び込んできた。自分を庇うように、同い年の恋人は矢の盾となり死んだ。

泣き叫びながら家を飛び出したエフテラームが目にしたのは、死屍（しし）が累々と積み重ねられた村の光景だった。

無数にも思える兵の中で、男が一人、こちらを見つめていた。金糸の刺繍が施された深紅の外套を纏い、その手には村の子供たちの首がぶら下がっていた。

自分以外の人ならざる力を持つ者と出会ったのは、それが初めてだった。

恋人を殺した者たちとの戦いは三日三晩におよび、四日目の朝、エフテラームの剣が男の首を刎(は)ねた時、少女が目にしたのは、己の炎によって跡形もなく消え去った故郷の姿だった。

恨みだけがあった。自分から全てを奪った者たちを、殺し尽くさねば死ねない。矢の盾となって死んでいった恋人の姿を思い浮かべると、死んでも死にきれないと思った。

敵を滅ぼし尽くせるほどの力を求め、エフテラームは故郷のあった西方世界(オクシデント)から大乱の続く世界の中央(セントロ)へと足を延ばし、自分の力を磨き上げる戦場を探した。

流浪の最中、ラージンに出会ったのは、運命だったのだろう。

シャルージ軍に居場所を得たのち、戦に次ぐ戦の中で、エフテラームは自分の力を深く理解していった。力の行使には血の代償があり、使いすぎれば死にも至る。

一国を滅ぼすほどに〈守護者〉の力を磨き上げた時、一度は西方世界(オクシデント)への地図を握りしめもした。だがなぜか、足を踏み出すことはできなかった。

「本当に、ままならない……」

あっさりと捨てるつもりだったはずの場所が、かけがえのない居場所になっていた。復讐の心が消え去ったわけではない。今も心の奥底に仄暗(ほのぐら)い感情は燃え続けている。だが、イドリースや戦友たちのいるこの居場所(シャルージ)を捨て去ることに恐怖している自分がいることも確かだった。ラージンさえ討てば、案ずることなく西方世界(オクシデント)へ赴けると思っていたが……。

礫の森を疾駆しながら、エフテラームは重荷となる食糧や予備の装備を捨て去った。人ならざる者であるラージンを殺せば、シャルージと自分の居場所は守られる。そう信じてハーイルやモルテザの策に乗った。だが、その結果はエフテラームに絡みつくような不安を抱かせた。

バアルベクの騎士(ファーレス)の心臓を掴み、エフテラームを見据えた青年の瞳は、あまりにも強い意志が滲んでいた。

カイエン・フルースィーヤ。

モルテザを倒し、そして今やラージンの力を継承している。戦の巧拙(こうせつ)は未知数だが、〈憤怒の背教者〉たるラージンの力は厄介極まりないものだ。時を自在に操る力は、いかなる攻撃も受け付けず、距離すら零にする。

あの青年が戦場に辿り着けば、戦況が覆される。ありえぬことと思いながらも、感じる焦燥は、カイエンという存在への、そして自分の居場所を失うかもしれぬという恐怖だった。

「カイエンが来る前に――」

戦場にいるバアルベク太守アイダキーンを討つ。腐った策謀を巡らせたバアルベク政務補佐官を血祭りにあげ、シャルージの下に統一する。将来への展望を確たる事実に変えるべく、エフテラームは見えてきた戦場に向けて馬腹を蹴り上げた。

バアルベク軍の拠る丘を取り囲むように、整然とした陣が広がっている。飛び込んだシャルージ軍本陣でエフテラームを待っていたのは、血が凍るような報告だった。

「……それは、真ですか」

諸将を集めた軍議で、エフテラームは怒りを殺して呟いた。低頭する使者は震え、頭が取れるのではないかと言うほど首を振っている。

動揺を気取られぬよう、エフテラームは顔を右手で覆い隠した。脳裏に浮かんだのは、湖畔で覇気を漲らせたモルテザ・バアルベクの姿だ。

あの男の――ラージン亡き戦場で、自分に勝つために仕込んでいたであろう策だ。何かを仕掛けてくるとは思っていた。だがまさか。拳を握りしめ、エフテラームは机の中央に広げられたシャルージからの書簡を食い入るように見つめた。

――シャルージの太守（アミール）が暗殺されていた。

「領境の様子は？」

諸将を見渡したエフテラームに、一人が悔しそうに首を振った。

「ダッカ、ラダキアの両軍がシャルージへと矛先を変えました」

シャルージは、まんまとバアルベクの掌で踊らされたというわけか。いや、シャルージに運命の天秤を傾かせるだけの力が、自分になかったということだ。

自嘲を言葉にする気にもなれず、エフテラームは小さく頷いた。諸将の家族は全てシャルージにいる。もはや、一刻も早く家族の待つ土地へと帰りたいだろう。兵にしても同じことだ。太守（アミール）暗殺と近隣二国の軍の動きを知れば、四万のシャルージ軍は半日で四散する。

ここまでだ。

食いしばった歯から息を漏らし、エフテラームは丘の上に翻るバアルベクの太守（アミール）旗を見上げた。

自分が勝ちきれぬ敵が現れるまで、どれほどの猶予があるのか。戦場にマイ・バアルベクを連れてくることはできないだろう。カイエンが姫を安全な場所にかくまい、戦場に到来するまでにアイダキーンの首を獲る。

「全軍、戦備え」

それが、自分の居場所を守るための術だった。

II

自分の背中にしがみつく少女の温もりが、疾駆する馬上の冷たさを消し去っているようだった。

『姫にも戦場で戦ってもらいます』

そう言ったカイエンに、バアルベクの姫が返した言葉はどこまでも鮮やかだった。

バアルベクの勝利のためならば――。

躊躇なく頷いたマイは、一言も自分の父を救うためとは言わなかった。どこまでも民を護ることを命題としているからこその言葉だ。

脂ぎった政務補佐官の策に踊らされた愚かな太守一族を、どこか嫌いになれない自分がいることにカイエンは気づいていた。

少女へ抱くものは、期待でもあった。

この少女の生きる先を見てみたい。そう思うからこそ、バアルベクを敗れさせるわけにはいかなかった。

乗り越えなければならない壁は、四万とも言われるシャルージ軍だった。対するバアルベク軍は先の戦闘での犠牲によって二万に届かないほど。ラージン、モルテザがいた頃は、その将才によって互角以上に戦っていたが、二人ともすでに亡い。

戦場には誘い出されたアイダキーンがいるだけであり、長らく実戦から遠ざかっていたことを考えれば、どれほどの力があるかも分からない。

馬の息が乱れてきた。カイエンとマイの二人を乗せ、駆け続けてきたのだ。疲労も限界に達しているのだろう。もう少しだけ、もってくれ。祈るようにたてがみを撫でたカイエンは、聞こえてきた戦場の喚声と剣戟の入り乱れる音に馬足を落とした。

「どういうことだ……」

口を衝いたのは、広がる光景が、予想していたものとは正反対のものだったからだ。

マイが身を乗り出したのだろう。身体の重心が左にずれた。

「戦況はどうなっているの？」

問いかけてきたマイに、カイエンは目を細めた。

「バアルベク軍が防戦一方ですが」

丘陵に布陣するバアルベク軍を押し上げるように、二倍のシャルージ軍が喚声を上げている。その様は一気呵成とも言うべきもので、一か所でも戦線が破られれば、バアルベク軍は一気に潰走するだろう。

だが、その戦い方には釈然としないものがあった。

なぜ、シャルージは決着を急ぐ？

眉間に人差し指をあて、カイエンは静かに息を吐き出した。

四十年にわたって威勢を誇ってきたアイダキーンを討つことは、その権力をシャルージが手中に収めることと同義なのだ。戦場に誘い出されたアイダキーンを確実に殺すためには、消耗した力を取り戻し、エフテラーム自らが先陣を率いて戦うべきだ。膠着が続くほど、ハーイルが補給を攪乱しているバアルベク軍は不利にもなる。

エフテラームは、何を焦っているのか。自分が戦場に到着することを恐れているのかとも思ったが、それは決定的な理由ではない。ラージンの力を継承したとはいえ、カイエンはバアルベク軍の中では何の実績もない十騎長に過ぎず、すぐに戦況を覆せるだけの力はない。

こちら側でないとすれば――。

「シャルージ国内で、何かあったのかもしれません」

「何かとは？」

「それは、今は重要ではありません。重要なのは、敵が時の猶予を持っていないという事実です」

「つまり、ここを耐えれば勝てると？」

マイの言葉は単純だが、そこにカイエンは一筋の光明を見つけた気がした。対陣し膠着する二万と四万の戦をどうにかしろと言われていれば、今の自分に打つ手はなかった。

だが、この戦況であれば、やりようはある。数少なくなったとはいえ、シェハーヴを筆頭に一騎当千の狼騎たちも背後に控えていた。

視界の端に映り込む白磁のようなマイの顔に、カイエンは微笑んだ。

「必ず護ります」

マイが目を細め、顔を背けた。

「街でも、その笑顔を見せなさい」

戦場を前にしてなお、その言葉を口にできる少女に、カイエンはじわりと心が温かくなるのを感じた。

「しっかり摑まってください」

叫ぶようにそう言うと、カイエンは馬腹を蹴り上げた。

Ⅲ

シャルージ軍の両翼一万が、勢いよく斜面を駆け上っていく。

唯一、その勢いを削ぐ可能性があるのはバアルベクの四千の騎兵連隊だが、モルテザを失い、鋭さを欠いている。五千の騎兵でバアルベク騎兵を警戒するように命じ、エフテラームは指揮棒を剣に持ち替えた。

どうやら、間に合ったようだった。

敵の両翼が崩れ始め、正面に構える一万の敵歩兵も針の一刺しで崩壊する。アイダキーンを討ち取るのも時間の問題だろう。人ならざる力を手にしたカイエンが戦場に現れる前に、決着しそうだった。

力の入らない足に気合いを入れ、エフテラームは太ももを二度叩いた。

ラージンとの戦いで、力を使いすぎていた。今、カイエンと戦えば、自分もバアルベクの騎士（ファーレス）と同様に血の代償に死ぬかもしれない。

この場は、麾下に任せる。

戦友を信じて指揮に徹してきた自分の判断は間違っていなかった。左右から回りこむシャルージ軍は、敵の本陣まであと一息のところまで迫っている。

ただ、頂上付近でその進撃が止まった。何か固いものに跳ね返されたかのように、味方の兵が討たれていく。

「さすがに、最後の壁は容易くはないか」

バアルベクの騎士(ファーレス)が鍛え上げたアイダキーンの親衛隊は、近隣諸国の軍の中でも屈指の実力を持っている。白の鎧で統一された重装歩兵の戦いぶりは、噂に違わぬものだった。

あと一突きであれば、持つか。

地面を踏みしめ、一歩前に出ようとした時――。

「やめておけ」

エフテラームの腕を掴んだのは、見事な白髭を風に流すイドリースだった。眼尻に寄った皺は彼を好々爺のように見せるが、戦場で斧を振るうその姿は鬼神のようでもある。掴まれた腕を振りほどけなかった。

イドリースが微笑んだ。

「ほらの。いつものお主であれば、儂ごとき簡単にねじ伏せる」

まあ、老人への敬いを知らん振る舞いじゃがと続け、イドリースが手を放した。

「その身体で前線に来られても、兵たちも困るであろう。いつものお主を知る者たちばかりじゃ。良くも悪くも、シャルージ軍のひよっこどもは、すでに炎の女神に魅せられておる」

「私は――」

「お主の戦ぶりによって、シャルージ兵は強くも弱くもなる」

エフテラームの言葉を遮り、イドリースが肩を竦めた。

「ここはお主が無理するところではない。老い先短い儂に、バアルベクの太守（アミール）を討ち取ったという花を持たせてくれてもよかろう。アイダキーンとは、若い頃に何度も剣を交えた因縁もあることだしのう」

おどけるように歩き出したイドリースが、筋骨隆々とした片腕を上げた。

任せてしまってもいい。自分の居場所。今は守り、そして守られている。故郷を失った時とは違う。全てを自分が負う必要はない。

肩から力が抜けたようにも感じ、エフテラームは従卒の持ってきた椅子に腰を下ろした。

イドリースの野太い声に、兵たちの士気が一気に跳ね上がったのが分かった。歴戦という意味では、シャルージ軍内に老人を超える者はいない。

老将に率いられた兵が動き出す様は、不動の大地がせり上がるようでもあった。

バアルベクの親衛隊は、相も変わらず左右からの猛攻を完璧に防ぎ切っている。だが、それも長くは続かないだろう。鉄壁と言えども白の戦士の数は二千を超えない。

徐々に速度を速めていくイドリースの軍が、一万ほどのバアルベク軍にぶつかった。

アイダキーンはすでに戦場から遠のいて久しい。士気の源であったラージンやモルテザがいない以上、太守（アミール）がいたとしても、その兵士たちも本来の力を発揮できない。

鉈（なた）で断ち割るように、敵の陣を切り裂いていくイドリースの姿に安堵の息をこぼした時だった。

丘の頂上、その中央から現れた二百ほどの騎兵の姿に、エフテラームは思わず立ち上がった。

「なぜ、貴女が……」

それは本来、戦場にいるはずのない存在だった。

漆黒の軍旗が、風を受けて翻っていた。

染め抜かれた白薔薇の紋章。それを掲げることは、この地でたった一人にのみ許されたものだ。

黒馬中心の騎兵の中央で、ただ一人白馬に跨（またが）るバアルベクの姫の姿は、遠目にもよく目立った。率いている狼騎は、灰色の甲冑に身を包み、その象徴とも言える純白のスカーフを首元に巻き付けている。

バアルベクの姫の隣には、剣を構えるカイエンの姿がある。

「イドリースを戻しなさい！」

軍楽隊による指示は、だが激しい干戈の中にいる老人には届いていない。

必死の思いで騎乗した時、エフテラームの視界に映ったのは、敵を突破しアイダキーンの命を確信したイドリースの雄叫びと、不気味な静けさをまとって丘を駆け下る狼騎の姿だった。

やめろ――。

空を切ったイドリースの戦斧の唸りが、はっきりと聞こえた。歯を食いしばる老人の呑み込んだ唾の音も、その目の前で剣を振りかざすカイエン・フルースィーヤの雄叫びも。

一筋の光芒が、戦場にいるすべての者の目を眩ませた。

見慣れた師の首が宙を舞い、戦場に静寂が広がる。

漆黒の騎兵団が、戦場の真ん中で止まった。敵味方の区別なく、戦場にいる全ての者が、白馬の上で剣を執る少女と、老将を討ち取った青年を見ていた。

天空へと向けた白銀の剣を、少女がまっすぐに振り下ろした。

その瞬間、歓声が地響きとなって天地を揺るがした。

ほんの一瞬前まで圧倒的に優勢だったシャルージ兵が、信じられないほどに崩れ去っていた。いたるところでバアルベク軍に押し込まれ、前線が潰走を始めている。

なんとか立て直そうと将校たちが声を張り上げているが、バアルベクの姫によってもたらされた士気の爆発に抗えるようなものではなかった。

父にも重ねていたイドリースの死を悲しんでいる暇はなかった。ここで判断を誤れば、シャルージ軍は全滅する。食いしばった口の中に、血の味を感じた。

ラージンを斃した時に感じた不安は、的外れなものだったのかもしれない。

あの時は、カイエンという青年だけが今後のバアルベクとの戦では厄介な存在になると思った。視界の端でうずくまっていたバアルベクの姫など、歯牙にもかけていなかった。

だが、戦場を変えたのは――。

「カイエン・フルースィーヤとマイ・バアルベク……」

その組み合わせは、ラージンとモルテザ以上になるかもしれない。感じていたのは二人に対する不安だったのではないか。

渦巻く思考に、エフテラームは剣を鞘に納めた。

この戦場に、もはや勝ちはない。今の自分がカイエンに勝てない以上、下手を打てば敗北もありうる。

「イドリース、弔いは――」

しばし待て。

戦場を見下ろす少女と青年の姿を目に焼き付け、エフテラームは全軍に撤退の命令を下した。

Ⅳ

葡萄酒の瓶が大きな音を立てて砕け、純白の絨毯に真っ赤な染みを作り出した。自分の手が震えていることが、信じられなかった。

「今、何と言った」

声が自分のものでないような気がする。しっかり喋らぬか。

「何と言った！」

叫び声と共に、跪く男を鞭で打ち据えたハーイルは、反動で後ろによろけた。

「太守(アミール)アイダキーン率いる軍がシャルージ軍に大勝し、現下、バアルベクに向けて進軍しております」

何が起きたというのか。

男の報告は、これまで長きにわたって積み上げてきた地位と名声が崩れ去っていく音だった。

「モルテザが裏切ったのか」

男が首を振った。

「モルテザ様は殺されました」

（……口ほどにもない）

傲岸な男への罵倒を心の中で嚙み砕き、ハーイルは拳をわななかせた。

「ということは、ラージンが無事に戦場に戻った……」

考えうる中で最悪の筋書きを呟いたハーイルは、だがまたしても男によって否定を突き付けられた。

「ラージンもその場で戦死しております」

「ならばなぜ……アイダキーンがここに進軍してくるなどということが……」

男の顔を強かに打ち据えたハーイルは、首を振った。

額から血を流す男が、顔を歪ませて続ける。

「エフテラームがラージンを抑え、モルテザ様が狼騎副官シェハーヴを抑え、ことは上手く運んでおりました。ですが、その時不測の事態が」

「不測の事態だと？」

「はっ。ハーイル様もご存知の、カイエンという名の軍人奴隷です」

思い出したのは、あの鋭い目つきをした青年だった。怒りが込み上げてきた。奴隷の分際で、自分の邪魔をするのか。

「……あの軍人奴隷がラージンの力を奪い取ったとしか、見えませんでした」

「力を奪い取った？」

嫌な汗が流れた。

「エフテラームは姫たちを殺そうと巨大な炎を構えました。しかし、炎はカイエンにかすりもせず……まるで時を進めたかのように、別の場所を燃やしました……」

震えながら立ち上がった男が、ふらふらと前に出てきた。

「ハーイル様……」

舌打ちし、ハーイルは首を切る仕草をした。左右から屈強な戦士が男を囲み、数秒のうちに視界から消え去った。

廊下の外から聞こえてきた断末魔の叫びに、ハーイルはもう一度舌打ちした。

「力を奪い取っただと……」

もしもそれが本当であれば、カイエンがエフテラームを抑え込むこともできるだろう。戦場から遠ざかって久しいアイダキーンが、倍の敵に勝てるほどの指揮を執れるとは思えなかったが、この際そんなことはどうでもよかった。

今ある現実は、シャルージが敗北して領国に引き上げていったという事実と、アイダキーン率いる二万弱の軍勢がここに戻り始めているという事実だ。

今回の騒乱が全てハーイルの手によって操られていたことは、既に露見しているだろう。となれば、ここから自分がとりうる手段は二つだけだった。

バアルベクを捨てて逃げ出すか、この街に籠城するか――。

反転させた砂時計の砂が落ちる音に耳を傾け、ハーイルは自らを欺くように笑い声をあげた。

「この私が負けるなどありえぬことだ」

あの老いさらばえ、平和呆けした太守に負けるはずがない。まして、奴隷としてこの地に流れついた青年などに負けるはずがない。

机の砂時計を壁に投げつけると、大理石の床に硝子の破片ときめ細かい砂が散らばった。

勝負に勝つためには、常に自分の持てる駒と敵の駒を正確に把握し、優劣を見極める必要がある。今、自分が持っている駒は、バアルベクという街そのものと、二人の千騎長、フレアデスとベルハイト率いる一万の兵だ。

対してバアルベク軍は二万弱とはいえ疲弊しきっており、指揮を執るのは戦から長く離れていたアイダキーン。連戦のせいで、食料の補給もままならない状態だろう。カイエンがラージンと同じ力を持っていたとしても、あの力は攻城戦には役に立たないはずだ。攻城戦では、攻める側は守る側の三倍の兵力がいると聞いたことがある。であれば、一万という兵力は、敵の攻勢を凌ぐには十分な数だろう。

ひと月、持ちこたえれば、勝つことができる。

ハーイルは水を持つよう命じ、顔の前で手を組んだ。

今回の策は、戦場でラージンとモルテザを殺し、バアルベクに攻め込んできたエフテラームを、ラダキアとダッカ二都市の軍とともに殺すところまで練り込まれたものだ。両軍ともに、すでに領境までは来ているはずだ。

ラダキアとダッカの二軍にアイダキーンの背を討たせ、その時バアルベクから一万の軍勢と共に挟撃すれば勝てる。

窮余（きゅうよ）の策ではあるが、ここで逃げ出してしまえば二十年で築いた全てを失うことになる。

「こんなところで躓いてたまるものか」

ここを凌げば、自分がこの街の太守（アミール）となるのだ。二人の千騎長（アルフーム）を呼ぶように命じ、ハーイルは立ち上がった。

V

時が経つほどに、アイダキーンの率いるバアルベク軍は不利になっていく。

疲労を全身に張り付けた二万の兵から視線を外し、カイエンは雲の流れを見上げた。

恐ろしいほどの速さで流れていく雲は、どこに行くのか。この空を、同じく見上げている者がどれほどの数いるのか。

自分の置かれた今の状況に、やや戸惑いながらもカイエンは息を吸い込んだ。

——持てる力をどう見せるかが、勝負なのだ。

才ある者がいないのであれば、自分がそうなるしかない。シャルージ軍との戦で主だった将校たちが討ち取られてしまったバアルベク軍の中で、十騎長（セリーム）という肩書はそれなりに責を負うものだった。

もっとも、奴隷としてこの地に連れてこられた折、モルテザと好勝負を演じただけで手に入れた肩書なのだが——。

ただ、それが役に立っていることも事実だった。

エフテラーム率いるシャルージ軍との戦で、二百人いたはずの百騎長（ミアーム）は六十三人までが討ち取られていた。将校の死亡率が高いのは、それだけ果敢な者が多いという証拠でもあるが、指揮を執るべき将校が死ねば軍は統一性を失う。

だが、百騎長（ミアーム）の死以上に致命的だったのは、五千人規模の軍を率いることのできる千騎長（アルフーム）ムルガとレナが、シャルージのイドリースという老将によって殺されたことだった。

ラージンとモルテザ、そして二人の千騎長（アルフーム）に率いられていた一万八千の大軍は、いまや指揮する者のいない烏合（うごう）の衆と言ってもいい。最後の戦でシャルージを跳ね返すことができたのは、マイの雄姿と、イドリースを討ったカイエンがいればこそだった。

その状況の中で千騎長（アルフーム）の任に補されたのは不思議なことではなかったが、奴隷として売られてきた身を思えば、どこか信じがたい状況であることも確かだった。

水都まで六ルース（三キロメートル）に迫っていた。荒涼とした大地を隔ててそびえるバアルベクの城壁を見ながら、カイエンは自分に近づく気配を感じ、頭を下げた。

「任を、重く感じるか？」

老いた声は、アイダキーンのものだった。

「何かを重く感じることはありません」

強がっているわけではない。

乗り越えられぬ使命など与えられることはない。もし乗り越えられぬものがあるとすれば、それは使命ではなく理不尽だ。戦場でバアルベク兵の士気を爆発させた白薔薇の乙女の姿に、カイエンはそう思っていた。

アイダキーンが微笑み、バアルベクの城壁へ身体を向けた。

「似ておるよ」

囁くような声に視線を向けると、アイダキーンの瞳がかすかに濡れていた。

「三十年以上も前のことじゃ。あれに見える崖の上で、一人の逃亡奴隷が皮と骨だけになりながら死にかけておった。飢えで自らの薬指を嚙み砕くその奴隷に肉を食べさせ、儂はバアルベクへと迎え入れた」

老太守（アミール）の視線が、北へと向く。薬指という単語は、カイエンに一人の男を思い起こさせた。

「太守（アミール）となる前夜のことじゃ。儂は幼い頃より、奴隷という制度に疑問を感じておった。太守（アミール）の子として生まれた儂と、足を鎖に繫がれ鞭打たれる彼らとでは何が違うのじゃろうとな」

宮仕えに慣れた者であれば、ここで阿諛追従（あゆついしょう）でもするのだろうか。自分には縁のない言葉だと思った時、アイダキーンがそれでいいというように頷いた。

「太守（アミール）となれば、奴隷だけではなく虐げられている全ての者を救いあげようと思っておった。人は力。才はいかなる者にも宿っていると信じておった」

その言葉に嘘偽りはないのだろう。事実、バアルベクの高官の中には奴隷出身者も多くおり、奴隷の待遇も他の都市に比べて天と地の差がある。

「飢えて薬指を嚙み砕いたラージンの台頭に、儂は自分の考えを確信に変えた」

じゃがのう、とアイダキーンが力なく笑った。

「世界は奴隷という安価な労働力で成り立っていると言っても過言ではない。交易で潤っておるバアルベクでは、奴隷に頼らずとも民を飢えさせることはない。だが、農作しかできぬ地では、バアルベクと同様の政をすることは不可能じゃろう」

アイダキーンが首を振った。

「儂は運が良かっただけに過ぎぬ。バアルベクという豊かな都市の太守（アミール）であったがゆえに、奴隷を豊かにしてやることができただけ。お主も一度は疑問に思ったのではないか？　ラージンという最強の矛がありながら、なぜバアルベクは諸都市を攻略しなかったのか」

「いえ、俺はついこの間この地に来たばかりです」

アイダキーンがカイエンの足首に烙印された印を見て、頭を下げた。

「そうじゃったな。すまぬ」

　不思議な感覚だった。ハーイルのような尊大さは微塵もないが、比べ物にならない威厳を感じるのはなぜなのか。

　アイダキーンが頭を上げた。

「儂は、知っておったのじゃ。儂の掲げる理想は、所詮理想に過ぎぬと。他の都市を攻め取れば、儂はその地の太守（アミール）であった者たちと同様に、奴隷を酷使することに目をつぶるようになるのではないか。そう儂は恐れた」

　自嘲するような口調だった。

「名君などと呼ばれてきたが、その実、名君という名に固執したただの臆病者じゃよ、儂は」

　何と声をかけるべきか。マイやモルテザにも感じたことだったが、バアルベク一族は何か背負いすぎているような気もする。それが太守（アミール）一族の使命なのかもしれないが、人は一人で生きているわけではないのだ。

　俯いた老太守（アミール）に、カイエンは口を開いた。

「アイダキーン様のお考えが、マイ様を育てました」

　追従ではない。ただの事実だ。

「民に、兵に、限りなく慕われていた姫君が戦場に現れたからこそ、エフテラームでさえ抗いようのない士気の爆発が起きたのです」

　あの勝利は、あんたのおかげだ。言外に込めた意味に、アイダキーンが微苦笑をこぼした。

「四十も年の離れた若者に気を遣われるようになるとはな」

「いえ、そんなつもりは」

「よい」

　アイダキーンの微笑みから苦みが消えた。

「儂は、儂の理想を十分に叶えることはできなかった。だが、あれは儂の理想を信じ、体現しようと健気（けなげ）に振る舞っておる」

　老太守（アミール）の視線の先には、今や兵たちの拠り所となっているマイ・バアルベクの姿があった。純白の戦装束を纏い、白薔薇の旗の下でバアルベクを見つめている。

「儂の理想はバアルベクに留まった。じゃが、マイの瞳は間違いなく世界の中央（セントロ）に向いておるし、この先の世界にはそれが必要なことじゃろうとも思う」

　老太守（アミール）の瞳が揺れ、悲しげなものが滲んだ。

「なんという時代に生きることになるのか。東方世界（オリエント）の覇者（ハーン）の存在を知った時、この先のマイの人生と、民の平穏を思って、儂は四十年の自らの治世を大いに罵倒したものじゃ。なぜ、バアルベクという殻に閉じこもり、強大な何者かに抗えるだけの力を蓄えなかったのかとのう」

老太守（アミール）が一歩、前に出た。

「世界の中央（セントロ）の秩序を護るべき四人の諸侯（スルタン）は、自らが一強たらんと戦を続けておる。愚かなことじゃが、数百年も続いてきた覇権争いに終止符を打つことは、もはや彼らには望めぬ。誰か、新たな英雄が出てこない限り、この世界は牙の民に蹂躙されてしまうであろうな」

アイダキーンの望むことは、その実の娘に望むことは何なのか。マイが背負う、一人の少女が負うにはあまりにも大きすぎる業の片鱗（へんりん）を垣間見た気がした。

「ハーイルの謀叛（むほん）も、モルテザの離心も咎められはせぬ。全ては儂の政の拙（つたな）さゆえ。先を見通す力が甘かったからじゃ」

「その後始末を、姫君に背負わせると？」

ちらりとこちらを見たアイダキーンが、息を吐き出した。

「お主にもそれを期待するのは、儂の傲慢であろうか」

太守（アミール）として、当然の言葉だろう。ラージンの力を継いだカイエンを手放すことは、為政者として愚策だ。

だが、直後に空気を震わせた言葉は、カイエンの予想とはかけ離れたものだった。

「──お主がバアルベクを選ばぬのであれば、それはそれで良い」

息を呑み込んだカイエンに、アイダキーンが苦笑した。

「娘が愛おしくないわけではない。じゃが、父である前に、儂は民の平穏を護る者なのだ。お主にもその資質を感じた。じゃから、お主が起（た）つ地が、バアルベクでなくともよい」

「姫君と剣を交えることになるかもしれませんよ」

「儂の数少ない取り柄じゃ。その者の才と、その行く先を視（み）ることにかけて、人後に落ちぬ。その目が言っておる。お主が起てば、必ずや何某（なにがし）かの者になるとな」

こそばゆい気持ちに包まれ、思わず顔を背けた。

「まあよい。いずれ起つ。そう約してくれるのであれば、それ以上は望まぬ」

聞こえてきた老太守（アミール）の言葉に、カイエンは瞼を閉じた。

「先のことを語るのは、目の前のことを終わらせてからにしてください」

溜息を吐き、カイエンは瞼を開いた。

全軍に戦備えを命じ、カイエンはアイダキーンの横で騎乗した。

「ゆっくりと、後からついてこられますよう」

「攻めるのか」

「いえ」

老太守の言葉に、カイエンは首を振った。

バイリークが本当に自分を祭り上げて、牙の民への復讐を誓っているのであれば、あの男もまた才を示さねばならない。それでなければ、自分の副官として戦うことなどできはしない。ここで示さずに、どこで示すというのか。

「入城するだけです」

そう呟いた瞬間、両開きの鉄門が地響きを立てて左右に開いていった。

門の先に現れたのは、見覚えのあるバアルベクの街並みだ。民は一人も路上にいない。家の中で息を潜めているのだろう。

城壁の上には、二つの影がこちらを見下ろしている。門衛の返り血を浴びたバイリークとサンジャルの姿に、カイエンは小さく頷いた。

Ⅵ

外から轟く喚声が、古城の壁を震わせていた。律動(りつどう)する窓際の埃に、ハーイルは拳を握りしめた。

籠城してダッカ、ラダキア両軍を待つつもりが、ほんのひと時も持たず太守(アミール)の軍に城門を突破されていた。

「どうなっておる」

深紅の絨毯に跪く二つの影は、常であればモルテザと並び兵を指揮する二人の千騎長(アルフーム)だ。フレアデスとベルハイト。僚友であり、古くからの友でもあるモルテザの野望に応え、今回の策謀に加担した二人——。

彼らにとって忠誠を尽くすべきはモルテザであり、もしかすれば自分を監視する役割を担っていたかもしれない。

ハーイルを見上げる視線にかすかな怒りが滲んでいることも、そう思えば納得できる。

利害のみで結ばれた三人だったが、ハーイルはその老獪な見識ゆえに、二人の千騎長（アルフーム）は歴戦の経験から、仲間割れをしている場合でないことを分かっていた。

一度叛旗を翻した以上、いかに温厚なアイダキーンといえども極刑を下すことに躊躇しないだろう。せめてモルテザが帰還するまではハーイルを立てるしかないと考える二人に対して、ハーイルはこの二人を囮に、いかに逃げるかだけを考えている。互いの胸の内は、互いによく知るところだった。

「鼠（ねずみ）がいたようです」

「鼠だと？」

赤髪の千騎長（アルフーム）の言葉に、ハーイルは舌打ちした。

「誉れ高きバアルベクの勇者は、鼠すら始末できぬ駄犬か」

「我らの無能は甘んじてお受けいたしますが、今は向後（こうご）の策を立てることが先かと」

さすがにバアルベクに五人しかいない千騎長（アルフーム）の称号を持っているだけあって、ハーイルの怒りにも臆していない。苛立ちを唸り声に変え、ハーイルは揺れる窓から外の景色を見た。

「どれくらい保（も）つ」

「アイダキーンとマイ、バアルベクの一族が揃って戻った以上、こちらの兵たちは役に立ちますまい。すでに城内では投降する者が続出しております」

「何を悠長なことを」

歯軋りと共に吐き出した言葉に、赤髪の千騎長（アルフーム）フレアデスが首を振った。

「ことここに至った以上、兵は我らの子供も同然です。親がその命を願うのは当然でしょう」

「綺麗ごとを言うでないわ」

「モルテザ様であればそうなさります」

それが騎士道とでも言うつもりなのか。頑なな光を湛える男たちに、ハーイルはあからさまに舌打ちした。

「船の用意は？」

「ガレオンを一隻。すぐに出向できるよう荷積みは終わっております」

息を吐き出し、拳を解いた。

「一つ狂うと、全てが狂うな」

脳裏に浮かび上がったのは、鋭い目つきをした小汚い奴隷だった。歯牙にもかけていなかった、舞台の小道具とすら考えていなかった青年によって、この二十年の苦労が水泡に帰したと思うと、怒りで気が狂いそうだった。

「ラダキアに向かう。生きてあれば、モルテザもそこに向かったはずだ」

モルテザの父はアイダキーンの弟であり、母はラダキアの貴族の娘だ。バアルベクにおいて無敗を誇るモルテザが認めた僚友を無下にすることはあるまい。なにより、ラダキアはハーイルの生まれ故郷でもあった。ラダキアで力を蓄え、バアルベクで手に入れたものを取り戻す。

己の野望を蹂躙したカイエン・フルースィーヤという小僧が、この地で栄光を摑むなど到底許せなかった。どれほどの時をかけようと必ず――。

窓の外で空気を揺るがす喚声から目を背け、ハーイルは歩き出した。

あまりにも強い日差しに立ち眩みがした。普段あまり動いていないだけに、急に動くと鼓動が速くなる。天高く帆を広げるガレオンが見えてきた時、ハーイルはようやく背後に広がるバアルベクの街並みへ視線を向けた。

千騎長(アルフーム)二人が怪訝な目をしながら横を通り過ぎていく。

街のあちこちから太守(アミール)を称える歌が響いている。穏やかな治世と、奴隷すら人並みに扱ってきた優しい君主を称える歌だ。

「……愚か者どもめ」

誰が、この街をここまで発展させたと思っているのか。

　吐き捨てた言葉は、心の底から湧いて出た呪詛(じゅそ)だった。

　アイダキーンは、たまたま生まれ落ちた場所が豊かな都市だったに過ぎない。都市の豊饒さにかまけて、力を蓄えることをしなかった。そうして東から起こった嵐に慌てふためいているただの愚か者だ。

　アイダキーンに人の上に立つ資格など、バアルベクの民の称賛を集める資格などはない。

　忌々しげに唾を吐き捨てたハーイルは、バアルベクの街並みから視線を外し、ガレオンへと身体を戻した。桟橋を渡れば、故郷へ漕ぎ出す船まではもうすぐ――。

「何をしておる……」

　心の声が自然と口からこぼれた。

　誰か――。

「船を止めろ！」

　怒号がハーイルの口から噴き出した瞬間、彼を乗せて漕ぎ出すはずの船が、あまりにも滑らかに水面を走り去っていく。

　すぐ目の前では、二人の千騎長(アルフーム)が呆然と足を止めている。

「おい、今すぐにあの船を――」

「いかなる勇者でも、走り出した船を止めるのは無理でしょうな」

聞こえてきたのは、どこか揶揄の混じった声だった。唾を呑み込み振り返った先、そこに立つのは三つの人影だった。

そのうちの一人、学者にも見紛うほどに折り目正しい服装の男が前に出てきた。

「カイエン殿に命じられ、私はずっとあなたを見てきた。退路を断つのは当然でしょう」

男がそう言って笑い、剣を抜き放った。

Ⅶ

饒舌に語るバイリークとは対照的に、現実を突きつけられたハーイルの顔からは、血の気が失われていく。

その様を見ながら、カイエンは心の中で舌打ちした。

鬼が出るか蛇(じゃ)が出るか。ここで裏切り者を追い詰めることは、バイリークのお膳立て通りだったが、ハーイルの背後にいる二人には見覚えがあった。

バアルベク軍三万を率いる五人の千騎長(アルフーム)のうちの二人。赤髪の男はモルテザの幼馴染であり、ダッカとの領境を寡兵で守り抜いてきたフレアデス。もう一人のベルハイトもまた、ラダキアとの戦で名を上げてきた男だ。

「バイリーク、お前も詰めが甘い」

「と言われましてもねえ。さすがにこの二人をあらかじめ暗殺しておくというのは無理というものです」

「次は許さないからな」

その言葉にバイリークがにやりとするのが分かった。ただ、言葉にした余裕とは裏腹に、状況は楽観できるものではないことも確かだった。

自分が手負いである今、城内にあって最強と呼ぶべき二人に無傷で勝てるかどうかは、正直賭けになる。シェハーヴがいれば違ったのだろうが、狼騎は入城を許されていない。バイリークとサンジャルもかなりの遣い手だが、彼らと比べれば分が悪いだろう。

それに気づいたからだろう。かすかに血色を取り戻したように見えるハーイルが、二人の千騎長（アルフーム）に隠れるように身を翻した。

「何をやっている。今すぐその下郎どもを殺せ」

大猿のように喚き散らすハーイルに顔をしかめ、カイエンは二人の千騎長（アルフーム）を見やった。大剣を背に負い腕を組むフレアデスと、静かに瞼を下ろすベルハイト。

彼我（ひが）の戦力差を冷静に測っている。そして、この場はなんとか切り抜けられると判断し、だがその後にすぐ討たれることにも気づいている。二人が歴戦の戦人であることには違いなかった。

「元政務補佐官ハーイルよ」

官位剝奪（はくだつ）を告げる言葉とともに、カイエンはバイリークを下がらせた。奴隷に無礼な言葉を突きつけられたせいか、ハーイルの頭髪が逆立ったようにも見える。

「此度の謀叛の処罰は、死をもってしか償われぬ」

この男のせいでラージンが死に、マイが拉致されることになったのかと思うと、吐き気すら込み上げてきた。民を想い続けてきたマイを売るなど――。

「フレアデス、ベルハイト。両名もまた裁きを受け入れてもらう」

あくまで、こちらは太守(アミール)アイダキーンの名を背に宣言している。二人が頭を垂れてくれることを願っての言葉だったが、フレアデスたちの瞳に宿ったのは反抗の光だった。

「あいにく我らの主は、モルテザ様ただ一人。それ以外の裁きを受ける由(よし)はない」

「ならば、お前たちは主を失った、ただの賊ということになるな」

モルテザの死は、二人を動揺させるには十分だったようだ。

「……モルテザ様が？」

「太守(アミール)に背いた咎で、俺が討ち果たした」

瞳を大きく開いた二人に、カイエンは首を横に振った。

その忠誠を、なぜマイに向けなかったのだ。

シャルージとの戦で残る千騎長(アルフーム)を失ったバアルベク軍は、指揮を執れる者がいない。できることならば、二人を投降させよとアイダキーンは命を下した。だが――。

カイエンは背に負った剣を抜き放った。

深手を負っていようと、いかなる絶望を抱えていようと、乗り越えるべき困難は時を選んではくれない。

この二人は、マイを選ばなかった。

そんな者たちに、背を預けることはできない。

「仇を討つというならば、相手にはなろう」

せめて、ここで死んでいけ。赦されざる罪を犯したお前たちだが、モルテザへ向ける一途な忠誠は認める。東方世界（オリエント）の覇者（ハーン）を迎え撃つため、力を得ようとしたその心意気だけは……。

切っ先をフレアデスに向けた時、赤髪の千騎長（アルフーム）が諦めたように深く息を吐き出した。

「是非もない」

流麗にも感じる所作で、フレアデスが幅広の大剣を構えた。

「バイリーク、サンジャル。ベルハイトを任せる」

すでに白刃を地面すれすれに構えるベルハイトを一瞥し、カイエンは背後の二人の抜刀音を聞いた。

じりじりと照り付ける太陽に顎から汗が落ちた時、桟橋を撃ち抜くような破裂音が響いた。それがフレアデスの踏み込みの音だと知覚した時、カイエンは上半身を持ち去るような剣閃を辛うじて躱した。

さすがにモルテザと同列に並ぶだけはある。バイリークとサンジャルを気にする余裕はなかった。

颶風（ぐふう）のように旋回する剣閃を躱し、間合いを詰めていく。

踏ん張りの利かない足を罵倒しながら、カイエンはその瞳を鋭く光らせた。

使えるとすれば、一度きりだろう。連戦に次ぐ連戦で、ほとんど力は残っていない。

フレアデスの剣がわずかに下がったのを、カイエンは見逃さなかった。

「主を、間違えたな」

その言葉と共に、カイエンは自らの血を代償とする〈背教者〉の力を行使した。

空間が歪み、その歪みはすぐに視界全体に広がる。刹那、フレアデスとの間にあった距離が、一瞬にして零になった。

肉を穿つ感触だけが伝わってきた。フレアデスは何が起きたのかも分からなかったはずだ。カイエンの剣は、フレアデスのみぞおちに根元まで刺さっている。カイエンが近づいたのも、貫かれた瞬間も見えてはいないはずだ。

時を操る力を防ぐことは、人にはできない。

眩暈がした。歪みの消えた視界の中に映ったのは、フレアデスの凄まじい形相だった。

口元から血が溢れ出し、敗北を受け入れられぬとでも言うように怒りを湛えている。

「モルテザ様が……負けたのは……」

「関係ない」

人として戦い、灰色の瞳を持つ千騎長は敗れた。だから――。

「俺はモルテザ以上の英雄になる。だから、安心して逝け」

フレアデスの瞳が大きく揺れた。その頬に皮肉げな笑みが浮かんだ時、両の瞳から光が消えた。

刹那、二つの風切音が耳朶を打った。

どうやら、決着したらしい。全身を斬り刻まれながらも、ベルハイトの身体を左右から貫く二つの白刃の輝きに、カイエンはゆっくりと膝を桟橋につけた。

「馬鹿な……」

現実を受け入れられぬハーイルの声音は、ただ不愉快だった。

「バイリーク」

「私ですか」

疲労困憊した声がすぐ傍に響いた。

「俺の副官なのだろう」

「それを言われてはね」

ふらふらと前に出たバイリークを見て、肥満しきった元政務補佐官が腰を砕けさせた。桟橋に倒れ込んだ身体を起き上がらせようと、必死にもがいている。

「待て。見逃せば、一生遊んで暮らせる金をやる。儂が二十年かけて手にした財の全てを――」

「顔は傷つけるなよ。広場に晒す」

遮るようなカイエンの言葉が途切れた瞬間、バイリークの掲げた剣が閃いた。

短い悲鳴とともに、血飛沫が舞う。重い荷物を入れた麻袋のような音を立てて崩れ落ちたハーイルの巨体に、カイエンは大きく息を吐き出した。

桟橋に血だまりが広がり、板の継ぎ目の隙間から川に落ちる。水面が赤く染まり、それも束の間で、すぐに透明さを取り戻した。

ハーイルの死の影響は、波紋のように広がるだろう。

政務補佐官としてバアルベクを栄えさせてきた男を討ったのだ。市場（バザール）の賑わいも一時は落ち込むであろうし、なによりガラリヤ地方の近隣諸都市が攻勢に出てくる。それは、ラージンをはじめとした軍上層部の壊滅も考えれば、ほぼ間違いないことだ。

失ったものは大きく、明日のバアルベクに襲いかかる困難がどれほどのものかは分からない。だが、マイの拉致から始まる一連の陰謀は、ハーイルの死によって終わった。それだけは確かだった。

これでようやく終わった——。

「ようやく始まりますね」

心の声を否定したのは、剣の血を払うバイリークだった。

「聞き逃しませんでしたよ」

こちらに向き直った気真面目そうな青年の頬には、微笑みが浮かんでいた。

「次は許さない。先ほどそうおっしゃいました」

「言っていない」

「いいや、間違いなく聞きましたよ。なあ、サンジャル」

ベルハイトとの戦いで相当消耗していたのか、桟橋の上で大の字になっている癖毛の男が、呻き声を上げた。

「シャルージ軍を蹴散らした指揮を目の当たりにしたんだ。認めるよ。あんたを」

「誰も認めてくれなど頼んでない」

「それに俺も聞いたしな。次は許さないという言葉を」

上半身を起こしたサンジャルがにやりとした。

「今は、あんたの顔を見ても苛つかない。つまりは、命を粗末にしていないってことだ。この地で生きていくことを決めた。俺の目にはそう見えるよ」

「たいした目だな」

吐き捨てるように言った言葉に、二人が声をあげて笑った。

重苦しい空気は感じなかった。草原で敗れた時から、ずっと身体にまとわりついていたものだ。あの重さの正体が何なのか、今さらながら分かったような気がする。

『お前には、世界のどこにも居場所はない』

そう世界に突きつけられているような——。おそらく自分でそう思い込んでいたのだろうが。

バアルベクの民を想うマイを救うため、百を超える暗殺教団（ハシャーシン）と戦った時、それまでまとわりついていた重さが、軽くなった。剣を振るえば振るうほど、身体が軽くなっていった。そして、それは砦に囚われたマイを救い出し、ともにシャルージ軍を討った時、綺麗に消え去っていた。

草原の民を救うために、東方世界（オリエント）の覇者（ハーン）に降ったアルディエル、そしてフランの気持ちが分かったからなのだろうか。それとも、自分のちっぽけな剣でも、意味あるものだと思えたからなのか。

フランを、アルディエルを救えなかった自分を赦せてはいない。記憶を消し去ることもできはしない。

それでも、消えるように死んでしまいたいという思いだけは、なくなっていた。

大地から足が浮くような、不思議な感覚だった。

それが高揚という感覚であることを認めたくなくて、カイエンは瞼を閉じて俯いた。今顔を上げれば、自分の頬が緩んでいることを、二人に気づかれてしまうと思った。

Ⅷ

バアルベクの古城まで続く通りの沿道には、新たな太守（アミール）の誕生を寿（ことほ）ぐ民の歓声が満ちていた。

空中に舞う色とりどりの造花は、祝い事を聞いたバアルベクの民が、夜を徹して作り上げたのだという。柑橘（かんきつ）の香りを感じ、カイエンは儀礼服の堅苦しさにくしゃみをした。隣を進むバイリークがにやりと頬を歪めたのを見て、思わず舌打ちがこぼれた。

「晒し者だな」

「それだけ、期待が大きいということです」

即座に返ってきた言葉は、そのまま民衆の想いなのだろう。

「ラージン殿を失った今、近隣諸都市との武力は大きく差が開いています。民はラージン殿に代わる新たな英雄を欲しているのですよ」

「二十年にわたってバアルベクを守護してきたラージンと比べれば、力不足の感が否めないが」

「だからこそ、この任官なのでしょう」

右腕面を崩さないバイリークに嘆息し、カイエンは少し先を進むマイの姿を見上げた。

天を見上げるようにして進む乙女の顔は、出会った頃と比べても厳しく引き締まっている。緊張しているのかとも思ったが、そうではないのだろう。

自分の務めの難しさを、少女は理解しているのだ。それが空前絶後の御業だと理解してなお、自分が成さねばならぬと心に決めている。

あまねく太守（アミール）を斬り従え、世界の中央（セントロ）を統一する。

血濡られた道になることは間違いない。

少女の理想からは遠くかけ離れた道だ。だが、それでも進まねば、本当の理想を手にすることはできないと、知っている。

自分は、どうするのだ。

空気を揺るがす歓声の中で、カイエンはふと右腕に巻きつけた黒い布に視線を落とした。

いつから巻いているのかは定かではない。だが、どうして巻いているのか忘れたことはなかった。

唯一対等だと認めた友と戦い、そして珍しく互いに深い傷を負った時、涙を流す銀髪の乙女が、震えながら自分の衣を引き裂いて手当てをしてくれた。カイエンは右腕に、アルディエルは左足に。

今もアルディエルが身に着けているかは分からない。だが黒い布はカイエンに語り掛けてくるようだった。

お前たちの決着は、まだついていないだろう、と。

草原の民を救うため、エルジャムカへの降伏を決めた友の名を呟き、カイエンは遥か天空を突き刺すような古城を見上げた。

いつだって、対等だった。

友とはそうあるべきだと信じてきた。アルディエルが強くなれば負けじと鍛錬し、アルディエルが苦しめばともに苦しんだ。ともに、強くなってきた。

もし、次に相まみえることがあるとすれば、それは間違いなく戦場となる。

その時、対等であるために。

いや、違うな……。

苦笑し、カイエンは空を見上げた。友と、愛した人を、東方世界(オリエント)の覇者(ハーン)から救うために、自分はここで生きていく。バアルベクでなら生きていてもいいと、今はそう思えた。

脳裏から友の姿が徐々に薄れていき、そして銀髪の乙女の姿が亜麻色の髪の少女に変わった。行進が終わり、中央広場に設置された巨大な神殿の前に辿り着いていた。

見上げるマイの視線に頷き、カイエンは少女と二人、バアルベクの民が見守る中を歩き出した。

深紅の絨毯の先には、バアルベクの太守（アミール）が二振りの長剣を携えていた。

バアルベクの全市民の視線が、自分とマイに集まっているのを感じた。一歩一歩歩くたびに、肩が重くなっていくような気がする。静寂の中、少し前をゆくマイの顔が徐々に強張っていくのを見れば、気のせいではないのだろう。

これが、民への責というものなのか。

生まれて初めて感じるものだった。これを、友は一身に背負っていたのだろうか。耐えられないほどの重さだと感じた時、立ち止まったマイが振り返り、小さく頷いた。

大丈夫。

「二人であれば」

そう言って微笑んだ少女を見た時、感じていた重さが少しだけ軽くなった気がした。

支え合う友がいれば――。

かすかな後悔を踏みしめ、カイエンは踏み出した。道の先に辿り着いた時、老太守（アミール）が満足げにカイエンたちを見ていた。

「マイ・バアルベク」

アイダキーンが、愛娘の名を口にした。そこには誇らしさと、嘆きが混じり合っている。

「十年先のことと思っておった。東から迫る災厄を防いだその後のことじゃと。じゃが、先の戦を見て、考えは大きく変わった。儂では、もう古いのじゃろう。民の中に育ち、その信頼を得てきたそなたであればこそ、先のシャルージとの戦に勝利することができた」

アイダキーンの言葉から嘆きの色が消え、代わりに期待の音が滲みだした。

「艱難（かんなん）の道じゃ。一人では決して辿り着けぬ。じゃが、全てを己が力となせば、光明は見えてくる。バアルベクを勝利へと導いたそなたであれば、必ず民の守護者となるであろう」

黄金の剣を差し出したアイダキーンに、マイが頷き、恭（うやうや）しく受け取った。

「そなたを、新たなバアルベク太守（アミール）に任ずる」

老太守（アミール）の声が響いた瞬間、地響きのような歓声が起きた。これまで、いついかなる時も民と共に生きてきた少女だ。それが救国の乙女としてシャルージ軍を撃退した姿に、民は高揚しているのだろう。

アイダキーンが右手を挙げた時、再び街が静寂に包まれた。

「カイエン・フルースィーヤ」

跪く自分に向けられる視線が、疑念交じりであることは当然だ。まだ自分がここに来て半年も経っていない。

見上げたカイエンに、アイダキーンが力強く頷いた。

「この者は先の戦で、先代バアルベクの騎士（ファーレス）ラージンより、その力を継いだ」

ざわめく民を抑えるように、アイダキーンの声が大きくなった。

「戦場にあってはシャルージの騎士（ファーレス）エフテラームを撃退し、そして長年にわたって我らを苦しめてきたイドリースを討ち取った」

アイダキーンの言葉に、バアルベクの民が息を漏らすのが分かった。ラージンと比べれば、二十に満たないカイエンは幼くさえ見えるだろう。万人が見上げるような偉容もない。だが、それでもカイエンはアイダキーンの提案を受けると決めた時から、この地で史上最大の英雄を迎え撃つことを覚悟した。

バアルベクで生きるために。

バアルベクの民を、マイ・バアルベクを護るために。

マイが民を護る盾ならば、自分は敵を屠る剣だ。

立ち上がり、民の視線を正面から受けた。自分の覚悟を、見届けてほしい。込めた想いが静寂の中に広がり、バアルベクの街を覆った。

アイダキーンの声が響いた。

「この者を、バアルベク騎士(ファーレス)とする」

カイエンの手をとったマイの手から、かすかな温もりが伝わってきた。冷たさの中にある、確かな芯だ。

青年と少女が剣を掲げた時、バアルベクの空にその日もっとも大きな歓声が轟いた。

終　章　鋼の守護者

千年続く巨大都市が、炎に包まれていた。

「東方世界(オリエント)の覇者(ハーン)か……」

燃えさかるサマルカンドを崖下に眺め、アルディエル・オルグゥは鳥肌の立つ二の腕を右手で摑んだ。

無数に立ち上る黒煙は天まで届き、立ちこめた曇天をさらに重くしている。

この街には、百万もの民が暮らしていたという。

東方世界(オリエント)と世界の中央(セントロ)を分かつ場所にある、交易の要地として繁栄してきた都市の最期を、自分は目にしているのだ。千年の時を経ても、二度と人の住める場所とはならないだろう。建物は徹底して破壊され、大地には二度と作物が育たぬよう塩が撒かれた。

だが、それ以上にサマルカンドを覆うのは殺された者たちの呪詛だった。

『降れば命は認める。抗えば、一人残らず皆殺し』

東方世界の覇者、エルジャムカ・オルダの言は残酷なまでに徹底していた。

サマルカンドの門を牙の民の使者が潜ったのは、わずか十日前のことだ。

降るか、抗うか。その選択肢を突き付けられたサマルカンドの太守が、いかなる反応を見せたのかは分からないが、それから二日後の朝、城門に使者の首が吊るされた。

その報せが届いた時も、エルジャムカの表情はこれまでと何一つ変わらなかった。

『百万もの民が住む都市です』

恐れるように呟いた全軍総帥ダラウトに、エルジャムカはたった一言、抗うことを選んだ者だと呟いた。

覇者の言葉には、何人たりとも逆らえない。史上類を見ない神格を持ち、その深紅の瞳は敵の策をいとも容易く引き裂いてしまう。牙の民の軍を率いるようになって、アルディエルはそれが牙の民の強さなのだと知った。

東方世界から遅れて合流した二百万の兵と共に、エルジャムカは烈火のようにサマルカンドを攻め立て、わずか二日で城壁を抜き、太守を民衆の前で斬首した。

太守の死から今日まで、徹底した破壊と殺戮が行われた。

床下に潜む子供を引きずり出し、炎の中に投げ込んでいく牙の民の兵は、まさに悪鬼のようにも見えた。そう心の中で呟いた時、アルディエルの手に生々しい感触がよみがえってきた。

自分と変わらぬほどの年頃の女だった。屋敷の暗がりの中で震え、縋るようにアルディエルを見上げていた。

綺麗な女だった。

その胸に押し込んだ剣の感触は、一生忘れることはないだろう。無惨に殺されないよう、一息に殺してやることが、自分にできる最大の情けだった。吹けば飛ぶような言い訳を自分に言い聞かせ、アルディエルは剣を引き抜いた。

もう、引き返すことはできない。

サマルカンドの殺戮を経て、アルディエルは自分がもはやそれまでの自分に戻れないことに気づいていた。フランを護るためだと言い訳して、何の罪もないサマルカンドの民を殺した自分は、エルジャムカと同類でしかない。

乾いた手が血にまみれているような気がして、アルディエルは思わず身震いした。浅黒い手を外套で拭い、荒い息を吐き出した。

エルジャムカの望みが遥か西方世界（オクシデント）までの統一だというのならば、サマルカンドを襲った悲劇は、この先も続くだろう。

ふと見上げた先で、覇者(ハーン)が崖下の惨劇を見下ろしていた。

深紅の瞳には、一欠片の同情もない。

そして、その隣に佇む銀髪の乙女の姿に、アルディエルは心臓を突き刺されたかのような痛みを覚えた。かつて憂いを帯びていたその瞳は、もはやいかなる色も映していない。

この殺戮は、フランの人ならざる力によってもたらされたものだ。その力は、牙の民の兵の心から優しさや人間らしさといった感情を消しさった。

サマルカンドの殺戮を目の当たりにして、フランは何を思っているのか。妹のように育ってきたフランを慰めるには、遠すぎる距離があった。

せめて、自分も咎を一緒に背負う。

フランに大罪を背負わせぬよう、その胸に剣を突き立てることを誓ったが、それはエルジャムカの前に潰えていた。友と決別してまで選び、そして敗れたのだ。自分にできることといえば、フランが地獄に落ちるというのならば、ともに落ちてゆくことだけだった。

鐵(てつ)の民を越えた先には、戦(いくさ)の民の世界が広がっている。

友が売られていった地だ。再び会うことがあるとすれば、どちらかの剣が、友の胸を貫くことになるのだろうか。

深紅の瞳を持つ覇者(ハーン)から視線を外し、アルディエルは西の茜空へ視線を向けた。曇天を切り裂くように、沈みゆく太陽の周りだけが茜色に燃えている。そこにあるのは希望なのか、それとも絶望なのか。

目を細めた時、ゆっくりと世界から陽が消えた。

(『隷王戦記2』へ続く)

あとがき

まずは本書を手に取ってくださった皆様、また、本書の出版にあたってご尽力くださった関係者の皆様、本当にありがとうございます。

『隷王戦記』と銘うった三巻構成の第一巻、お楽しみいただけましたら幸いです。世界史好きの方は、「主人公の造形は絶対にあの人だろう」「エルジャムカって、あの人じゃん」などと重ねていただけたのではないでしょうか？　そうであれば嬉しいなあ、と思います。高校の頃から世界史が好きで、特に中東を書きたくてエジプトにまで行くぐらい、世界を舞台にした小説を書きたいと思っていた私にとって、本書は夢の一部が叶ったようなものです。

田中芳樹氏の『銀河英雄伝説』や『アルスラーン戦記』、北方謙三氏の『三国志』や『水滸伝』、山岡荘八氏の『織田信長』。挙げた小説でも分かるように、私は群像劇、戦記物の虜(とりこ)です。年齢も違えば性別も違う、立場も違う。様々なバックボーンを持った人物たちが、同じ状況を目の前にして、いかなる答えを導き出すのか。そこに生まれる愛憎に惹かれてきました。

小説を書くならば、群像劇を書きたい。戦記物が好きだ。必然、大学の頃に初めて書いた小説も戦記物でした。土方歳三が函館五稜郭で生き残って、大陸で大立ち回り。李鴻章や袁世凱まで出てくる荒唐無稽な話なのですが、授業にも出ず興奮しながら書いていたのを覚えています。いまだ、戦記物を書く時は、その時の興奮、血の滾(たぎ)りを覚えながら夢中になって書いています。

同時に、魔術や神話が出てくる物語も大好物です。

戦記物ではないのですが、秋田禎信氏の〈魔術士オーフェン〉シリーズは、私の聖書(バイブル)でもあります。地人種族の兄弟が最高です。あの魔術の設定も奇跡だと思います。

戦記物と魔術を融合させた話は、いつか書きたいなと思っていました。

しかし、悲劇から始まる『隷王戦記』に、あれほど軽妙なタッチは似合わない(し、私の技量ではまだ書けない)。どんなテイストで書くかを考えた時に浮かんだのは、J・R・R・トールキンでした。

青春時代に衝撃を受けた『ホビットの冒険』と『指輪物語』という小説、そして「ロード・オブ・ザ・リング」という映画が、世界を一から作ってみたいという夢を私に抱かせたことを思い出したのです。そして書き始めて、作業は恐ろしいほど難航しました。世界を作るとは、そもそも人とは何か、という問いかけです。書きながら何度も悩みました。悩みまくって、初めにこの企画のお話を担当編集の小野寺さんとしてから、ずいぶんと時間が経ってしまいました。

〝己を赦すことで、絶望は消える。人を赦すことで、希望は生まれる〟

この言葉を登場人物に言わせるまでに、何度も何度も打ち合わせを重ねました。根気強く付き合ってくださり、本当に感謝しかありません。と同時に、トールキンの偉大さ、彼の見ていた景色を見るためには、まだまだ精進しないといけないことを実感しました。

本書を書くことになったきっかけと、次巻の展望についても少し。

最初に小野寺さんから連絡を受けたのは、二〇一九年の十月八日。私の誕生日の翌日でした。なにやら微妙な歳で、年齢を重ねることに特にうれしいとも思わなくなります。誕生日が過ぎ、翌日もなんら変わらない一日が始まると思っていたところへ連絡があり、二十八歳の年は期せずしてワクワクとともに始まりました。

初めての打ち合わせで言われた一言。

「好きに書いてください」

この言葉に、しびれました。突き付けられた挑戦とも思える言葉を、勝手ながら「一緒に良いものを作ろうぜ！」と脳内変換をしました。

二巻では、さらに規模を大きくした戦乱が待ち受けています。カイエン・フルースィーヤとアルディエル・オルグゥ。覇者（ハーン）に挫かれた二人の青年のうち、カイエンは自らを赦し、傍にある者たちを護るために立ち上がることを覚悟しました。カイエンに並び立つ才能を持つアルディエルは、いかなる決断をするのか。

さらには、七人の〈守護者〉と三人の〈背教者〉。人智を超える力を人間界に与えた善なるもの（シュタマーユ）、悪なるもの（アラマーユ）が望むものは何なのか。

東方世界（オリエント）、世界の中央（セントロ）、西方世界（オクシデント）。三つの世界を揺るがす動乱を、お楽しみください。

森山光太郎

本書は、書き下ろし作品です。

著者略歴　作家　著書『火神子　天孫に抗いし者』『漆黒の狼と白亜の姫騎士　英雄讃歌１』『王立士官学校の秘密の少女　イスカンダル王国物語』

HM=Hayakawa Mystery
SF=Science Fiction
JA=Japanese Author
NV=Novel
NF=Nonfiction
FT=Fantasy

隷王戦記（れいおうせんき）1
フルースィーヤの血盟

〈JA1477〉

二〇二一年三月 二十日　印刷
二〇二一年三月二十五日　発行
（定価はカバーに表示してあります）

著　者　森（もり）山（やま）光（こう）太（た）郎（ろう）
発行者　早　川　　浩
印刷者　入　澤　誠　一　郎
発行所　株式会社　早　川　書　房

郵便番号　一〇一 - 〇〇四六
東京都千代田区神田多町二ノ二
電話　〇三 - 三二五二 - 三一一一
振替　〇〇一六〇 - 三 - 四七七九九
https://www.hayakawa-online.co.jp

乱丁・落丁本は小社制作部宛お送り下さい。
送料小社負担にてお取りかえいたします。

印刷・星野精版印刷株式会社　製本・株式会社明光社

ISBN978-4-15-031477-4 C0193

本書は活字が大きく読みやすい〈トールサイズ〉です。